세상의 마지막 기차역

세상의
마지막 기차역

무라세 다케시 지음

김지연 옮김

차례

가마쿠라시에 봄 내음을 머금은 바람이 불어오던 그 날, 급행열차 한 대가 선로를 벗어났다. 도힌철도 가마쿠라선 상행 열차였다. 맹렬한 속도로 궤도를 이탈한 열차는 가마쿠라 이키타마(鎌倉生魂) 신사의 도리이*를 스친 다음 산간 절벽 아래로 떨어졌다. 승객 127명 중 68명이 사망한 대형 사고였다.

탈선 사고가 일어나고 두 달쯤 지났을까. 심야에 유령 열차 한 대가 가마쿠라선 선로 위를 달린다는 소문이 나돌기 시작했다.

사고 현장에서 가장 가까운 역은 니시유이가하마 역. 이 역의 승강장에 '유키호'라는 유령이 나타나는데, 유키

---

* 신사 입구에 세운 기둥 문

호에게 부탁하면 과거로 돌아가 사고 난 가마쿠라선 상행 열차에 탈 수 있다는 것이다. 단, 그 열차에 승차하려면 다음 네 가지 규칙을 반드시 지켜야만 한다.

하나, 죽은 피해자가 승차했던 역에서만 열차를 탈 수 있다.

둘, 피해자에게 곧 죽는다는 사실을 알려서는 안 된다.

셋, 열차가 니시유이가하마 역을 통과하기 전에 어딘가 다른 역에서 내려야 한다. 그렇지 않으면, 당신도 사고를 당해 죽는다.

넷, 죽은 사람을 만나더라도 현실은 무엇 하나 달라지지 않는다. 아무리 애를 써도 죽은 사람은 다시 살아 돌아오지 않는다. 만일 열차가 탈선하기 전에 피해자를 하차시키려고 한다면 원래 현실로 돌아올 것이다.

죽은 사람을 만나더라도 현실은 무엇 하나 달라지지 않는다…. 아무리 애를 써도 죽은 사람은 다시 살아 돌아오지 않는다….

그러나 사람들은 이 네 가지 규칙을 듣고도 다들 사고로 떠난 사람을 만나러 갔다.

약혼자를 가슴에 묻은 여자.

아버지를 떠나보낸 아들.

짝사랑하는 여학생을 잃은 한 소년.

그리고 이 사고의 피의자로 지목된 기관사의 아내.

사람은 누구나 사랑하는 사람을 잃고 나서야 깨닫는다.

자신이 다시는 돌아갈 수 없는 아름다운 나날을 보내고 있음을.

만일 불의의 사고로 세상을 떠나게 된 사랑하는 사람을 다시 한번 만날 수 있다면, 당신은 그에게 무슨 말을 전하겠는가.

제1화

연인에게

"사고가 나서 국도는 못 타니까 돌아서 가겠습니다."

택시 뒷좌석에 앉아 있는 동안 기사가 하는 말에 대꾸할 정신이 없었다. 창밖으로 보이는 니시유이가하마 역 일대는 몰려나온 인파로 들끓고 있었다.

탈선 사고가 일어나자, 운행하던 가마쿠라선의 모든 열차가 멈췄다. 왱왱대는 구급차 소리가 사방에서 울려 퍼지는 가운데, 이마에 맺힌 땀방울을 닦던 손가락으로 스마트폰을 켰다. 화면에 뜬 인터넷 포털 사이트에 올라온 주요 뉴스는 죄다 가마쿠라선 상행 열차 탈선 사고에 관한 기사였다.

'가마쿠라 탈선 사고, 14시 현재 사망자 26명'

'탈선 사고, 세 번째 차량 절벽 아래로 낙하?'

쭉 나열된 기사의 헤드라인을 눈으로 훑다가 차마 더

읽지 못하고 스마트폰을 떨궜다. 깊게 숨을 내쉰 다음 조금 전 네모토의 어머니와 전화로 주고받았던 말을 떠올렸다.

"도모코, 일하는 중일 텐데 전화해서 미안하구나."

"어쩐 일이세요, 어머니."

"지금부터 하는 이야기… 침착하게 잘 들으렴. 신이치로가 타고 있던 열차가… 탈선했단다."

"네?"

"그 애가 타고 있던 열차가 사고 났대!"

"네모토는 괜찮대요? 그이는 무사한 건….'

"일단, 당장 미나미카마쿠라 종합병원으로 오려무나. 끊으마."

택시에 탄 다음, 이 대화를 몇 번이나 되새겼는지 모른다. 어머니의 말투, 숨결, 그 사이사이의 틈에 깃든 짧은 침묵…. 전화로 전해지던 느낌을 곰곰이 떠올리며 네모토가 무사할 가능성을 헤아렸다.

"이쪽 길도 막히네요…."

미간을 찡그리며 말하는 기사에게 어떻게 좀 해달라며 애원했다. 그렇지만 마음속으로는 서둘러 도착하지 않기를 바랐다. 무서워서였다.

시야에 들어온 하얀색 건물이 점점 가까워질수록 심장 박동이 빨라졌다. 눈앞에 벌어질 현실을 마주하기가 두려웠다. 어느 때로든 돌아가도 좋으니, 이 순간에서 벗어나고 싶었다.

"다 왔습니다! 병원 정문 앞은 혼잡하니까 뒷문 쪽으로 돌아서…"

"괜찮으니까 여기 세워주세요!"

기사의 말을 끊고는 1만 엔짜리 지폐를 찔러주고 잔돈도 받지 않은 채 내렸다. 따라붙는 방송국 카메라를 손으로 막으며 로터리를 가로질러 뛰어갔다.

호송용 경찰 버스 몇 대가 정문 앞에 진을 치고 있었다. 들것이 모자랐는지 사고 난 열차 좌석을 그대로 떼어 와 차례차례 부상자를 실어 나르고 있었다.

"그 환자는 나중에! 이쪽이 먼저!"

자동문 안쪽은 도떼기시장을 방불케 했다.

"아까는 저쪽이 먼저라고 했잖아요, 선생님!"

"입 다물고 시키는 대로 해! 병상은 이미 꽉 찼으니, 사망자는 일단 지하로 옮겨!"

병원 안에 노성이 엇갈렸다. 날 선 목소리와 겹쳐 들것을 옮기는 쿵쾅대는 발소리가 여기서기서 날아왔다.

"저기요, 네모토 신이치로는 어디 있나요? 오늘 탈선 사고를 당한 사람인데요!"

오가는 사람들 사이를 뚫고 접수창구로 달려갔다.

"가족분이세요?"

"약혼자예요! 저는 히구치 도모코라고 합니다!"

사정을 설명하자 젊은 여자 간호사가 뒤쪽 간호사실로 사라졌다. 다른 간호사와 얼굴을 맞대고 잠깐 이야기를 나누더니 조금 있다가 접수창구로 돌아왔다.

"…지하 2층으로 내려가서, 오른편 안쪽 방으로 들어가시면 됩니다."

그 말을 듣는 순간 심장이 툭 튀어나올 뻔했다.

지하 2층…. 그 말뜻을 이해한 순간 정신이 아득히 멀어졌다.

비상계단을 통해 지하 2층으로 내려가 보니 울음소리가 그 공간을 가득 메우고 있었다. 어둑어둑한 복도를 지나 안쪽으로 걸음을 옮기자 보일러실 옆방에서 귀에 익은 목소리가 새어 나왔다.

그 방 앞에 자연스레 멈춰 섰다. 손잡이를 거머쥐었지만, 몸이 말을 듣지 않았다. 문 너머의 광경이 눈앞에 그려져서일까.

눈을 감고 가슴 밑바닥에 고여 있던 묵직한 숨을 깊이 내쉬었다. 숨을 내뱉던 힘을 이용해 손잡이를 당겼더니 상상했던 광경이 시야에 들어왔다. 큼지막한 침대. 침대에 누워 있는 네모토. 그리고 그이의 얼굴을 덮은 흰 천.

순간 정신이 아득해져 아무 생각도 할 수가 없었다. 여기가 어디인지, 뭘 하려 했는지조차 헷갈릴 지경이었다.

"도모코⋯."

어머니가 다가오더니 두 손으로 내 오른손을 꼭 잡아주었다.

"도모코⋯ 도모코⋯ 도모코!"

날 붙잡고 울부짖는 어머니가 성가시게 느껴졌다. 혼돈에 사로잡힌 내 머릿속을 더욱 뒤엉키게 만드는 것 같아 그저 지금은 어머니의 손을 뿌리치고 이곳을 벗어나고만 싶었다. 하지만 그렇다고 어머니를 외면할 수는 없었다. 내 손을 꼭 붙잡은 그 손에서 외아들을 향한 사랑이 느껴졌으니까.

"도모코, 신이치로 얼굴 봐야지."

이번에는 아버지가 내 팔을 끌어당겼다.

그이의 얼굴을 덮은 천을 스르르 아래로 잡아당기자, 낯익은 얼굴이 보였다. 나는 아이처럼 잠든 이 얼굴을 보는 게 좋았다. 침대 베갯머리에서 밤새도록 들여다본 적도 있다.

다음 주면 네모토의 서른두 번째 생일이다. 그는 내게 생일날 카레라이스를 만들어달라고 부탁했었다. 작년 생일에 카레를 만들어줬었는데, 카레를 입에 한가득 넣은 그는 눈물을 글썽였다. 왜 우냐고 묻자 네모토가 이렇게 대답했다.

"아니, 죽을 때까지 앞으로 몇 번이나 더 이 카레를 먹을 수 있을까 싶어서 말이야."

나는 더할 나위 없이 행복했다. 아이같이 순수한 이 남자와 결혼하게 돼서. 내 미래에 네모토가 영원히 함께해주어서.

"네모토, 일어나. 제발 부탁이니까 일어나서…."

나는 그의 손을 부여잡았다.

"네모토, 눈떠. 응? 내가 또 카레 만들어줄게. 매일같이 만들어줄게. 그러니까 제발 눈떠… 네모토. 네모토…! 네모토!"

누워 있는 그의 앞에 무너지듯 주저앉은 채 절규하는 나를 아버지가 부둥켜안았다. 내 등을 쓰다듬는 아버지의 손이 숨길 수 없을 만큼 떨려왔다. 나는 그런 아버지

품에 안겨 흐느껴 울었다. 우는 내내 네모토를 처음 만났던 날이 머릿속에 스쳐 지나갔다.

16년 전, 고등학교 1학년 때였을 것이다.

아빠는 심장병을 앓고 있었다. 일을 할 수 없는 아빠 대신 엄마가 돈을 벌어야 했고, 엄마는 동네 인쇄 공장에 취직했다. 형편은 늘 쪼들렸다. 나는 생활비에 보태려고 학교 수업이 끝나면 근처 요양원에서 도우미 아르바이트를 했다.

골든위크*가 끝날 무렵이었나. 하루는 체험 학습으로 자동차 공장에 견학을 가게 됐다. 조별로 공장 안을 구경하다가 나는 어느새 무리와 떨어져 혼자 다녔다. 교실에서 조를 짤 때 같이 다니자며 말을 걸어준 여자애가 있었는데, 그 애는 관광버스에서 내리자마자 나와 눈도 마주치려 하지 않았다. 우리는 버스에서 같이 앉았는데 내가 워낙 말수가 적으니 그 애가 답답해했고, 그러면서 나 같이 조용하고 침울하기까지 한 애와 어울려봤자 재미없겠다고 생각한 듯했다.

* 4월 말부터 5월 초까지 이어지는 일본의 연휴 기간

점심때가 되자 자동차 공장에 딸린 식당에서 밥을 먹게 됐다. 도시락을 싸 온 사람은 도시락을 먹으면 되지만, 그날 나는 엄마가 출장으로 집을 비우는 바람에 도시락을 준비하지 못했다. 엄마가 밥값을 챙겨주긴 했으나 빠듯한 살림살이를 생각하면 막 쓸 수도 없는 노릇이었다.

"…우동 하나 주세요."

식당에서 그나마 제일 싼 메뉴를 주문하고 같은 조 여자애들이 모여 앉은 기다란 테이블로 향했다. 그러나 그 애들의 코앞에서 걸음을 멈췄다. 같은 조 애들이 한통속이 되어 나를 힐끔거리며 심술궂게 웃어댔기 때문이다. 보란 듯이 옆 사람과 귓속말로 속닥이는 애도 있었다.

"저렇게 구질구질한 걸 먹는 사람이 다 있네."

나는 결국 발길을 돌렸고, 등 뒤로 무자비한 경멸의 말들이 쏟아졌다. 그렇게 말한 사람은 나에게 자기 조에 들어오라고 권한 아이였다. 그 애는 행여 내가 앉을까 봐 자기 옆자리에 가방까지 올려놓았다.

나는 아무도 없는 테이블로 가서 앉았다. 그때 햄버그스테이크 정식을 시킨 애가 내 곁을 지나쳐갔다. 한 테이블을 보니 불고기를 한 입 가득 베어 문 채 먹고 있는 애도 있었다. 그 순간 나 자신이 초라하고 비참했다. 누군가의 웃음소리가 들릴 때마다 괜히 나를 비웃는 소리인 것 같아 견디기 힘들었다.

"저도 우동 하나 주세요."

우동에 젓가락도 대지 않고 있는데 때마침 누가 주방을 향해 외치는 소리가 들렸다. 저'도'라는 말이 마음에 걸려 고개를 돌렸더니 같은 반 남자애 한 명이 서 있었다.

체구가 작은 그 애는 우동을 담은 쟁반을 들고 내 옆에 와서 앉았다. 그리고 묵묵히 나무젓가락을 둘로 가르더니 후루룩후루룩 우동을 집어서 먹기 시작했다.

그 애는 어린아이처럼 눈이 동글동글했다. 얼굴은 햇볕에 살짝 그을렸고, 낯을 가리는 성격인지 내 쪽은 거의 보지 않았다. 어쩌다 눈이 마주치기라도 하면, 쑥쓰러워하며 눈을 깜빡이다가 바로 시선을 돌렸다.

하지만 그 애가 말하지 않아도 나는 알 수 있었다. 내가 혼자 창피를 당할까 봐 그 애도 우동을 주문했다는 사실을.

그 애는 내 모습이 사람들에게서 가려지는 자리를 골라 앉았다. 근처에 앉은 다른 애들이 나를 볼 수 없도록 스스로 벽이 되어주었다. 마치 '우동을 먹고 있는 사람은 나밖에 없어. 그러니까 비웃을 테면 나를 비웃어.'라고 말하는 것처럼.

그 애는 우동을 다 먹고 나서도 자리를 뜨지 않았다. 빈 컵에 물을 채우러 가는 일도 없었다. 나를 지켜주려는 듯 그 자리에서 한 걸음도 움직이지 않았다.

그 애의 배려가 내 마음을 찡하게 했다. 젓가락으로 우동을 집으려는데 어깨가 들썩였다. 뺨을 타고 흐르는 눈물을 손가락으로 재빨리 훔치고 그릇에 입을 갖다 댔다. 조금 식긴 했지만, 가다랑어포로 맛을 낸 진한 우동 국물이 온몸으로 퍼져 나갔다.

그 애 이름은 네모토 신이치로였다.

체험 학습을 다녀와서 이틀이 지난 점심시간이었다. 나는 교실에서 혼자 도시락을 먹고 있었는데, 체험 학습 때 같은 조였던 여자애들이 부실한 내 도시락을 보고 히죽거렸다. 교실에 있기 불편해서 밥을 먹고 도서실로 갔는데 그곳에 네모토가 있었다. 네모토는 《강아지 키우기》라는 도감을 들여다보고 있었다.

나는 지난번 일에 대해 아직 그에게 고맙다는 인사를 하지 못했다. 말을 걸어보려고 네모토에게 다가가려는데, 지난번 체험 학습 때 날 비웃던 여자애들이 부산을 떨며 도서실 안으로 들어왔다. 여기서 네모토에게 말을 걸었다가 괜히 이상한 소문이라도 나면 골치가 아프다. 하는 수 없이 다음을 기약하며 도서실을 빠져나왔는데, 다음 기회가 생각보다 금방 찾아왔다. 방과 후 자전거를 타고 정문을 빠져나와 길모퉁이를 도는데, 네모토가 보인 것이다. 그는 집으로 돌아가는 다른 애들과 떨어져 맨션과 맨션 사이로 미끄러지듯 들어갔다.

자전거를 세우고 훔쳐봤더니 네모토가 첨벙첨벙 소리를 내면서 좁다란 도랑을 걷고 있었다. 바짓단을 말아 올리지도 않고 뭐가 묻거나 말거나 상관없다는 듯이 힘차게 걸음을 옮기는 네모토가 어디로 가는지 신경 쓰였다. 요양원에 아르바이트하러 갈 때까지 아직 한 시간 넘게 남았으니, 그의 뒤를 밟아보기로 했다.

부연 물에 운동화 신은 발을 담갔다. 30미터쯤 걸었을까, 나는 멈춰 섰다. 저 멀리 푸릇푸릇한 수목이 눈에 들어왔기 때문이다.

개골창을 빠져나오자 눈앞에 널찍한 숲이 나타났다. 원시림에서나 볼 법한 키 큰 삼나무가 죽 늘어서 있었다. 우리 집은 이 숲에서 자전거로 15분 정도 떨어져 있어서 어릴 때 이 근처를 여러 번 지나다녔다. 귀를 기울이자 숲에서 서벅서벅 집초 밟는 소리가 들렸다. 네모토가 숲속으로 걸어 들어가는 소리일 터였다.

용수로에 놓인 작은 나무다리를 건너고 나서, 젖은 치맛자락을 잡고 물기를 꼭 짜냈다. 그런 다음 양손으로 나뭇가지와 잎사귀를 헤치며 완만한 오르막길을 따라 올라갔다.

짐승이 다니는 길로 접어들어 한숨 돌리려던 때, 별안간 어디선가 발소리가 들려오더니 점점 빨라졌다. 가파른 비탈길을 거침없이 뛰어 내려온 정체 모를 게 내 앞에 섰다. 자세히 보니 털이 하얀 개였다. 목에는 낡은 노란색 목걸이가 걸려 있었다. 눈에 핏발을 세우고 당장이라도 덮칠 기세로 나를 노려보았다.

"꺄아아아아아아악!"

느닷없는 상황에 너무 놀란 내가 벌러덩 나자빠지자 네모토가 헐레벌떡 비탈길을 달려 내려왔다.

그러고 나서 그는 아무런 망설임 없이 내 앞을 막아섰다. 아키타견*으로 보이는 덩치 큰 개가 콧김을 거칠게 내뿜으며 나와 네모토를 향해 돌진했다. 네모토가 야구공을 받는 포수처럼 자세를 낮추었다. 그러더니 우리 바로 코

* 일본 아키타현의 특산종으로, 천연기념물로 지정되어 있다

앞까지 다가온 개를 아래쪽에서 껴안아 옆으로 넘어뜨린 다음 유도 기술의 하나인 목을 감고 팔을 제어하는 곁누르기 기술을 선보였다. 일련의 동작을 미리 계산해둔 사람마냥 네모토는 침착하게 움직였다.

"시로, 미안. 내가 너무 난폭했지? 잠깐이면 끝나."

미안한 표정을 지으며 말하던 네모토가 "히구치!" 하고 내 이름을 불렀다.

"거기 내 가방 보이지? 안에 구급약이 들어 있으니까 통째로 좀 꺼내줄래?"

나는 어리둥절하면서도 알겠다고 대답했다. 그런 다음 그의 가방에서 작은 구급약 상자를 꺼내 바닥에 드러누운 네모토의 옆으로 다가갔다.

"시로, 금방 끝날 거야. 히구치, 미안한데 이 녀석 앞다리에 소독약 좀 뿌려줄래? 오른쪽 무릎 부근에 피나는 데 보이지?"

네모토 말마따나 5센티미터쯤 베인 상처가 보였다. 상처가 깊지 않아서 꿰맬 정도는 아니었지만, 딱지를 뜯었는지 계속 피가 흘렀다.

"그냥 놔두면 세균이 들어가거든. 소독약을 병째로 녀석의 다리에 다 뿌려줘."

"응, 알았어!"

나는 짖어대는 개 옆에 웅크리고 앉아 작은 병을 열고 상처 부위에 소독약을 쏟아부었다. 시로라는 그 개는 통증이 심한지 버둥거렸다. 그러자 네모토가 팔에 힘을 줘서 꽉 눌렀다.

"고마워. 그럼 이번에는 거즈로 덮어줘."

바닥에 누운 채로 네모토가 내게 차례차례 지시를 내렸다. 거즈로 덮고, 붕대를 감고, 그 위에 다시 보호대를 씌웠다.

나는 네모토가 하라는 대로 하며 보호대 지퍼를 올렸다.

"도와줘서 고마워, 히구치. 유도 수업 시간에 기술 배워두길 잘했어."

땀방울이 송골송골 맺힌 얼굴로 그는 시로를 잡고 있던 왼팔을 풀었다. 그러고는 자리에서 일어나 "잘 참았어, 시로." 하며 녀석의 머리를 톡톡 두드렸다. 네모토는 입고 있던 셔츠의 왼쪽 소매가 뜯겼는데도 전혀 개의치 않았다.

치료를 마친 시로가 벌떡 일어났다. 흥분해서 낮은 소리로 으르렁대더니 금세 흥미를 잃었는지 숲속으로 사라졌다.

"그건 그렇고, 어쩐지 아까부터 누가 따라오는 것 같더라니, 너였구나."

네모토는 숨을 내쉬며 가방에서 스테인리스 물통을 꺼냈다. 기다란 물통 한복판에는 스누피 그림이 그려져 있었다.

"…여기서 뭐 하는 거야?"

컵에 차를 따라 벌컥벌컥 들이켜는 그에게 미심쩍은 눈길을 던졌다.

"이 숲은 예전부터 '유기견의 숲'이라고 불리던 곳이야. 개를 키울 수 없게 된 주인이 개를 버리러 찾아오지. 숲 안으로 들어가면 개가 몇 마리 더 있어."

앞자락이 벌어진 셔츠 단추를 다시 채우면서 네모토는 말을 이었다.

"얼마 전에 시로가 학교 정문 근처에서 어슬렁거리는 걸 봤거든. 앞다리의 상처를 못 본 체할 수 없어서 따라왔더니 이 숲으로 들어가더라고. 근데 보통 사나워야 말이지. 사료를 줘도 좀처럼 먹지를 않아."

'그래서 점심시간에 도서실에서 개에 관한 책을 보고 있었구나.' 셔츠 밖으로 드러난 팔뚝에는 개에 물린 자국이며 긁힌 상처가 남아 있었다. 지금까지 시로와 맞붙어 온 흔적 같았다.

"시로라는 이름은 내가 붙였어."

네모토는 그렇게 말하면서 시로가 사라진 쪽으로 고개를 돌렸다.

"난 시로와 친해지고 싶어. 사람한테 버림받고 신경이 날카로워졌을 뿐이지, 시로는 분명 착한 여자애야."

네모토는 안쓰러운 눈빛으로 읊조리듯 말했다. 때 묻지 않은 그의 눈동자에는 애틋함마저 서려 있었다.

"그나저나, 넌 여기 왜 온 거야?"

"아니… 그게…."

네모토가 불쑥 말을 돌려서 머쓱해진 나는 헛기침을 한 다음 눈을 내리깔며 대답했다.

"그저께, 체험 학습 갔었잖아. 내가 혼자 우동 먹고 있을 때 네가 같은 걸 들고 내 옆으로 왔고. 그게 엄청 기뻤거든. 그때 고맙다는 인사를 제대로 못 했는데, 오늘은 꼭 말하고 싶었어. 그때는… 고마웠어."

말을 마치고 자연스레 머리를 숙여 인사했다.

다시 머리를 든 내게 네모토는 가타부타 말이 없었다. 쑥스러워하지도, 그렇다고 으스대지도 않았다. 무의식적으로 미소 지은 그의 얼굴에는 좀 전에 봤던 다정한 눈빛이 반짝이고 있었다.

"시로, 이쪽으로 와!"

네모토가 석쇠 자국이 찍힌 얇은 고기 조각을 들고 손짓하며 시로를 불렀다.

"겁먹을 거 없어, 시로. 자, 육포야!"

시로를 처음 만난 그날 이후, 나도 네모토의 뒤를 따라 계속 숲을 찾았다. 그렇지만 시로는 한 발짝도 다가오지 않았다.

지난 2주 동안 처음보다 짖어대는 횟수는 줄었다. 시로의 앞다리도 깨끗이 나았고 상처 부위를 감싸던 보호대는 시로가 이빨로 잡아 뜯어버렸다.

네모토는 시로가 머무는 숲에 밥그릇을 갖다 놓고 매일 사료를 주러 다녔다. 다음 날 찾아가면 밥그릇이 싹 비어 있었다. 사료를 먹긴 먹는 것 같은데, 우리가 직접 주려고 하면 가까이 오지 않았다.

"시로는 사람을 못 믿는 것 같아. 아무래도 주인한테 학대를 당했던 모양이야."

전에 네모토가 말했다. 아마 그의 짐작이 맞을 것이다.

"내일은 토요일이니까 애견숍에 가서 이것저것 물어봐야겠다. 그럼 다음 주에 보자!"

그날은 그렇게 헤어졌다. 나는 네모토와 헤어지고 니

서 아르바이트를 하러 요양원으로 향했다.

숲에서 네모토를 만난 다음 날부터 수업이 끝나면 숲으로 가는 게 일과가 되었다. 교실에서는 서로 자리가 떨어져 있어 학교에서는 거의 말을 섞지 않는다. 그렇지만 수업이 끝나면 둘이 미리 짠 듯 숲으로 향한다. 한참 개골창을 건너고 있는데 뒤에서 네모토가 나타나 웃음이 터진 적도 있다. 같이 가지 않고 이렇게 거리를 유지하는 게 어쩐지 즐거워서 나는 이대로 괜찮다고 생각했다.

숲에서 네모토와 함께 보내는 시간이 내게는 무척 소중했다.

네모토도 나와 마찬가지로 형제가 없었다. 아빠가 병에 걸렸다는 말을 꺼냈더니 그는 내 이야기를 진지하게 들어주었다. 어린아이 같은 겉모습과 달리 네모토는 생각하는 것이 성숙하고 어른스러웠다. 이따금 학교에서 여자애들이 나에게 쌀쌀맞게 굴어도 네모토와 보내는 충실한 시간 덕분에 아무렇지 않았다.

납작한 잿빛 구름이 하늘을 뒤덮었다. 하늘에서 한두 방울 뚝뚝 빗방울이 떨어지더니 이내 아무렇게나 마구 자란 삼나무 위로 떨어졌다.

간토 지방에 장마가 시작됐음을 알리던 그날도 나는 숲속에 있었다. 저녁부터 폭우가 퍼부을 예정이라 했으니 오늘은 네모토도 오지 않을 것 같았다. 그렇게 생각하면서도 혹시나 하며 우산을 쓰고 숲으로 갔더니 그곳에 네모토가 있었다. 투명한 비옷을 걸치고 시로에게 육포를 내밀고 있었다.

"시로, 배 안 고파?"

비를 맞아서 심기가 불편한지 시로는 평소보다 훨씬 거칠었다. 젖은 몸은 뻣뻣이 경직되었으며 상대를 위협하듯 계속 짖기만 했다.

아키타견을 훈련할 때는 누가 주인인지 확실히 하는 것이 중요하다. 네모토는 애견숍 사장에게 그런 조언을 듣고도 따르지 않았다.

"시로는 누구에게도 사랑받은 적이 없어서 그러는 거야. 난 시로와 주종 관계를 맺고 싶지 않아."

선언이라도 하듯 네모토가 그렇게 내뱉었다. 주저 없는 말투에 내가 끼어들 틈은 없었다.

"시로, 겁내지 말고. 이쪽으로 와서 먹어."

나는 비닐우산을 쓴 채로 네모토를 지켜보았다. 하지만 아무리 기다려도 시로는 우리에게 오지 않았다. 빗빌

이 더 거세지자 시로는 화가 난 것처럼 하늘을 향해 목청을 높였다. 그러더니 마치 그게 신호였던 양 네모토에게 달려들어 그의 오른손을 물었다.

"네모토!"

"난 괜찮아."

내 말꼬리와 네모토의 대답이 겹쳤다. 시로의 이빨이 그의 오른손에 박혀 있었다. 네모토는 고통스러운 표정을 지었지만, 눈빛은 흔들리지 않았다. 어디 실컷 물어뜯어 보라고 부추기듯 오히려 시로의 입속으로 제 주먹을 집어넣었다.

언짢은 표정의 시로가 네모토에게서 떨어졌다. 나는 우산 아래에 못 박힌 듯 그 자리에 서 있었다. 손목시계를 보니 아르바이트하러 갈 시간도 벌써 지났다.

사방에 어둠이 깔리기 시작한 가운데 둘의 싸움은 계속되었다. 네모토가 먹이를 들고 가까이 다가가면 시로는 뒤로 물러났다. 시로가 물려고 앞으로 나오면, 도리어 네모토는 한 걸음 다가갔고 시로는 다시 물러섰다.

손목시계 바늘이 밤 8시를 넘을락 말락 하는 시간을 가리키고 있었다. 갑자기 하늘에 구멍이 뚫린 것처럼 약하던 빗방울이 빗줄기가 되어 우두둑 쏟아졌다. 빗줄기는 채찍처럼 온 수풀을 인정사정없이 후려갈겼다.

요란한 빗소리에 겁을 먹었는지 시로가 등을 돌리고 숲 속으로 내달리기 시작했다. 네모토는 콧김을 거칠게 내쉬었다. 오늘은 이쯤 하고 돌아갈까. 그가 내게 눈짓을 보낸 순간, 컹컹대는 괴성이 숲을 뒤흔들었다.

시로가 자취를 감춘 방향으로 네모토가 먼저 달려갔고 나도 그 뒤를 쫓아가는데, 네모토가 갑자기 달리던 걸음을 뚝 멈췄다. 그의 시선을 붙잡은 건 담수조 때문에 푸른 빛이 도는 커다란 호수였다. 비가 억수같이 쏟아져 물이 불어난 수면 위로 흰색 털로 뒤덮인 다리가 보였다.

"시로!"

네모토는 비옷을 벗어 던진 채 깊이를 가늠할 수 없는 호수로 뛰어들었다. 호수 중간쯤까지 평영으로 헤엄쳐 간 다음, 커다란 시로의 몸을 아래쪽에서 들어 올렸다. 수심은 네모토가 간신히 발을 바닥에 붙이고 설 정도였고, 그가 아래에서 시로를 받친 채 수면 위로 시로의 얼굴을 내밀었다. 그런데 극도로 흥분한 시로가 심하게 버둥거렸다.

어떻게 해야 할지 몰라 우왕좌왕하던 내 시선 끝에 작은 통나무집이 들어왔다. 그리고 출입문 옆에는 릴에 감긴 살수용 호스가 놓여 있었다. 저거다!

"네모토, 이거 잡아!"

나는 통나무집으로 달려간 다음 호스를 풀어 호수를 향해 던졌다. 시로를 품에 안고 물가까지 온 네모토가 "히구치! 시로부터 좀 받아줘!" 하고 부탁했다. 위급한 상황인 만큼 우리는 초인적이라 할 힘이 발휘됐다. 나는 발이 수렁에 빠지면서도 시로의 두 앞다리를 붙잡고 힘껏 끌어당겼다. 네모토는 코언저리까지 물에 잠겼다. 기진맥진해서 물가에서 떨어지던 네모토가 가까스로 호스를 휘어잡았다. 나는 허리를 깊이 숙이고 젖 먹던 힘까지 짜내어 두 손으로 호스를 잡아당겼다. 하지만 땅바닥이 젖어서 발이 미끄러지는 바람에 도무지 호스가 끌려오지 않았다. 나는 엉덩방아를 찧으면서도 호스를 계속 잡아당겼다. 팔 힘이 모자라서 호스를 놓칠까 봐 왼쪽 겨드랑이에 끼워 넣었다. "히구치, 이제 그만하고 피해!" 네모토의 목소리가 들렸지만, 나는 왼쪽 겨드랑이에 고정한 호스를 오른팔에 둘둘 감았다.

"꽉 붙잡아, 네모토! 호스 놓으면 절대로 용서 안 해!"

나는 애타게 부르짖었다. 물결에 휩쓸려 들어가는 그를 향해서.

식당에서 우동을 주문했던 날 네모토가 내게 베풀었던 친절을 결코 잊을 수 없다. 이번에는 내가 그를 도울 차례였다.

굵은 빗방울에 한 치 앞도 알아볼 수 없는, 바로 그때였다.

"무슨 일이냐?"

손전등에서 퍼져 나온 빛이 내 얼굴로 쏟아졌다. 우리가 지나왔던 쪽을 보니 누가 서 있었다.

왕왕 짖으며 그 사람을 끌고 온 모양새로 나타난 시로가 내 곁으로 왔다. 그 뒤로 시로를 따라 웬 중년 남자가 우산을 들고 "뭐야, 무슨 일이야?" 하며 허둥지둥 뛰어왔다.

"도와주세요!"

내가 도움을 청하자 아저씨가 내 앞에 서서 호스를 꽉 거머쥐었다. 발이 미끄러지거나 말거나 둘이 힘을 모아 호스를 잡아당겼다.

겨우겨우 물가에 닿은 네모토의 두 팔을 한쪽씩 잡고 둘이서 질질 끌어당겼다.

"네모토, 괜찮아?"

쪼그리고 앉아 얼굴을 들여다보자 땅바닥에 엎드린 그가 "허억허억, 괜찮아. 넌 안 다쳤어?" 하며 상체를 일으켰다. 호흡은 가빠도 별 탈은 없어 보였다.

"히구치, 무모한 짓 좀 하지 마."

"사돈 남 말 하시네."

거침없이 그의 말을 받아쳤더니 네모토의 눈꼬리가 둥글게 휘어졌다. 나도 찡긋 웃으며 뺨을 풀었다.

우리를 도와준 아저씨를 따라 일단 통나무집으로 이동했다. 쫄딱 젖은 꼴로 처마가 달린 툇마루에 걸터앉았다.

"호우경보가 내려진 마당인데 도대체 뭘 하고 있었던 거냐."

아저씨는 어이없다는 얼굴로 우리를 바라보았다. 네모토는 죄송하다며 머리를 숙이고 무슨 일이 있었는지 자초지종을 설명했다.

"그런데, 저희가 여기 있는 건 어떻게 아셨어요?"

흐트러진 옷매무새를 가다듬으며 물었더니 아저씨가 호수 쪽을 흘끔거리면서 대답했다.

"흰색 개가 맨션 아래에서 계속 짖어댔거든. 너무 시끄러워서 우산을 쓰고 나갔더니 내 바짓가랑이를 물고 숲쪽으로 끌고 가려는 거야. 마지못해 따라와 보니까 너희들이 호숫가에서 그러고 있잖아. 저 개가 너희들을 살린 거야. 그러니까 고맙다는 인사는 저 개한테 하고."

좀 전까지 옆에 있던 시로는 어느새 호숫가에 가 있었다.

빗줄기가 가늘어졌다. 시야 가장자리로 말끄러미 이쪽을 응시하는 시로가 보였다.

그날 기록적인 폭우가 쏟아졌다는 건 나중에야 알았다. 지금 생각해보면, 그런 날 어떻게 숲에 갈 생각을 했을까 싶다. 숲에 간 다음 날은 토요일이어서 주말 내내 푹 쉴 생각이었다. 그러나 예상치 못한 일이 벌어졌다. 아빠가 갑자기 돌아가신 것이다.

아빠는 협심증이 악화해 최근 몇 년 동안 입원과 퇴원을 반복해왔다. 장대비가 내리고 나서 이틀째가 되던 일요일 아침에 눈을 떴을 때 아빠의 몸은 이미 차갑게 식어 있었다. 급성 심부전이었다.

어수선하게 장례식을 치르고 다 마무리하고 나니 그제야 울컥 슬픔이 북받쳐 올라왔다. 아빠와의 숱한 추억이 불쑥 가슴을 휘저어서 이불 밖으로 나갈 기력도 없었다. 그래서 엄마와 이야기한 다음 학교는 당분간 쉬기로 했다.

일주일쯤 쉬고 난 뒤 마음을 다잡고 학교에 갔다. 수업을 마치고 숲에 찾아갔으나 네모토는 보이지 않았다. 혹시나 하는 생각에 통나무집도 들여다봤지만, 거기에도 네모토는 없었다.

통나무집에서 나와 호수 쪽으로 발걸음을 옮기던 중에 호수 서쪽으로 난 비탈길을 발견했다. 사람이 만든 길인지 좌우에 가느다란 와이어로프도 설치되어 있었다. 로프를 잡고 길을 따라가자 높직한 언덕으로 이어졌다.

무질서하게 자라난 주변 나무들과 대조적으로 이 일대만 말끔히 손질되어 있었다. 안쪽에는 광택을 살린 통나무 의자가 두 개 놓여 있었고, 중간쯤에는 푸른빛이 도는 잔디밭이 펼쳐졌다. 이 숲에 이런 곳이 있었구나.

잠시 생각에 잠겨 있을 때 인기척이 들렸다. 소리가 난 쪽으로 시선을 옮기자 후미진 덤불 사이에 네모토가 서 있었다.

"저번에 감기 안 걸렸어?"

나를 알아본 네모토가 몸을 돌리고 물었다. "안 걸렸어. 네모토는?" 하고 되물으면서 거리를 좁혔다.

"괜찮았어. 몸은 말랐어도 보기보다 건강하거든."

"다행이다. 사실 그보다 난 부모님한테 무진장 혼났어. 연락도 없이 그 시간까지 어디 갔었냐면서."

말을 하다 말고 세상을 떠난 아빠가 생각나 마음이 가라앉았다. 침대에 몸져누워 있던 그날도 아빠는 내 걱정을 했었다.

옆에 선 나를 네모토가 걱정스러운 눈으로 가만히 바라보았다. 내가 의기소침한 걸 느꼈는지 아무 말이 없었다. 아빠가 돌아가신 건 네모토도 알고 있을 터였다. 학교를 일주일이나 쉬었으니 담임 선생님이 반 아이들에게 설명하지 않았을 리가 없다.

"…아빠가 돌아가셨어."

어색한 침묵을 견디기 힘들어서 내가 먼저 입을 열었다. 고개를 떨군 채 다음 말을 떠올려봤지만, 가슴이 탁 막혀서 입술이 떨어지지 않았다.

"…이틀 전쯤에 이 언덕을 발견했는데."

네모토는 곧 내게서 시선을 거뒀다.

"이 언덕에서는 오다와라 시내를 한눈에 내려다볼 수 있어. 너도 한번 봐봐."

허리에 손을 짚고 선 네모토 옆에서 그가 가리키는 쪽으로 고개를 돌렸다. 눈에 힘을 주고 쳐다보자 오다와라성 천수각이 시야에 들어왔다. 그 뒤에는 짙푸른 사가미만(灣)이 펼쳐져 있었다. 내가 나고 자란 마을을 이렇게 바라보는 건 처음이었다.

"히구치."

네모토가 내 이름을 부르더니 쉼 없이 말을 토해냈다.

"난 부모님을 여의어본 경험이 없으니까 네가 얼마나 힘든지 다 안다고 위로하지는 못해. 설령 내 부모님이 돌아가셨더라도 네 마음을 이해한다고 말해서도 안 되고. 다른 사람의 마음을 이해한다는 말은 너무나 무책임한 소리라고 생각해. 각자 사정이 있는 법이니까."

네모토는 내게서 눈을 돌리지 않은 채 "그래도 난 믿어." 라고 시원스레 내뱉고 나서 다음 말을 이었다.

"네 아버지는 세상을 떠나셨지만, 아버지의 분신인 넌 살아 있잖아. 그러니까 네가 기뻐하면 아버지도 분명 기뻐하실 거야. 너의 행복이 고스란히 아버지의 행복이 될 테니까. 핏줄이란 그런 거잖아. 그러니까 넌 네가 좋아하는 일을 하면 돼. 항상 웃으면서 살면 된다고."

에두르지 않은 솔직한 그의 말이 가슴에 깊이 와닿았다.

아빠가 돌아가시고 나서 나는 줄곧 한 가지 의문에 사로잡혀 있었다. 아빠의 인생은 과연 행복했을까. 아빠는 심장이 안 좋아서 옛날부터 잔병치레가 끊이지 않았다. 몇 년째 문밖출입도 제대로 하지 못했다. 오십도 안 되는 짧은 생을 살면서 어쩌면 살아생전 좋았던 일이 하나도 없었던 건 아닐까. 그런 생각을 하면 아빠가 너무 불쌍해서 가슴이 옥죄어왔다.

그런데 네모토가 말했다. 자식은 부모의 분신이라고. 그의 말대로라면, 아빠의 삶은 아직 끝나지 않은 셈이다.

네모토가 가방에서 스누피가 그려진 물통을 꺼냈다. 그가 내민 컵을 받아 들며 간신히 참았던 눈물이 왈칵 쏟아졌다.

그때 비탈길 쪽에서 성큼성큼 발소리가 들려왔다. 돌아보자 시로가 다가와 내 발치에 달라붙었다.

"시로…."

무릎을 굽히고 시로의 머리를 어루만졌더니 뺨을 타고 흘러내리는 눈물을 시로가 혀로 할짝할짝 닦아주었다. 시로는 기분 좋은 소리를 내며 경계심을 풀고 꼬리를 흔들었다.

"네가 학교에 안 온 동안 우리 엄청 친해졌어. 자, 시로, 간식이다!"

네모토가 육포를 꺼내자 시로가 그의 손으로 달려들었다. "잘했어!" 하며 그가 시로의 머리를 마구마구 쓰다듬었다. 그러자 시로를 따라왔는지 비탈길에서 새까만 개 한 마리가 더 나타났다. 녀석은 사뿐사뿐 잔디밭을 건너와 시로 주위를 맴돌았다.

"설마 쟤는 시로 남자 친구야? 맙소사, 시로도 보통이 아닌데?"

나는 컵에 든 보리차를 한 모금 마시고 하늘을 올려다
보았다. 두꺼운 구름 사이로 눈부시게 파란 하늘이 얼굴
을 내비치고 있었다.

이튿날부터 우리는 시로를 데리고 숲속을 거닐었다.
네모토는 시로에게 연한 하늘색 목걸이를 새로 선물했
다. 목걸이에 리드줄을 달아서 시로가 자유롭게 걸을 수
있게 했다. 마무리로 그 언덕에 오르는 게 정해진 산책 코
스였다.

언제부터인지 네모토가 비디오카메라를 들고 와 영상
을 찍기 시작했다.

"히구치, 활짝 좀 웃어봐."

네모토가 이렇게 조를 때마다 손가락으로 브이를 그리
면서 웃었다. 언덕 위 잔디밭에서 시로를 가운데 두고 내
천(川) 자로 셋이 함께 드러눕는 게 우리의 일상이었다.

보드라운 잔디밭에 누워 네모토가 이렇게 털어놓았다.

"난 원래 낯을 가리는 편인데, 넌 처음부터 낯설지 않더
라. 진짜 신기하다니까."

'나도 마찬가지였어.'

나는 마음속으로 중얼거렸다. 그리고 바로 그 순간, 내 감정을 분명히 깨달았다.

내가 네모토를 좋아하는구나.

단순히 친구로서 좋아하는 것이 아니다. 네모토는 이제 내게 그 무엇과도 바꿀 수 없는 존재가 되었다.

그러다 7월에 접어든 어느 날, 엄마가 말했다. 종업식이 끝나면 외할머니가 사는 오카야마현으로 이사하기로 했다고. 머릿속이 새하얘졌다. 이사 가면, 시로를 볼 수 없다. 물론 네모토도.

하지만 나는 이 일을 네모토에게 알리지 못했다. 그를 향한 내 마음도 아직 전하지 못했는데. 아무 말도 하지 못한 채 그렇게 시간만 흘러갔다.

종업식 전날 담임 선생님이 내가 전학 간다는 걸 반 아이들에게 알렸다. 딱히 슬퍼하는 사람은 없었다. 네모토만 평소와 달랐다.

"네모토."

교실에서 내가 불러도 네모토는 굳은 얼굴로 묵묵부답이었다. 그 후에도 네모토에게 말을 걸 타이밍을 살폈지만 네모토는 나와 눈이 마주치기 무섭게 자리를 떴다.

종업식 날, 식이 끝나자마자 곧장 숲으로 갔다. 그와의 마지막 만남이 될지도 몰랐다. 나는 그날 네모토에게 고백할 생각이었다. 그를 향한 터질 듯한 내 마음을 전하지 않고 이대로 헤어지긴 싫었다.

그런데 네모토는 거기 없었다. 시로가 나를 반겨주었지만, 아무리 찾아도 네모토는 보이지 않았다. 호수에도. 통나무집에도. 그리고 그 언덕에도.

발길을 돌리기 전에 시로를 힘껏 끌어안았다. 시로, 건강하게 잘 지내. 그리고 네모토도.

나는 눈가에 맺힌 눈물을 훔치며 추억이 가득한 숲을 뒤로했다.

현관과 맞붙은 거실에서 스님의 독경 소리가 울려 퍼졌다. 아담한 제단 양옆에는 고급스러운 화환이 늘어서 있었다. 자리에서 일어선 조문객들이 차례차례 향을 올린다. 그 공간을 지배하듯 관 속에 누운 네모토가 제단과 향로 사이에 놓여 있다.

그때 별안간 바깥이 어수선해져 내 옆에 있던 아버지가 자리를 비웠다.

"돌아가세요!"

아버지가 마당 한쪽에 서서 드물게 언성을 높였다. 매

스컴에서 찾아온 듯했다.

병원에서 숨을 거둔 네모토의 시신은 그 후 부검을 했다. 사고 발생 직후부터 빈소가 차려진 오늘까지 이틀 내내 매스컴은 끈질기게 들러붙었다. "유족으로서 지금 심정이 어떠십니까. 병원에 이송됐을 당시 네모토 씨는 아직 살아 있었다고 들었습니다만, 사망 경위를 자세히 말씀해주시겠습니까." 피도 눈물도 없는 질문 공세는 우리의 마음에 무수한 생채기를 냈다.

경야(經夜)*가 끝나자 조문객들은 정중히 인사하며 돌아갔다.

"괜찮냐, 도모코."

텅 빈 거실에서 아버지가 내 옆에 다가와 앉았다.

"저는 괜찮아요. 아버지는 괜찮으세요?"

걱정스레 물었더니 아버지는 나를 안심시키려는 듯이 애써 미소를 지었다.

아버지가 자식의 상주를 맡았으니 얼마나 괴로웠을까. 상조업체와의 미팅이며 경찰에 대응하는 일까지 전부 아버지가 도맡아서 처리했다. 내가 거들려고 해도 아버지

---

* 죽은 사람을 장사 지내기 전에 가까운 사람들이 관 옆에서 밤을 새워 지키는 일

는 내게 아무 일도 시키지 않았다. 아버지는 벌써 육십 줄에 들어섰다. 그런데도 사고 이후 힘들다거나 괴롭다는 말을 한 번도 입에 올리지 않았다.

"도모코, 사과 먹자."

어머니가 쟁반을 들고 왔다.

네모토와 결혼하기로 했을 때 누구보다 기뻐했던 사람이 어머니였다. "최고의 며느리가 와줬구나. 도모코, 나를 네 엄마라고 생각하렴." 어머니는 내게 그렇게 말했었다.

아빠에 이어 엄마까지 여의고 외톨이 신세였던 나를 네모토의 부모님은 지극한 사랑으로 맞아주었다.

"…잊고 있었는데요, 결혼식장에 예약 취소한다고 연락해야겠어요."

이것만은 두 분에게 부탁할 수 없다. 결혼식까지는 앞으로 석 달 남았고, 벌써 청첩장도 발송한 상태였다.

스마트폰 화면을 누르려던 손가락이 제멋대로 떨렸다. 작년 말에 프러포즈를 받은 나는 최고로 행복한 한때를 보내고 있었다. 순백의 웨딩드레스를 입고 그의 옆에 서는 모습을 얼마나 꿈꿔 왔는지 모른다. 그 꿈을 지금 내 손으로 끝내야 한다.

"…도모코"

어머니가 내 왼손을 꽉 쥐었다.

"신이치로를 사랑해줘서 고맙구나."

코끝이 시큰해졌다. 이제 다 말라버려서 더는 나오지 않을 줄 알았던 눈물이 넘쳐흘렀다. 내 옆에서 사고 이후 꿋꿋하게 버티고 있던 아버지의 어깨가 떨리고 있었다. 아버지는 울음을 삼키려 아랫입술을 깨물었지만, 붉게 충혈된 눈에서 눈물방울이 뚝뚝 흘러내렸다.

현관 쪽에서 구로가 컹컹 짖으면서 나타났다. 뺨을 타고 흐르는 눈물을 구로가 핥짝핥짝 핥아주었다. 나는 아버지, 어머니, 구로에게 둘러싸인 채 네모토와 막 사귀었을 때를 떠올렸다.

오카야마의 고등학교로 전학 간 나는 졸업하고 나서 요양보호사 자격증을 땄다. 오카야마 시내에 있는 복지시설에서 근무했는데, 내가 서른 살이 되던 해에 엄마가 돌연 세상을 떠났다.

운명의 장난인지 엄마도 아빠와 같은 급성 심부전이었다. 아빠가 죽고 나서 엄마는 쉬지 않고 일했다. 그러니 몸에 무리가 갔을 법도 했다.

외할머니는 이미 엄마보다 먼저 세상을 떠닌 뒤였다.

혼자가 된 나는 실의에 빠져 지내다가 고향인 오다와라로 돌아왔다. 고등학교 1학년 때 오다와라에 있는 요양원에서 아르바이트를 해봐서 아는 사람도 꽤 있었다. 예전 지인의 소개로 노인을 전문으로 돌보는 데이케어센터에 일자리를 얻었다.

그해 12월 말이었다.

퇴근하고 집에 가다가 눈에 보이는 아무 식당에 들어갔다.

"돈가스 덮밥 곱빼기로 주시고요. 카레 우동도 하나 주세요."

이가 빠진 컵에 물을 따라 마시고 나서 코로 거친 숨을 내쉬었다. 반년 넘게 시간이 흘러도 엄마를 잃은 상실감은 아물 줄을 몰랐다. 헛헛한 마음을 먹는 것으로 달랬더니 급격히 살이 쪘고, 키는 160센티미터도 안 되는데 몸무게는 60킬로그램을 족히 넘어섰다. 결혼해서 애를 낳아 키워도 모자랄 마당에 아직 남자 친구도 없었다. 하루하루 살아내는 것조차 버거워서 앞날을 생각할 여유가 없었다.

"식사 나왔습니다."

여자 점원이 탁자 위에 음식을 내려놓았다. 검은색 머

리카락보다 흰머리가 더 많은 여자는 오른쪽 다리를 절름거렸다. 계산대 한쪽에 접이식 휠체어가 놓여 있는 걸 보니 아무래도 다리가 불편한 모양이었다.

그녀를 보고 있으니 돌아가신 아빠의 모습이 떠올랐다. 몸이 아파서 자리보전하고 누워 지냈지만 내게는 자상한 아빠였다. 내가 학교에 갈 때마다 아빠는 현관에서 지팡이를 짚고 배웅해주었다.

"잘 먹었습니다. 오늘도 맛있었어요."

내가 감상에 젖은 사이 안쪽 자리를 차지하고 있던 남자가 자리에서 일어섰다. 남자는 감색 배낭을 메고 카레 접시를 올린 쟁반을 주방까지 들고 갔다. 그러고 나서 선반에 걸려 있던 행주를 갖고 오더니 자기가 먹은 자리를 꼼꼼히 닦았다.

"매번 고마워요."

다리가 불편한 점원이 미안해하자 그는 아니라며 얼굴 앞에서 손사래를 쳤다. 출입문으로 향하는 남자의 얼굴을 본 순간, 나는 돈가스 덮밥을 먹던 젓가락질을 멈추고 말았다. 건강하게 햇볕에 그은 얼굴. 어린아이처럼 동글동글한 눈.

"혹시, 네모토?"

입 밖으로 밥알이 튀었지만, 그런 걸 신경 쓸 때가 아니었다.

"…히구치?"

얼빠진 목소리로 대답한 네모토는 커다란 눈으로 나를 응시했다. 잠시 그와 눈을 맞추고 있자 눈물이 그렁그렁 차올랐다. 예전에 보았던 그의 모습이 남아 있는 정도가 아니라 그때와 똑같은 얼굴이 바로 내 앞에 있었다.

체험 학습을 하러 가 네모토를 처음 만난 곳도 여기와 비슷한 식당이었다. 그날 네모토가 내게 베풀었던 따스한 친절이 생각나 가슴이 벅차올랐다.

엄마를 잃고 정서가 불안정해진 것도 한몫해 결국 눈물샘이 터져버렸다.

"왜 그래, 히구치. 괜찮아?"

"미안…. 그게 아니라, 네모토의 모습이 옛날과 완전 똑같아서."

네모토는 배낭을 열어 손수건을 꺼냈다. 지퍼를 내린 사이드포켓 안에 스누피 물통이 들어 있었다. 그때 그 시절 네모토가 갖고 다니던 물통이다.

"나, 왜 이러지, 눈물이 안 멈추네. 네가 예전 모습 그대로인 게 너무 기뻐서 그런가."

겨우 두세 마디 주고받았을 뿐인데 커다란 안도감이 스며들어 가슴을 따스하게 물들였다. 반짝이는 추억들을 하나둘 떠올리자 흑백이었던 시야에 색이 덧입혀졌다.

"…나도 안 변했어?"

밝은 이야깃거리를 꺼내려고 던진 질문이었다. 그러자 네모토가 살짝 눈꼬리를 내리고 "화내지 마, 히구치. 절대로 화내면 안 돼."라며 전제를 깔더니 이렇게 말했다.

"솔직히 말해서 살이 좀 찐 것 같아."

손가락으로 관자놀이를 문지르면서 그가 개구쟁이처럼 웃었다. 나도 덩달아 웃음을 터뜨렸다.

이렇게 편안하게 웃는 게 얼마 만인지. 어렴풋이 그런 생각을 하다가 네모토가 건네준 손수건으로 젖은 뺨을 닦았다.

네모토와 우연히 만나고 사흘이 지난 날이었을까. 우리는 함께 그 식당에 갔다.

"진짜 조금도 안 달라졌네, 네모토. 겉모습이며 분위기까지 예전이랑 완전 똑같잖아."

"그런가? 직장 동료도 '넌 어린애 같은 데다 고집이 세서 큰일'이라며 자주 나무라긴 해."

재회했던 날 우리는 헤어지면서 서로 연락처를 주고받았다. 내가 문자를 보냈더니 다음에 같이 밥 먹자는 이야기가 나왔고, 둘 다 집이 이 식당에서 멀지 않아서 다시 여기서 만나게 된 것이다.

"네모토, 지금 무슨 일 해?"

나는 그릇 한가운데 놓인 큼지막한 돈가스 조각을 덥석 베어 물었다. 난 원래 남자와 밥 먹는 자리에서 이렇게까지 우적우적 먹어 치우는 사람이 아니다. 보통은 밥알을 세듯 깨작거리며 먹는데, 네모토 앞에서는 이상하게도 스스럼없이 행동하고 있었다.

"난 미나미카마쿠라 역 부근에 있는 애견숍에서 일해. 나 동물 좋아하는 거 알잖아."

그는 고등학교를 졸업하고 나서 강아지 훈련사 자격증을 땄다고 했다. 네모토 답다 싶었다.

"아 참, 시로는 어떻게 됐어?"

15년 내내 마음에 걸렸던 질문이다. 네모토는 작게 헛기침을 하고 목소리 톤을 낮추어 대답했다.

"걱정 붙들어 매셔, 시로는 고등학생 때 우리 집에 데려와서 키웠으니까. 안타깝게도 3년 전에 죽었지만, 그때까지 행복하게 살았어."

"…그랬구나."

시로가 죽었다는 말에 가슴이 먹먹했지만, 다름 아닌 네모토가 시로의 주인이었다면 시로는 틀림없이 행복했을 것이다.

"시로에 대해 이야기하려면 밤을 새워도 모자라니까 다음에 실컷 들려줄게."

좋아서 뺨이 실룩거렸다. 남은 돈가스 덮밥을 입속에 마저 넣었다.

네모토에게 어떻게 지냈는지 이것저것 질문했지만, 딱 한 가지 아직 묻지 못한 게 있었다. 네 번째 손가락에 반지는 끼워져 있지 않지만, 그렇다고 장담하기는 일러서 대화 중에 은근슬쩍 떠볼 생각이었다. 결혼은 아직 안 했더라도 여자 친구는 있을 수 있으니까.

네모토가 밥을 다 먹고 젓가락을 놓자 잠시 침묵이 흘렀다. 들키지 않게끔 작게 심호흡을 하고 고개를 들어 네모토를 쳐다보았다. 이제 에두를 것 없이 바로 물어봐야겠다.

"저기."

"저기."

그때 누가 먼저랄 것 없이 둘이 동시에 입을 열었다. 니는 멋쩍어하는 그의 표정에서 네모토가 무슨 말을 하려는지 직감했다. "히구치가 먼저 말해." 네모토는 쭈뼛대며 말했지만, 자신만만해진 나는 남자니까 네가 먼저 말하라며 그를 재촉했다.

"그게… 그러니까… 히구치 너 말이야, 연인이 있는지 궁금해서."

네모토의 볼이 소년처럼 발그레해졌다. '연인'이라는 고전적인 표현이 어딘가 귀여워 긴장이 스르르 풀렸다.

"없어, 남자 친구."

알량한 자존심 때문에 쭉 없었다고는 차마 말하지 못했다. 그런데 곧장 그가 "나도 계속 없었어, 연인."이라고 대답했다. 나'도'라는 말이 귀에 살짝 거슬렸으나 이야기가 원하던 방향으로 진행되어 기분이 좋았기 때문에 짚고 넘어가고 싶지는 않았다.

부끄러워하는 네모토의 입에서 다음 말이 나오지 않았다. 바늘방석에 앉은 사람처럼 거듭 컵을 입으로 가져가기만 했다. 계획은 좀 어긋났지만, 결국 그를 좋아하는 순수한 마음이 내 입을 열게 했다.

"혹시 괜찮으면."
"혹시 괜찮으면."

이번에도 동시에 입을 열었다. 하하, 내가 먼저 소리 내
웃자 그도 따라 웃었다.

우리는 서로 아무 말도 하지 않았다. 그저 큰 소리로 웃
기만 하다가 자연스레 사귀기 시작했다.

"어머니, 카레 맛 좀 봐주실래요?"

작은 접시에 카레를 담아 내밀자 어머니가 맛을 보고
는 손가락으로 오케이 사인을 보냈다. 세상을 떠난 엄마
가 알려준 대로 만든 카레였다.

"어디, 나도 맛 좀 볼까."

거실에서 고타쓰*에 다리를 넣고 쉬던 아버지도 주방
으로 왔다. 숟가락을 들고 카레를 먹어보더니 얼굴에 웃
음을 띤 채 엄지손가락을 치켜세웠다.

네모토의 본가에 들르게 된 건 그와 사귀고 두 달쯤 지
나서였다. 네모토의 부모님은 부모를 잃은 내게 다정하
게 대해주었다. 아버지는 정년퇴직해서 매일 집에 있었
다. 우리 넷은 자주 식탁에 둘러앉아 밥을 먹었다.

* 화덕이나 난로 위에 밥상을 두고 그 위에 이불이나 담요 등을 덮어서 쓰는 온
  열 기구

"네모토도 좀 먹어봐."

고타쓰에서 책을 읽던 그를 불렀더니 어머니가 "너희는 사귀면서 언제까지 이름이 아닌 성으로 부를 거니."* 라면서 얼굴을 찌푸렸다. 그러자 네모토가 "어머니, 우린 이게 편해요." 하며 거들었다.

둘 다 부끄럼을 많이 타는 탓에 시간이 흘러도 우리는 서로의 이름을 부르지 못했다. 그렇지만 왠지 우리에게는 그게 더 잘 어울린다는 생각이 들어 좋았다. 그래서 학교 다닐 때 그랬던 것처럼 '네모토' '히구치' 이렇게 부르기로 마음을 정했다.

"맛있다! 다음 달 내 생일날에도 카레 만들어줘."

네모토의 말에 나는 흐뭇한 미소로 답했다.

맛있는 카레 냄새에 자극을 받았는지 마당에서 개가 시끄럽게 짖어댔다. '구로'라는 덩치 큰 수캐는 네모토가 훈련을 잘 시켜서 그런지 사람을 무척 잘 따랐다.

"구로, 들어와."

네모토가 현관문을 열어주자 구로가 주방으로 달려왔다. 까만 털을 흩날리며 달려온 구로는 자기도 먹고 싶다

* 일본에서는 가까운 사람끼리 이름을 부른다

는 듯이 앞다리를 들고 내게 달라붙었다.

말로 표현할 수 없을 만큼 행복한 시간이었다. 손으로 만져질 듯한 온기에 둘러싸인 채 지금 이 행복이 영원히 계속되기를 바라고 또 바랐다.

창밖에는 매서운 칼바람이 불어댔다. 트렌치코트를 걸친 이는 바람에 날아가지 않으려는 듯이 어깨를 잔뜩 움츠렸다.

"오늘의 푸아송(Poisson)입니다."

쓸데없이 크기만 한 접시가 내 앞에 놓였다.

"푸아송은 생선 요리를 말하는 거래."

먹는 방법을 몰라 절절매는 네모토에게 작은 소리로 속삭였다. 물론 나도 방금 스마트폰으로 찾아보고 알았지만.

오늘은 서른두 번째 내 생일이다. 네모토와 외식을 하기로 약속했지만, 그는 깜짝 선물이라며 예약한 식당을 미리 말해주지 않았다. 각자 일을 마치고 미나미카마쿠라 역에서 만나 이 프렌치 레스토랑으로 왔다.

우아하게 차려입은 다른 손님과 달리 드레스 코드도 모르고 온 우리만 이방인처럼 섞이지 못했다. 나와 네모토는 이런 고급 레스토랑이 처음이었다. 테이블 매너도 알 리가 없었다.

"이 코스에는 와인이 서비스로 포함되어 있습니다만, 어떻게 하시겠습니까?"

검은색 턱시도를 빼입은 남자가 정중하게 허리를 굽힌 채 우리를 바라보았다. 우리는 둘 다 술을 입에 대지 못한다. 안 마시면 와인 값만큼 빼주는 거냐고 묻고 싶었지만, 애써 머릿속에서 떨쳐내며 "그럼, 레드와인을 컵에 조금만 담아주세요." 하며 짐짓 아는 체를 했다.

"글라스에, 조금, 준비해드릴까요?"

남자가 '글라스'라고 고쳐 물었다. 괜한 피해망상일지 몰라도 조롱거리가 된 것 같아 기분이 상했다.

바로 그때 네모토가 나이프를 바닥에 떨어뜨렸다. 그가 주우려 하자 근처에 있던 종업원이 다가와 "제가 하겠습니다."라며 손으로 그를 막았다. 말끝에서 묘하게 가시가 느껴졌다. 마치 당신들이 뭘 할 줄 알겠느냐며 무시하는 것만 같았다.

그 뒤로도 점원들이 우리의 일거수일투족을 지켜보는 듯해서 음식이 제대로 넘어가지 않았다.

"히구치, 다시 한번 생일 축하해. 건배!"

우리는 다시 오다와라로 돌아왔다. 늘 가던 식당에서 오렌지주스가 담긴 컵을 들어 올렸다.

"히구치, 정말 미안…. 다른 날도 아니고 생일인데 정말 미안해!"

"난 괜찮아, 네모토. 그래도 안 어울리는 행동은 안 하는 게 좋겠다 싶어."

컵에 입을 대고 미간을 찡그렸다.

"도모코, 생일 축하해. 이건 서비스."

식당 아주머니가 채소 볶음을 담은 커다란 접시를 들고 왔다. 제집처럼 드나들다 보니 이제 아주 단골손님이 됐다.

"히구치, 늦었지만, 생일 선물 줄게."

마주 앉은 네모토가 큼지막한 종이봉투를 내밀었다. 선물을 받고 포장을 풀자 토트백이 들어 있었다.

얼마 전에 그와 함께 아빠 엄마 산소에 다녀왔다. 그날 가방 어깨끈이 끊어져 백화점에 들렀는데 마음에 드는 가방은 하나같이 비싸서 빈손으로 나왔다.

"지난번에 봤던 가방 사려고 일부러 백화점까지 갔다 왔구나. 비쌌을 텐데."

"아냐, 신경 쓰지 마. 그리고 이건 운동화."

그가 종이봉투를 하나 더 꺼냈다.

"네가 신고 다니는 운동화가 너무 낡았더라고. 그리고 이건 기능성 쿠션. 요즘 허리 아프다고 했었잖아. 그리고 이건⋯."

한 차례 설명이 끝나고 나자 마지막으로 탁자 위에 네모난 반지 케이스가 올라왔다. 로열 블루 색상의 자그마한 상자는 따로 포장되어 있지 않았다. 얼떨떨해하며 살며시 상자를 열자 반질반질한 천 사이에서 반지가 자태를 드러냈다. 중간에 박힌 커다란 다이아몬드가 반짝반짝 빛을 발했다.

"히구치."

"⋯."

"나와 결혼해줄래?"

네모토는 내게 단도직입적으로 물었다. 예전에 나에게 고백하려 했던 날처럼 쑥스러워하는 기색도 없었다. 워낙 뜻밖이라 어리둥절했다. 기쁘다기보다 어이없다는 생각이 먼저 들었다. 도대체 어느 누가 이런 소박한 밥집에서 프러포즈한단 말인가.

하지만 나는 가식 없는 그의 성격이 싫지 않았다. 아니, 오히려 좋았다. 생일 축하를 하든 프러포즈를 하든, 우리에게는 분명 이런 식당이 잘 맞았다. 생각해보니 곧 그와 사귄 지 1년이 된다. 이 식당에서 그와 다시 만나고 우리에게 일어났던 일들이 순서대로 뇌리를 스쳤다.

"…응."

나는 부끄러워서 고개만 살짝 끄덕였다. 어색함을 감추려 젓가락으로 채소 볶음을 뒤적거렸지만, 시야가 흐려져서 채소 볶음을 제대로 집을 수 없었다.

겨우 잡은 새하얀 숙주나물은 아삭아삭하고 맛있었다.

프러포즈를 받은 날부터 나는 행복이라는 옷을 입은 것만 같았다. 그와 함께 있으면 온몸이 공중에 둥실둥실 떠 있는 것 같았다.

가마쿠라에 봄을 알리는 바람이 불던 날이었다.

오후에 데이케어센터에 출근해 평소처럼 일하고 있었다. 다음 주는 네모토의 생일이다. '특별한 날이니까 평소와 다른 카레를 만들어야지.' 그런 생각을 하면서 센터의 어르신들을 돌보았다.

"곧 웨딩드레스 맞추러 간다면서? 아줌마는 부러워 죽겠다니까."

식당으로 가는 복도에서 마주친 야마다 씨가 내 어깨를 탁, 치면서 말을 붙였다. 야마다 씨는 내 상사인데, 결혼 날짜를 정했다는 소식을 듣고부터 틈만 나면 나를 놀렸다.

오는 6월 3일, 가마쿠라의 한 호텔에서 식을 올리기로 했다. 둘이서 호텔에 딸린 바닷가 교회에 직접 가보고 결정했다. 네모토가 준 약혼반지는 아직 한 번도 껴보지 않았다. 직장에서 다이아몬드 반지를 끼고 일할 수는 없었다. 웨딩드레스를 고르러 가는 날 나는 처음으로 반지를 끼기로 마음먹었다.

"히구치 씨, 우지키 씨가 오신 모양이야."

야마다 씨가 내 귀에 대고 속닥거리더니 종종걸음을 치며 입구로 갔다.

우지키 씨는 치매 초기 환자이다. 증세가 심하지 않아 혼자서도 생활이 가능했다. 그런데 한 2주 전쯤 손녀를 잃고 나서는 데이케어센터에 발길을 뚝 끊었다. 몹시 수척해진 우지키 씨가 안으로 들어왔다. 얼굴은 창백하고 눈은 얻어맞기라도 한 듯이 움푹 패어 있었다.

야마다 씨가 앞장서서 제일 안쪽에 있는 직원 휴게실로 우지키 씨를 데리고 갔다. 안에서 쉬고 있던 직원에게 눈짓을 보내자 고개를 끄덕이며 자리를 비켜주었다. 직원들이 쪽잠을 자는 다다미 위에 우지키 씨가 양반다리를 틀고 앉았다.

"우지키 씨, 마실 거 좀 드릴까요?"

얼굴을 가까이 가져가도 그는 반응이 없었다. 요양보호사로서 이럴 때는 어떤 말을 건네야 할까. 자문자답하는 사이 우지키 씨가 점퍼 주머니에서 복숭앗빛 고둥을 꺼냈다. 생각에 잠겨 자그마한 껍데기를 하염없이 바라보았다.

"고둥이 참 예쁘네요."

나는 미소를 지으며 말을 걸었다.

"…죽은 손녀딸과의 추억이 깃든 물건이라오."

우지키 씨가 목소리를 쥐어짜다시피 하면서 입을 열었다.

"손녀딸이 초등학생이었을 때 조개껍데기를 주우러 가자고 해서 같이 에노시마에 간 적이 있다오. 정이 많은 아이였는데, 분홍색 고둥을 두 개 주워서 그중 하나를 나한테 주더군. 할아버지랑 나는 커플이라나. 그렇게 착한 애가 어째서…."

주름진 얼굴 켜켜이 눈물이 맺힌 채 고개를 숙인 우지키 씨를 보니 뭐라 해줄 말이 없었다.

이럴 때는 혼자 있게 하는 게 좋으려나.

"우지키 씨, 이따가 다시 올게요."

우지키 씨를 뒤로한 채 슬며시 휴게실을 나오는데 로비가 소란스러웠다. 텔레비전 화면에는 전복된 열차의 모습이 보였고, 어르신들은 화면에 시선을 고정하고 있었다.

"히구치 씨."

사무실에 있던 야마다 씨가 슬리퍼 소리를 탁탁 울리며 빠르게 복도를 지나왔다.

"네모토 씨라는 여자분에게서 전화가 왔어."

어머니는 어지간해서 직장으로 전화할 분이 아닌데. 왠지 모를 불안감에 휩싸인 채로 사무실로 가 책상 위에 놓인 수화기를 들었다.

"여보세요."

"도모코, 일하는 중일 텐데 전화해서 미안하구나."

"어쩐 일이세요, 어머니."

"지금부터 하는 이야기… 침착하게 잘 들으렴. 신이치로가 타고 있던 열차가… 탈선했단다."

"네?"

"신이치로가 타고 있던 열차가 사고 났대!"

"네모토는 괜찮대요? 그이는 무사한 건…."

"일단, 당장 미나미카마쿠라 종합병원으로 오려무나.

끊으마."

수화기를 내려놓고 나니 맥박이 점점 빨라지는 걸 알 수 있었다. 축축하고 서늘한, 불길한 기운이 온몸에 달라붙는 걸 느끼며 직원이 시키는 대로 택시에 올라탔다.

그렇게 나는 병원에서 네모토의 시신과 마주하게 되었다. 행복이라는 옷 대신 싸늘한 무언가가 나를 둘러싸는 순간이었다.

미처 마음을 추스르기도 전에 네모토의 장례식이 끝났다.

탈선 사고가 일어나고 2주가 지난 날, 나와 네모토의 부모님은 가마쿠라에 위치한 대형 호텔의 연회장에 와 있었다. 오후부터 사고를 낸 도힌철도 측이 피해자 설명회를 연다고 했기 때문이다. 평소 연회장으로 쓰이는 넓은 방에는 일렬로 앉은 경영진과 맞은편에 놓인 접이식 의자에 자리 잡은 피해자 측이 마주 보고 있었다.

"배상금 문제는 사고조사위원회에서 결론이 나오는 대로 정확하게 대응하겠습니다."

중간에 앉은 도힌철도 사장이 사무적인 어조로 입을 놀렸다. 돈만 주면 되잖아. 그렇게 말하는 태도에 분노가 치밀었다.

"돈이 다가 아니잖아!"

피해자 측에서 누군가 고함을 내질렀지만, 사장은 눈도 깜짝하지 않았다. 그뿐만 아니라 "어쨌거나 이번 일은 저희 쪽 기관사가 낸 사고라서….".라는 둥, 듣기에 따라서는 오히려 자신들이 피해자라는 인상을 풍기는 태도를 보였다.

이번 사고로 승객 127명 중 68명이 사망했다. 중상자 수가 40명을 넘는 데다 피해자 중에는 의식이 돌아오지 않은 사람도 있어서 앞으로 사망자가 더 늘어날지도 몰랐다.

전대미문의 대참사임에도 불구하고 반성은커녕 처음부터 끝까지 책임을 떠넘기는 꼴을 보니 열불이 터졌다. 도힌철도는 기관사가 규정 속도를 초과해서 사고가 일어났다는 주장을 굽히지 않았다. 설명회에서 피해자 측이 사고가 도대체 왜 일어난 건지 그 배경을 설명해달라고 해도 "기관사가 사망해서 자세한 설명은 불가능합니다.", "사고조사위원회의 결과를 기다려주십시오."라며 발뺌할 뿐이었다.

"어디까지나 개인적인 의견입니다만, 승객 외에 다른 희생자가 생기지 않은 것이 불행 중 다행이었다고 생각합니다."

악의 없이 내뱉은 말이었겠지만, 사장의 그 한마디에 간신히 붙잡고 있던 이성의 끈이 툭 끊어졌다.

"무슨 개소리야…."

나는 두 주먹을 불끈 쥐었다.

"허튼소리 집어치워!"

누가 나를 일으켜 세운 것처럼 나는 그 자리에서 벌떡 일어섰다.

"사람이 목숨을 잃었습니다. 그런 사고에 불행 중 다행 같은 건 없습니다. 당신들은 자신들이 무슨 짓을 저질렀는지 제대로 알고 계십니까?"

그들이 정신을 차리도록 열변을 쏟아냈다.

"저는 이번 사고로 사랑하는 약혼자를 잃었습니다. 당신들은 그 사람의 목숨만 앗아간 게 아닙니다. 그 사람의 미래까지 빼앗아갔습니다. 그리고 미래를 빼앗긴 건 그 사람 혼자가 아닙니다. 제 미래에도 이제 더는 그가 없으니까요. 당신들은 피해자 유족의 미래까지 빼앗은 겁니다. 그 사실을 알기나 합니까? 어디, 입이 있으면 뭐라고 말 좀 해보세요!"

나는 걸음을 뗐다. 주위의 만류도 뿌리치고 죽 늘어앉

은 경영진에게 다가갔다.

"대답해요! 대답해! 대답하라고!"

울면서 몸부림치는 내 팔을 아버지가 뒤에서 붙잡았다. 아버지는 팔을 잡고 몸을 끌어당겨 나를 꼭 안아주었다. 조금씩 떨리는 아버지의 상반신은 이상하리만치 땀에 젖어 있었다. 사고 전과 비교해 몰라보게 마른 아버지를 보니 눈물이 하염없이 쏟아졌다.

"도모코. 돈가스 덮밥, 곱빼기로 준비했어."

단골 식당 아주머니가 탁자 위에 쟁반을 살며시 내려놓았다. 내 어깨에 손을 올리고 "기운 차려야지." 위로하는 아주머니를 향해 나는 어색하게 웃고 말았다.

탈선 사고가 일어나고 두 달이 지나도록 나는 두문불출하며 울적하게 지냈다. 4월 말에야 겨우 복직했지만, 근무 중에도 신경안정제는 끊지 못한다. 불쑥불쑥 우울증이 덮쳐올 때마다 세상에서 사라지고 싶다. 식욕도 잃었다. 피로감을 떨쳐내고자 길게 숨을 내쉬며 맥없이 젓가락으로 손을 뻗었을 때였다.

"니시유이가하마 역에 유령 나온다는 소문 들었어?"

빈 탁자 하나를 사이에 두고 떨어져 앉은 사람들에게

서 묘한 이야기가 들려왔다.

"아니. 무슨 소리야?"

"얼마 전에 가마쿠라선 탈선 사고가 있었잖아. 요즘 심야만 되면 사고가 일어났던 곳에서 가장 가까운 니시유이가하마 역에 나타난대."

"뭐가?"

"유령."

밥을 다 먹은 젊은 여자 두 명이 얼굴을 맞대고 그런 얘기를 주고받았다.

"우리 회사에 탈선 사고로 가족을 잃은 사람이 있는데, 그 사람이 한밤중에 니시유이가하마 역에서 여자 유령을 목격했다더라고."

"거짓말."

"그 사람 말고도 밤중에 반투명한 열차가 가마쿠라선 선로를 빠져나가는 걸 봤다는 사람도 있고, 심지어 유령 열차를 타봤다는 사람까지 있어서 지금 내 주위에서는 다들 난리야."

"그거 혹시 가마쿠라 이키타마 신사랑 관련 있는 거 아냐?"

"그런가. 사고 난 열차가 이키타마 신사 도리이를 스쳤다니까. 왜 옛날부터 그 신사는 뭔가 꺼림칙하다고 말이 많았잖아."

돈가스를 집던 젓가락질을 멈췄다. 가마쿠라 이키타마 신사라…. 그 신사는 미나미카마쿠라에 있는 조그마한 신사인데, 죽은 사람의 영혼이 산 채로 그곳에 남아 있다는 전설이 내려온다. 거기서 유령을 봤다는 목격담이라면 어릴 때부터 귀가 따갑도록 들었다.

하지만 지금 나는 그 소문을 대수롭지 않게 넘길 수 없었다.

어쩌면 네모토를 만날 수 있지 않을까….

나는 지푸라기라도 잡는 심정으로 곧장 니시유이가하마 역에 가보기로 했다.

"손님, 12시까지 영업이라서 곧 문 닫을 시간입니다."

머그잔에 남은 코코아를 단숨에 마시고 카페 문을 나섰다. 내 시선은 주택가 사이에 낀 모양새를 한 승강장에 꽂혔다. 역 남쪽의 주택가 너머에는 유이가하마 해변이 있어 귀를 기울이면 희미하게 파도 소리가 들린다.

사고 현장 검증이 끝난 지금까지도 가마쿠라선 상·하행 열차는 전부 운행이 중지된 상태였다. 나는 오다와라에서 여기까지 택시를 타고 왔다. 적막감이 흐르는 가운데 건널목 옆에 놓인 벤치에 몸을 기댔다. 기다란 승강장을 찬찬히 둘러봤지만, 여자 유령 따위는 어디에도 없었다. 그저 소문이려나.

1시까지 기다렸다가 아무 일도 없으면 돌아가자. 그렇게 마음먹었을 때였다. 니시유이가하마 역에서 한 정거장 전인 지가사키카이간 역 쪽에서 검은색 차체가 선로를 따라 들어왔다. 열차는 어둠과 한 몸이 되어 달리다가 조금씩 몸집을 부풀리며 니시유이가하마 역에 접근했다. 나는 내 눈을 의심했다. 흐릿하게 비치는 열차 안에 사람이 많이 타고 있었기 때문이다.

빨라지는 심장 박동을 느끼며 열려 있는 개찰구로 들어섰다. 아무도 없는 승강장에 발을 들이자 열차가 날카로운 브레이크 소리를 울리며 멈춰 섰다.

"이 열차는 말이지, 탈선 사고로 인해 마음에 맺힌 게 있는 사람 눈에만 보여."

승강장 끝자락에서 젊은 여자가 한 걸음, 한 걸음씩 가까이 다가왔다.

"열차가 달리면서 내는 소리도 간절한 그리움을 간직한 사람한테만 들리고. 당신은 이 열차가 보이나 보네."

앞에 서 있는 여자의 가늘고 기다란 눈매가 나를 향했

다. 키가 커서 팔짱을 끼고 선 자세가 왠지 박력 있다.

"…네가 유령이라고?"

긴가민가하면서 묻자 여자는 "응, 맞아."라며 손으로 기다란 앞머리를 쓸어 넘겼다.

"이름이 뭐야?"

"유키호. 보시다시피 여고생이고."

유키호는 교복을 입고 있었다. 흰색 긴소매가 달린 블라우스 차림에 목에는 연보라색 리본을 둘렀다. 리본과 같은 색의 짤막한 치마를 입고 있었는데, 치마 아래로 쭉 뻗은 다리가 아름다워서 기이하다거나 무섭게 보이지는 않았다.

뭐부터 물어볼지 생각하고 있는데, 멈춰 있던 열차가 서서히 움직이기 시작했다. 유키호는 열차의 진행 방향을 바라보면서 혼잣말하듯 중얼거렸다.

"이 열차는 니시유이가하마 역을 통과하고 나면 금방 사라져."

유키호가 그렇게 예고하고 몇 분이 흘렀을까. 선로에서 아득히 먼 곳에서 굉음이 울려 퍼졌다.

"…무슨 일이지?"

그녀에게 조금 더 가까이 다가가 묻자 유키호가 흘깃

나를 곁눈질했다.

"빙빙 돌려 말하는 건 질색이니까 짧게 설명할게. 방금 이 역을 지나간 건 지난 3월 5일에 가마쿠라선 선로를 벗어난 바로 그 열차야. 그리고 당신은 이 열차에 탈 수 있어."

"뭐?"

"당신이 그날 그 열차에 타고 있던 사람을 만날 수 있다고."

"…죽은 사람을 만날 수 있다고?"

"응. 그렇지만 이 열차에 타려면 네 가지 규칙을 반드시 지켜야만 해."

그러고 나서 유키호는 네 가지 규칙을 이야기해주었다.

하나, 죽은 피해자가 승차했던 역에서만 열차를 탈 수 있다.

둘, 피해자에게 곧 죽는다는 사실을 알려서는 안 된다.

셋, 열차가 니시유이가하마 역을 통과하기 전에 어딘가 다른 역에서 내려야 한다. 그렇지 않으면, 당신도 사고를 당해 죽는다.

넷, 죽은 사람을 만나더라도 현실은 무엇 하나 달라지지 않는다. 아무리 애를 써도 죽은 사람은 다시 살아 돌아오지 않는다. 만일 열차가 탈선하기 전에 피해자를 하차시키려고 한다면 원래 현실로 돌아올 것이다.

설명을 들으면서 몇 가지 궁금증이 생겼지만, 그보다도 유독 맨 마지막 규칙이 마음에 걸렸다.

죽은 사람을 만나더라도 현실은 무엇 하나 달라지지 않는다. 아무리 애를 써도 죽은 사람은 다시 살아 돌아오지 않는다….

"이 규칙들을 전부 지킬 수 있으면, 당장 내일 밤에라도 피해자가 열차를 탔던 역으로 가면 돼. 아까 봤던 그 열차가 승강장에 나타날 테니까."

유키호는 팔짱을 풀었다 다시 끼고는, "갈게." 하고 손을 흔들더니 금세 자취를 감췄다. 유령답게 순식간에 사라지는 걸 보니 지금까지 들은 이야기에 신빙성이 더해졌다.

나는 망설일 이유가 없었다. 현실이 아무것도 바뀌지 않아도 상관없다. 네모토가 살아 돌아오지 않아도 괜찮다. 나는 그저 딱 한 번만 더 그를 만나고 싶다.

다음 날. 새벽 1시.

나는 사고 당일 네모토가 열차를 탔던 오다와라조마에 역으로 갔다. 우리 집에서 가까워 자주 이용하는 역이기에 길을 헤맬 일은 없었다.

오다와라조마에 역 일대는 인적이 끊겼다. 개찰구를 지나 승강장에 도착한 다음, 마음을 진정시키려고 의사가 처방해준 알약을 삼키려던 참이었다.

책장을 넘길 때처럼 바람이 휙 일더니 주변이 환해졌다. 어느 틈에 낯선 중년 여자가 내 옆에 서 있었다. 반대편 승강장에는 하행선 열차를 기다리는 회사원들이 잔뜩 늘어서 있었다. 왼쪽 손목에 찬 시계가 오전 10시 44분을 가리켰다. 이곳은 사고가 일어났던 날 아침의 승강장이다.

선로 저편에서 규칙적인 열차의 진동음이 울렸다.

"이번 역은 오다와라조마에, 오다와라조마에 역입니다."

느긋한 음성의 안내 방송과 함께 어젯밤에 봤던 검은색 차체가 삐걱거리는 소리를 내며 승강장에 정차했다. 문이 활짝 열렸다.

믿기지 않는 일이 연달아 일어나 얼떨떨하게 서 있노라니 감색 배낭을 멘 자그마한 덩치의 남자가 개찰구로 들어섰다.

"네모토…."

나는 그에게 들킬까 봐 황급히 가방으로 얼굴을 가렸다. 네모토는 내 존재를 알아차리지 못한 채 6량짜리 열차의 두 번째 칸에 올랐다. 나는 그 옆문을 이용해 열차 안에 몸을 집어넣었다.

열차의 바퀴가 천천히 돌아가기 시작했다. 밖에서는 안이 보였지만, 차량 내부는 평소에 타던 것과 같았다. 기다란 좌석과 마주 보고 앉는 4인용 좌석도 색감이 뚜렷한 게, 현실 세계에서 보던 그대로였다.

그런데 열차 안에 탄 사람 수가 매스컴에서 떠들던 사고 당시 승객 수보다 적어 보였다. 다음 역에서 승차하는 사람도 있겠지만, 두 번째 칸에 탄 승객은 스무 명이 채되지 않았다. 사고에서 살아남은 사람은 이 유령 열차에 없는 걸까.

연결 통로 옆에 놓인 4인용 좌석에 네모토가 앉아 있다. 나는 감상에 젖어 있을 겨를이 없었다. "이번 역은 마에카와, 마에카와 역입니다."라는 안내 방송이 들리자 계획했던 작전을 실행에 옮겼다.

"네모토, 내리자!"

마에카와 역에 도착해 문이 열리자마자 그에게 달려갔다. "히구치…." 화들짝 놀란 그의 표정에도 아랑곳하지 않고 억지로 그를 일으켜 세워 문밖으로 끌고 내렸다.

그런데 우리가 내리고 열차의 문이 닫히기가 무섭게 환했던 하늘이 삽시에 어두워졌다. 유령 열차는 바로 흔적을 감췄고, 옆에 있던 네모토도 사라지고 없었다.

"죽은 사람을 하차시키려고 하면 원래 현실로 돌아온다고 말했을 텐데."

아연실색한 내 등 뒤로 어느새 유키호가 나타나 서 있었다.

"다들 똑같아. 내가 말한 규칙에 의심을 품고 열차에서 내리게 하면 살까 싶어서 죽은 사람을 데리고 내리거든. 안타깝지만, 그건 안 돼."

"…"

"다시 한번 말할게. 죽은 사람과 만날 순 있어도 그 사람은 살아 돌아오지 않을뿐더러 현실은 전혀 달라지지 않아. 그걸 받아들일 수 있으면, 그때 이 열차에 올라타."

그녀는 위압적으로 말을 내뱉으며 팔짱을 꽉 꼈다. 그러더니 마지막으로 이렇게 말하고 사라졌다.

"유령 열차의 차체가 나날이 투명해지고 있어. 아마도 머지않아 하늘로 올라가겠지. 이제 기회가 얼마 없다는 뜻이야. 안녕."

마룻바닥에 누워 있던 구로가 벌떡 일어나더니, 내 허벅지에 턱을 척 올렸다. 구로의 머리를 쓱쓱 쓰다듬으며 알약을 물과 같이 삼켰다.

나는 네모토의 본가에 와 있다. 아무도 없는 주방에서 어젯밤 유키호에게 들었던 말을 떠올렸다.

"죽은 사람과 만날 순 있어도 그 사람은 살아 돌아오지 않을뿐더러 현실은 전혀 달라지지 않아. 그걸 받아들일 수 있으면, 그때 이 열차에 올라타."

처음과 달리 네모토를 만나더라도 쓰라린 아픔을 맛볼 뿐이라는 생각이 들었다. 재회한들 문제가 해결되는 것도 아니다. 애당초 만나서 무슨 말을 하겠다는 건가.

유키호는 유령 열차를 타기 위한 두 번째 규칙으로 '피해자에게 곧 죽는다는 사실을 알려서는 안 된다.'를 이야기했다. 곧 죽는다는 사실만이라도 알릴 수 있다면 그를 한 번 더 만나 작별 인사라도 한마디 건넬 수 있으련만. 하지만 그것도 불가능하다.

"우리 왔다."

탁자에 턱을 괴고 앉아 곰곰이 생각하고 있는데 아버지가 들어왔다. 아버지는 "일요일이라서 길이 많이 막히더구나."라며 나와 마주 보고 앉았다.

"도모코, 점심은 챙겨 먹었니?"

어머니가 뒤따라 들어와 아버지 옆에 자리를 잡고 앉았다.

"네. 맛있게 먹었어요."

"…그래."

어머니는 짤막하게 대답하고 발밑에 커다란 종이봉투를 내려놓았다. 사실 입맛이 없어서 어머니가 만들어준 스튜는 손도 대지 않았다. 두 분 모두 내 말이 거짓임을 꿰뚫어 본 것 같았다. 힐끔힐끔 나를 쳐다보는 시선을 보면 알 수 있다.

"…사고 나고 나서 줄곧 경황이 없어서 제대로 말할 틈이 없었는데…."

양복 상의를 벗고 나서 아버지가 말을 꺼냈다.

"앞으로도 너는 계속 우리 딸이란다. 그러니 아무 걱정하지 말고. 무슨 일 있으면 부모라 생각하고 언제든지 우리한테 의지하면 돼."

아버지가 말을 끝내길 기다렸다는 듯이 곧바로 어머니가 이어 말했다.

"나도 이참에 분명히 말해둘게. 누가 뭐래도 넌 내 딸이야. 돌아가신 네 부모님께는 죄송하지만, 넌 이제 우리 가

족이란다. 어젯밤에 아버지랑 이야기했는데, 도모코, 너
만 괜찮으면 이 집에서 같이 사는 건 어떠니? 우리는 둘
다 나이가 들어서 네가 같이 있어 주면 든든할 것 같구나.
만약 우리가 치매라도 걸리면 네가 돌봐줄 수도 있잖니."

어머니는 그렇게 말하면서 온화하게 웃어 보였다.

오늘 아버지와 어머니는 가마쿠라에 있는 변호사 사무
실에 다녀왔다. 같이 가겠다고 나서는 나를 두 분이 말렸다.
사고와 관련된 복잡한 일은 자신들이 처리하겠다면서.

어머니 발밑에 놓인 종이봉투가 왠지 낯설지 않았다.
두 분 앞에서 도쿄에 맛있는 호박 푸딩을 파는 가게가 있
는데, 그 집 푸딩을 좋아한다고 이야기한 적이 있었다. 나
를 위해 일부러 도쿄까지 가서 사 온 게 틀림없었다.

신경정신과에 다니기 시작했을 무렵, 아버지와 어머니
가 나를 병원에 데리고 다녔다. 로비에서 차례를 기다리
면서 그때 아버지가 내게 해준 말이 지금도 생생하다.

"도모코, 마음이 병든 건 착실히 살아왔다는 증거란다.
설렁설렁 살아가는 놈은 절대로 마음을 다치지 않거든. 넌
한 사람을 진심으로 사랑했기 때문에 마음에 병이 든 거
야. 마음의 병을 앓는다는 건, 성실하게 살고 있다는 증표
나 다름없으니까 난 네가 병을 자랑스레 여겼으면 싶다."

나는 이토록 멋진 부모님에게 감사할 따름이었다. 물론 네모토에게도.

네모토는 언제나 내 인생에 빛을 비춰주었다. 마지막으로 그의 얼굴을 두 눈으로 직접 보고 고맙다는 말을 전해야만 한다.

하지만 마음의 병을 앓고 있는 내가 네모토 앞에서 이성적으로 대처할 수 있을까.

문득 유키호가 말했던, 유령 열차를 타기 위한 세 번째 규칙이 머릿속을 스쳤다.

"열차가 니시유이가하마 역을 통과하기 전에 어딘가 다른 역에서 내려야 한다. 그렇지 않으면, 당신도 사고를 당해 죽는다."

몸속 깊은 곳에서 숨이 올라왔다. 상념의 소용돌이 속에서 나는 한 번 더 유령 열차에 오르기로 마음을 굳혔다.

"이번 역은 오다와라조마에, 오다와라조마에 역입니다."

안이 비치는 열차가 승강장으로 들어왔다. 공기가 빠지는 소리와 함께 검은색 문이 열렸다.

내가 걸터앉은 벤치 앞으로 배낭을 멘 네모토가 걸음을 재촉하며 지나간다. 두 번째 칸으로 뛰어드는 모습을 보고 나도 같은 문으로 몸을 집어넣었다.

그는 세 번째 칸과 이어지는 연결 통로 옆에 놓인 4인용 좌석에 자리를 잡았다. 발밑에 배낭을 놓고 창틀에 팔꿈치를 기댄 채 바깥 경치를 바라보고 있었다.

약간 떨어진 위치에서 그의 옆얼굴을 가만히 지켜보았다. 41분 후면 니시유이가하마 역에 다다른다. 일분일초가 소중했던 난 그의 옆얼굴에서 눈을 떼지 못했다. 데이트할 때마다 늘 옆에서 보던 표정이다.

나는 손을 맞잡고 아직 앳된 그의 옆얼굴을 올려다보는 게 좋았다. 그의 맞은편에 앉으면 이제 두 번 다시 그의 옆얼굴을 볼 수 없겠지.

"⋯네모토."

문이 닫히는 걸 보며 그의 이름을 불렀다.

"히구치⋯."

"잠깐 일이 있어서."

나는 눈을 내리깔고 그와 마주 앉았다. 머뭇머뭇하며 그와 눈을 맞추지 못했다. 딱히 뭘 찾는 것도 아니면서 발밑의 토트백을 뒤적거리며 조금이라도 안정을 찾으려 애를 썼다.

보이지 않게 작게 심호흡을 하고 고개를 조금씩 들었

다. 그런데 정면에 놓인 그의 얼굴을 쳐다본 순간 하려던 말이 머릿속에서 싹 다 날아가 버렸다.

탈선 사고가 나고 두 달 동안 하루도 빠짐없이 내 꿈에 나왔던 그 얼굴이 숨이 맞닿을 거리에 있다. 머리가 새하얘져 입이 떨어지지 않았다.

손목시계를 확인하자 승차한 지 5분쯤 지나 있었다. 앞으로 30여 분 정도 더 흐르면 네모토와 완전히 헤어져야 한다고 생각하니 시야가 희뿌옇게 흐려졌다.

나는 두 손으로 얼굴을 감쌌다. 받아들여야 하는 걸 알면서도 나는 현실을 받아들일 수 없었다. 그리고 이 순간에도 여전히 그 현실을 인정할 수 없었다.

"미안. 미안해…."

겨우 짜낸 목소리가 떨리고 있었다. 두 눈에서 눈물방울이 쉴 틈 없이 떨어졌다.

네모토의 동그란 눈동자가 그런 나를 지켜보고 있었다. 네모토는 왜 우는지 묻지 않았다. 그는 항상 이랬다. 내가 당황해서 정신을 못 차릴 때도 사정을 묻지 않고 내가 진정할 때까지 가만히 기다려주었다.

지금 내 상황을 그는 알 리가 없겠지. 사고가 나고 나는 10킬로그램 가까이 체중이 줄었다. 보통 사람 같으면 어쩌다 살이 그렇게 빠졌냐며 놀랄 만도 한데, 그는 그런 기색조차 전혀 없다. 그저 지그시 바라보면서 내가 울음을 그치기를 기다리고 있다.

"미안해, 네모토. 결혼 날짜가 다가오니까 감정 기복이 살짝 심해져서…."

그럴싸한 변명을 늘어놓으며 토트백에 손을 집어넣었다. 자기 손수건을 건네는 그를 가로막고 가방 안에 있던 손수건을 꺼내 눈가를 훔쳤다.

흐르는 눈물과 함께 가슴속 응어리가 아주 조금 빠져나가는 것 같았다.

무겁게 가라앉은 분위기를 바꾸고자 다른 이야깃거리를 찾았다. 네모토, 다음 주가 생일이잖아. 기껏 생각해낸 한마디를 혀 밑으로 구겨 넣었다. 그에게는 더 이상 내일이 찾아오지 않는다.

"…그나저나 경치 참 멋지다."

침묵을 깨며 네모토가 크게 기지개를 켰다.

"난 옛날부터 이 열차 안에서 바다를 보는 걸 좋아했어."

네모토가 눈빛을 반짝이며 창밖으로 시선을 옮겼다. 주택가 너머로 새파란 사가미만이 펼쳐져 있었다.

"어릴 때부터 이 열차를 타고 다녔는데, 멀리 보이는 바다를 바라보면서 이것저것 생각하는 게 좋았어. 무한한 바다와 내 미래가 이어져 있는 것 같아서 보고 있으면 용기가 생기거든. 바다는, 근사해. 진짜, 멋져."

열차가 고이소 역에 정차했다. 바닷바람이 머금고 온 희미한 바다 냄새를 남기며 문이 닫혔다.

"…네모토, 뭐 하나 물어봐도 돼?"

마음이 좀 진정되어서일까, 엉겁결에 목소리가 흘러나왔다.

"내 입으로 묻기엔 좀 창피한데."

"뭔데 그래?"

"아니, 그게… 그러니까, 네모토 너는 내 어디가 마음에 들었는지 궁금해서."

지금껏 내내 묻지 못했다. 외모를 포함해서 나는 나 자신에게 자신이 없었다.

네모토의 입술이 움직였다. 그는 수줍어하기는커녕 오히려 자신만만하게 대답했다.

"네 매력은 한둘이 아니지만, 무엇보다 난 너와 같이 있으면 즐거웠어. 대화할 때도. 같이 밥을 먹을 때도. 구로랑 같이 놀 때도. 너와 같이 있으면 난 마냥 즐거웠어."

"…"

"그리고 우리 단골 식당에서 돈가스 덮밥을 주문하는 것도 난 좋더라."

"뭐어?"

"왜냐면, 다른 여자들은 창피하다고 돈가스 덮밥 같은 건 잘 안 시키잖아. 난 네가 눈치 안 보고 돈가스를 입에 잔뜩 넣고 우걱우걱 씹는 게 보기 좋았어."

"그럼, 말 나온 김에 나도 짚고 넘어가고 싶은데, 네모토 너는 젓가락 쥐는 법이 아주 엉망이야. 내가 가르쳐줬는데도 못 고치잖아."

내가 입을 삐죽거리자 네모토는 난처한 듯 머리를 긁적이며 웃었다.

못마땅한 듯 투덜거렸지만, 속으로는 기뻤다. 나를 쳐다보는 네모토의 눈빛이 무척이나 그다웠기 때문이다.

"넌 옛날부터 솔직하고 꾸밈이 없었어. 앞으로도 절대 변하지 마."

"…만약에, 말이야. 진짜 만약에 말인데."

대화가 자연스럽게 이어지자 미리 준비했던 질문을 던져보기로 했다. 용기가 필요한 질문이기에 잠깐 주저하다가 한 호흡 고른 다음 입을 열었다.

"나중에, 네가 죽으면, 나도 따라 죽겠다고 하면 어쩔 거야?"

유령 열차 안에서는 상대방에게 곧 죽는다는 사실을 알리면 안 된다는 규칙이 있다. 그래도 이 정도 질문은 허용될 듯싶었다.

어떤 방법을 써서라도 꼭 물어보고 싶었다. 작전이 통했는지 어젯밤처럼 열차가 사라지지는 않았다. 입을 꾹 다물고 있는 그를 다그치듯 말을 이어나갔다.

"그냥 하는 소리니까 장난이라 생각하고 대답해봐. 만약 네가 죽고…"

"용서 안 해."

"…."

"절대 용서 안 해."

네모토가 망설이지 않고 단호하게 대답했다.

"너를, 절대로 용서 못 해."

"…."

주먹으로 후려치는 듯한 그의 말투에 등줄기가 서늘해졌다. 좀 전까지의 다정한 눈빛은 온데간데없고 매섭게 노려보는 시선만 남았다. 그의 이런 모습은 처음이었다.

"히구치."

네모토가 차분하게 내 이름을 부르면서 굳은 표정을

풀었다.

"내가 너한테 바라는 건 단 하나뿐이야."

"…."

"네가 행복하게 사는 것. 구로랑 신나게 놀고, 돈가스 덮밥을 맛있게 먹으면서. 난 네가 평생 웃으면서 살았으면 좋겠어. 10년 후에도. 20년 후에도. 할머니가 돼서도. 평생, 영원히."

"…."

열차가 속도를 떨어뜨리며 지가사키카이간 역에 도착했다. 낯익은 승강장을 보니 기억의 문이 활짝 열렸다.

네모토와 연애를 시작했을 즈음, 나는 직장 일로 고민이 많았다. 그날은 쉬는 날이어서 가마쿠라에서 네모토를 만나 밥을 먹고 오다와라로 돌아가려고 열차를 탔다. 식당에서도, 귀가하는 열차 안에서도 그는 내 고민에 귀를 기울이고 들어주었다.

그다음 날 나는 지가사키 해안 근처의 복지시설에 가서 일손을 거들기로 되어 있었다. 아침 일찍부터 일을 시작해야 해서 인근 호텔에 방도 잡아두었다. 지가사키카이간 역에 도착해 네모토와 헤어진 후 승강장 벤치에 고개를 숙이고 앉아 있었다. 내일 일을 생각하니 호텔 방에 들어가는 것도 싫었다.

벤치에 몸을 맡긴 그때, 누가 내 어깨를 톡톡 두드렸다. 고개를 들자 옆에 네모토가 앉아 있었다.

"네모토 네가, 어떻게, 여기에?"

"혼자 내버려 둘 수가 있어야지."

네모토는 다음 역에서 내렸다가 일부러 되돌아왔다. 아마도 출발하는 열차 안에서 벤치에 앉아 고개를 떨구는 내 모습을 봤을 터였다. 그렇게 그는 막차를 놓치면서까지 내 이야기를 들어주었다.

"…네모토, 나한테 왜 이렇게 잘해주는 거야?"

열차가 다음 역인 니시유이가하마 역을 향해 출발했을 때 내가 물었다.

"그야, 당연히."

여기까지 말하고 나서 그는 둥글게 휘어진 눈매로 다음 말을 이었다.

"너니까."

"…."

"히구치니까."

"…."

시간이 멈춘 듯한 느낌이 들었다.

이어서 가슴에 둥근 파장이 일었다.

네모토는 나를 이토록 사랑하고 있었구나.

나는 시선을 사로잡는 미인이 아니다. 그렇다고 몸매가 좋은 것도 아니다. 돈이 많은 부자는 더더욱 아니다.

이런 나를 네모토가 택했다.

사랑해주었다.

지켜주었다.

네모토를 생각할 때마다 맨 먼저 떠오르는 건, 체험 학습을 가서 우동을 주문했던 그날 그가 내 옆에 앉았던 일이다.

네모토는 가난했던 나를 더없이 따뜻한 마음으로 감싸주었다. 각박한 세상에서 네모토처럼 남을 살뜰히 챙기는 사람이 과연 몇이나 될까.

요즘도 매일같이 기억한다.

폭우가 내리던 날 숲속에서 시로와 맞붙었던 일.

물이 불어난 호수에서 네모토를 끌어당겼던 일.

가슴을 포근하게 물들이는 기억 속 장면마다 네모토가 있었다.

네모토가 있었기에 내 인생은 빛이 났다.

"이번 역은 니시유이가하마, 니시유이가하마 역입니다."

어딘가 먼 곳에서 흘러나오는 듯한 안내 방송을 들으며 토트백에서 반지 케이스를 꺼냈다.

"네모토, 저기. 오늘, 나 말이야. 내가…."

목구멍에 말이 걸려 소리를 내기 힘들었지만, 나 자신을 다독이면서 그를 똑바로 바라보았다.

"그러니까… 오늘, 반지 가져왔거든. 네모토 너에게 아직 한 번도 반지 낀 모습을 보여주지 않았잖아."

반지 케이스 안에 들어 있던 반지를 꺼냈다. 내 손가락에 끼우려는데, 네모토가 반지를 확 잡아챘다.

"…."

잠자코 있자 그가 내 왼손을 살포시 잡았다. 그러고는 아무 말 없이 손에 쥔 반지를 네 번째 손가락에 조금씩 밀어 넣었다.

그렁그렁 고였던 눈물이 후드득 떨어졌다.

잎사귀에 맺힌 빗방울이 떨어지는 것처럼, 아름다운 눈물 줄기가 천천히 두 뺨을 타고 흘렀다.

네모토와 입을 맞추었다. 부드러운 그의 입술이 닿자, 결코 말로는 전할 수 없는 무언가가 몸속에 가득 채워졌다.

열차가 급격히 속도를 줄이기 시작했다.

이를 악물어 눈물을 삼키고는 매몰차게 그에게서 입술

을 뗐다. 자리에서 일어나 문 앞까지 걸어간 나는, 그에게서 등을 돌렸다. 한 번 더 네모토의 얼굴을 보면 열차에서 내리지 못할 것 같아서였다.

그렇지만, 마지막으로 해야 할 말이 남아 있다. 고맙다는 말.

그에게 마음을 담아 고마웠다고 전해야 한다.

열차의 바퀴가 서서히 멈추면서 삐걱삐걱 쇳소리를 냈다.

마음을 다잡고 몸을 돌려세워야 한다.

그러나 말을 하려다 말고 다시 집어삼켰다.

차마 말할 수 없었다.

마지막 인사로 고마웠다고 말하고 나면, 그와의 이별을 정말로 인정해야만 하는 것 같아서.

"네모토…."

사고 나고 나서 울고, 울고, 또 울다 지친 내 마음속에 마지막으로 자리한 감정. 그건 고마움이 아니었다.

그러니 고마웠다고는 말할 수 없다.

안녕이라고 말할 수도 없다.

왜냐하면, 나는…

나는, 그를 사랑하니까.

"네모토."

문이 열렸다.

손가락으로 눈물을 쓱 닦았다.

나는 그를 향해 돌아서서 내가 할 수 있는 가장 큰 웃음을 지어 보이며 입술을 움직였다.

"네모토, 다음 주 생일날, 카레 만들어줄게."

바다를 등지고 세워진 이 교회는 사방이 유리로 둘러싸여서 신랑 신부를 위한 버진로드가 길게 깔려 있었다. 유리창으로 밝은 자연광이 쏟아져 들어와 실내를 물들였다.

유령 열차를 탔던 다음 날, 나는 예식을 올릴 예정이었던 가마쿠라의 호텔을 방문했다. 이미 두 달 전에 예약은 취소했지만, 마지막으로 식장을 한 번 더 눈에 담고 싶어서였다.

"히구치 님이시죠?"

교회에서 호텔 본관으로 돌아가는 복도에서 젊은 여자가 인사를 건넸다. 우리 결혼식을 담당했던 웨딩 플래너였다.

"얼마나 상심이 크시겠어요."

내가 다 민망할 정도로 그녀가 허리를 깊이 숙이며 애도를 표했다.

"네모토 님과 결혼식을 치르지 못하게 된 일은, 웨딩 플래너로서도, 또 한 여자로서도 정말 마음이 아픕니다."

"아니에요, 폐를 끼치게 돼서 제가 더 죄송했습니다."

그녀는 우리가 이 호텔에 처음 찾아왔을 때부터 시종일관 정성껏 상담해주었다. 비록 식을 올리지는 못했어도 나는 그녀에게 진심으로 고마웠다.

"히구치 님께 이걸 말씀드려야 할지 말지 계속 고민했는데요."

그녀가 난처하다는 듯 조심스레 말을 꺼냈다.

"실은, 네모토 님이 피로연에서 동영상을 틀고 싶다면서 저희한테 편집을 맡기셨어요. 히구치 님을 위한 깜짝 이벤트니까 비밀로 해달라고 말씀하셨고요. 저는 비밀을 지켜야 할 의무가 있으니 그런 사고가 있어도 좀처럼 말을 할 수가 없어서…."

그녀는 거기까지 말한 다음, 이미 동영상이 완성됐다는 한마디를 덧붙였다. 더는 말을 잇지 않는 모습에서 내 결단을 기다리고 있음을 짐작할 수 있었다.

"보여주세요."

내가 부탁하자 그녀는 "알겠습니다."라면서 다시 한번 머리를 숙였다. 그녀가 세심하게 마음을 써준 덕분에 우리가 피로연을 열 계획이었던 홀에서 동영상을 보게 되었다.

그녀를 따라가 홀 안에 발을 들였다. 150명은 족히 들어갈 법한 넓은 방이었다. 테이블은 놓여 있지 않았지만, 내일 피로연이 열릴 예정인지 호텔 종업원들이 구석에서 꽃 장식과 이름표를 준비하고 있었다.

"이쪽에 앉으세요."

남자 종업원이 둥근 탁자를 들고 와 홀 중앙에 내려놓았다. 고맙다는 인사를 전한 다음 의자에 앉아 몸을 기대자 웨딩 플래너가 허브티를 가져다주었다.

"그럼, 시작하겠습니다."

그녀가 신호를 보내자 실내가 컴컴해졌다. 정면 천장에서 대형 스크린이 스르르 내려왔다.

'히구치에게'

새하얀 스크린 중간에 손 글씨가 떠올랐다. 글자가 사라지면서 널따란 숲속 전경이 화면 위로 윤곽을 드러냈다.

곧이어 화면 속에 등장한 흰색 강아지 한 마리가 숲을 이리저리 뛰어다녔다.

숲속 비탈길.

호숫가.

그리고 그때 그 언덕까지.

스크린에 등장한 건 네모토가 고등학교 1학년 때 찍었던 시로의 동영상이었다.

영상 속에는 고등학생이었던 내가 리드줄을 쥐고 시로와 산책하고 있었다. 호수를 등진 채 쪼그리고 앉아 있는 내 입가를 시로가 혀를 내밀어 할짝거린다. 시로에게 첫 키스를 빼앗겼다며 얼굴을 찌푸리는 나. 깍지 낀 두 팔을 베개 삼은 나와 시로가 언덕 위 잔디밭에 누워 있다. "히구치, 활짝 좀 웃어봐." 네모토의 말에 따라 브이 사인을 하면서 기분 좋게 웃는 나.

동영상 속의 나는 계속 웃고 있었다.

즐거워 보였다.

행복해 보였다.

아니, 행복했다.

적절한 속도로 넘어가는 화면에 시선을 고정했다. 동영상을 보고 있자니 메말라 있던 마음이 물기를 머금은 듯이 촉촉해졌다.

숲속은 사라지고, 화면에 네모토의 본가가 등장했다. 고등학교 교복을 입은 네모토가 마당에서 시로에게 프리스비를 던지고 있었다. "제대로 좀 던져, 신이치로." 카메라를 들고 촬영하던 어머니의 목소리가 끼어들었다.

그때 느닷없이 네모토의 발치에 있던 까만색 작은 새끼 강아지가 화면 속으로 들어왔다. "구로도 프리스비 할래?" 그가 쪼그려 앉자 신이 난 강아지가 꼬리를 세차게 흔들었다.

그 강아지를 확대한 화면과 함께 네모토의 내레이션이 흘렀다.

"구로는 시로의 새끼야."

나는 마른침을 꿀꺽 삼켰다.

"깜짝 놀라게 해주려고 일부러 말 안 했어."

네모토는 이렇게 말하고 나서 자초지종을 설명하기 시작했다.

당시 그 숲에는 시로 말고 까만 개도 있었다. 시로와 사이가 좋아서 마치 연인처럼 둘이 자주 붙어 다녔다. 네모토가 키우고 있던 구로는 시로와 그 까만색 강아지 사이에 태어난 새끼였던 것이다.

시로와 구로가 장난치며 노는 영상이 흐르면서 네모토가 말을 이어갔다.

"네가 오카야마로 전학 간다는 소식을 듣고 쌀쌀맞게 굴어서 미안했어. 그때 나는 너와 헤어진다는 걸 도저히 받아들일 수 없었어. 그래서 얼굴을 보고 잘 가라는 인사도 못 했고. 네가 오다와라를 떠나기 전날엔 숲에도 안 갔어. 돌이켜보면 너무 유치했던 것 같아. 정말 미안해."

"시로가 우리를 잘 따르게 되고 나서도 난 시로를 집에서 키울 생각이 없었어. 시로를 우리 집에 데려오고 나면 더는 숲에서 너를 만나지 못할 것 같았거든. 네가 떠나고 나서야 시로를 우리 집에서 키워야겠다고 마음먹었어."

"숲에서 너와 마주친 그날부터 나는 너를 계속 좋아했어. 고등학교를 졸업하고 고향에 남아 있었던 것도 어쩌면 히구치 너를 다시 만날 수 있을지도 모른다는 기대 때문이었어."

영상이 막바지에 다다랐을 때, 그는 나에게 직접 속삭이듯 말했다.

"오늘 피로연 끝나면 둘이서 그 숲에 가자."

운동화를 신은 채 희뿌연 개골창을 첨벙거리며 걸었다. 발에 감기는 수초의 촉감이 낯설지 않다. 좌우에 자리한 맨션도 그때 그대로였다.

"너무 빨리 가지 마, 구로!"

앞장서 가던 구로가 용수로에 걸려 있는 다리 앞에서

뒤를 돌아보았다. 빨리 오라고 재촉하듯 꼬리를 휙휙 흔들면서.

네모토가 준비한 동영상을 보고 사흘이 지나 나는 구로를 데리고 그 숲을 찾아갔다. 수풀을 헤치고 들어간 숲속은 깜짝 놀랄 만큼 변한 게 없었다. 호숫가에 있던 작은 통나무집도 여전했다.

구로를 앞세워 숲속 언덕으로 발을 옮겼다.

끝내주는 전망. 광택이 흐르는 통나무 의자. 그리고 가지런하고 파릇파릇한 잔디.

"여기도 그대로네."

구로가 잔디밭에 몸을 누이는 것을 보고 나도 옆에서 양팔과 다리를 넓게 벌린 채 큰 대(大)자로 누웠다. 그렇게 누워 하늘을 올려다보고 있으려니, 아빠가 돌아가셨을 때 이 언덕에서 네모토가 해줬던 말이 머리를 스쳤다.

"히구치의 아버지는 세상을 떠나셨지만, 아버지의 분신인 넌 살아 있잖아. 그러니까 네가 기뻐하면 아버지도 분명 기뻐하실 거야. 너의 행복이 고스란히 아버지의 행복이 될 테니까. 핏줄이란 그런 거잖아."

언덕 위에서 구로가 좋아 죽겠다는 표정으로 바쁘게 뛰어다녔다.

나는 생각했다.

구로는 시로의 피를 이어받았다.

구로가 기뻐하면, 죽은 시로도 기뻐할 것이다.

그리고 내게 찾아와준, 내 배 속의 생명이 기뻐하면, 네모토도 틀림없이 기뻐할 것이다.

그저께 몸이 안 좋아서 병원에 갔다가 임신했다는 소식을 들었다.

배 속에 있는 아이를 행복하게 키우는 것이 네모토를 행복하게 하는 길이다. 지난날을 되돌아보니, 내가 인생의 위기에 맞닥뜨릴 때마다 그가 내 곁을 지켜주었다. 아빠가 돌아가셨을 때와 엄마를 잃고 실의에 빠졌을 때도 네모토는 함께였고, 그가 떠나서 인생 최대의 난관에 부딪힌 지금도 네모토는 내게 우리의 아기를 남겨주었다. 또다시 네모토가 나를 구했다. 그는 언제나 내게 미래를 선물해준다.

월말에는 살던 방을 정리하고 그의 본가에 들어갈 생각이다. 네모토의 부모님과 힘을 모아 이 아이를 꼭 행복하게 키우고 싶다.

나는 몸을 일으켜 토트백에서 물통을 꺼냈다. 네모토의 유품을 정리할 때 받은 스누피 물통이다. 컵에 따른 보리차를 삼키자 눈에서 한줄기 눈물이 흘렀다.

나무들 사이로 햇살이 비쳐 들어왔다. 하늘에서 뭔가 속삭이려는 듯이 보드레한 빛이 나를 감쌌다.

아버지에게

제2화

테이블 외벽을 때리며 픽*이 우리 팀 골문을 뚫었다. 머리 위에 놓인 점수판을 보니 8대 8에서 8대 9로 바뀌었다.

"이런, 젠장!"

한 팀인 하타케야마 앞에서 보란 듯이 손에 쥔 하키 스틱을 테이블 위로 내던졌다. 하지만 속으로는 조금도 분하지 않았다. 이기든 지든 아무래도 상관없었다. 사수인 하타케야마에게 내가 이 에어 하키 게임에 얼마나 최선을 다하고 있는지만 보여주면 그만이다.

출구로 돌아온 픽을 다시 테이블 위에 올렸다. 구멍에서 뿜어져 나오는 바람 때문인지 테이블 위로 둥둥 뜨는 픽을 스틱으로 치자 힘이 과했는지 픽이 테이블 밖으로

---

* 테이블 위에서 하는 게임인 에어 하키에서 쓰는 공

떨어져버렸다.

"아, 죄송합니다!"

머리를 긁으며 볼링장 쪽으로 굴러간 퍽을 주우러 갔다. 아, 빨리 집에 가고 싶다. 숨만 같이 쉬어도 기가 빨리는 사람과 에어 하키를 하고 있자니 흥이 안 오르는 게 당연하다. 게다가 우리 팀의 경쟁 상대는 거래처 윗선들이다. 하타케야마랑 한편인 것도 스트레스가 이만저만이 아닌데 접대까지 해야 하니 정말 죽을 맛이었다.

내가 주워 온 퍽을 하타케야마가 빼앗다시피 낚아챘다. 꼴도 보기 싫다고 내게 온몸으로 말하는 것만 같았다.

하타케야마는 퍽을 테이블 위에 올리고 오른쪽 외벽에 시선을 고정했다. 그쪽으로 보내 튕겨서 넣나 싶었더니 돌연 상반신을 틀어 스틱의 궤도를 바꿨다. 직선 스매시가 상대편 골문을 향해 날아갔다.

"고올!"

우리 팀 점수가 9로 바뀐 걸 확인하자마자 하타케야마보다 한발 앞서 고함을 내질렀다. "기막힌 페인트 모션이었습니다!"라며 마음에도 없는 사탕발림을 지껄였다. 하타케야마의 입가에 미소가 번졌다. 하지만 검정 안경테 너머의 눈은 무표정했다. 이 자식 알랑거리고 있네. 마치 그의 얼굴이 그리 말하는 것 같았다.

"매치 포인트! 이쪽은 열전을 벌이고 있네요!"

옆에서 먼저 게임을 끝낸 사람들이 우리 테이블을 둘러쌌다. 회사에서 같은 부서에 배속된 여섯 명의 신입 사원 동기들이다.

괜히 긴장해서 표정이 굳어졌다. 입사하고 나서 지난 두어 달 동안 실수를 연발하며 모두의 눈총을 받았던 탓에 노이로제에 걸릴 지경이다.

동기들이 본다고 생각하니 갑자기 오른손이 떨려왔다. 하키 스틱에 힘이 너무 들어가 내가 막아낸 퍽이 테이블 밖으로 튕겨 나갔다. 모두의 시선이 내 몸에 꽂히는 것을 느끼며 퍽을 주워 들었다.

나는 다시 한번 심기일전하고 매달렸다. 힘을 조절해서 스틱으로 치자 멀어져가던 퍽이 멋진 원을 그리며 상대편 골문에 꽂혔다.

"앗싸!"

사람들 앞에서 점수를 낸 게 기뻐서 마음껏 승리의 포즈를 취했다. 동기들도 모두 박수를 쳐주었다.

그런데 하타케야마는 달랐다.

"잠깐, 나 좀 보자, 사카모토 유이치. 너희들도 따라와."

거래처 사람들이 화장실에 간 틈을 타 하타케야마가 볼링장 쪽 계단으로 나와 동기들을 불러냈다.

"너 말이야, 사카모토. 이게 접대라는 건 알지?"

"…네."

"접대의 목적은 상대방을 즐겁게 해주는 거다. 오늘, 술판을 벌이고 볼링까지 친 것도 다 저 사람들한테 점수를 따기 위해서란 말이다. 에어 하키도 마찬가지고, 안 그래?"

하타케야마가 내 가슴을 쿡쿡 찌르면서 닦아세웠다.

"우리가 이기면 어쩌자는 거냐, 응? 공을 저쪽에 돌려야지. 아까 내가 눈짓으로 신호까지 보냈잖아, 쯧."

충계참에 우두커니 선 채 꿰다놓은 보릿자루처럼 입도 뻥긋하지 못했다.

"어이, 다가노. 넌 어떻게 생각하나?"

하타케야마가 동기인 다가노에게 말을 돌렸다. 하타케야마는 우리 둘을 맡은 사수였다.

"제가 만약 사카모토와 같은 입장이라면, 일부러 져드립니다."

다가노는 가늘고 긴 눈으로 그를 똑바로 쳐다보며 망설임 없이 대답했다.

"내 말이 그 말이다, 다가노. 내가 입사 7년 만에 이렇게 분위기 파악 못 하는 놈은 진짜 오랜만에 만났다니까."

하타케야마는 혀를 끌끌 차더니 거래처 사람들이 화장실에서 돌아오자 "한잔 더 하러 가셔야죠!"라며 찰싹 달라붙었다.

"프리미엄 프라이데이*라서 일찍 마쳤으니까 한잔 더 걸치고 가야지. 이번엔 다트 바다. 막차는 신경 안 써도 된다. 회사에서 택시 티켓** 나오니까!"

하타케야마의 말이 끝나기 무섭게 덩치 큰 다가노가 몸을 흔들며 엘리베이터 앞으로 쪼르르 달려갔다. 자기가 얼마나 빠릿빠릿한지 보여주려는 양 "여러분, 엘리베이터 왔으니까 빨리 타십쇼!" 하며 손짓했다.

"…죄송합니다, 하타케야마 선배님. 저는 먼저 들어가겠습니다."

맨 마지막에 나서는 하타케야마에게 어렵게 말을 꺼냈다. "뭐어?" 하며 하타케야마가 매서운 눈초리로 나를 쏘아보았지만 죄송하다고 말하며 머리를 숙였다. 잠깐 기다리라는 고함이 내 등을 후려쳤지만 나는 줄행랑치듯

* 매월 마지막 금요일이 되면 오후 3시 퇴근을 장려하는 일본의 제도
** 외부에서 업무를 보는 직원들을 위해 회사에서 빌급한 택시 이용 티켓

쏜살같이 계단을 내려갔다.

정적에 휩싸인 깜깜한 역 승강장에서 하이볼 캔을 따서 벌컥벌컥 마셨다. 벤치에 앉아 스마트폰을 꺼내자 시호에게서 메시지가 와 있었다.

'내일 영화 보러 못 갈 것 같아. 시부야는 다음에 가자.'

왜 못 가게 됐는지 물어볼 기력마저 바닥났다. 지금 내게는 휴일에 여자 친구와 놀러 갈 마음의 여유조차 없었다.

하타케야마가 그룹 채팅방에 다트 바에서 찍은 사진을 올렸다. 그 자리를 도망쳐 나온 내게 보란 듯이 다들 즐겁게 노는 모습을 과시하고 싶었나 보다. 참고로 그룹 채팅방 이름은 '하타케야마와 유쾌한 동료들'인데, 이름은 하타케야마가 직접 지었다.

집에서 제일 가까운 역에 도착했지만, 집에 들어가고 싶지는 않았다. 오늘 밤에도 하타케야마에게 수없이 욕을 얻어먹었다. 맥주를 따를 때는 상표가 위로 가도록 하라느니 윗사람과 건배할 때 네 잔은 조금 낮추라느니 자잘한 것들까지 사사건건 걸고넘어졌다. 다음 주에 있을 접대 자리를 생각하니 가슴이 답답했다.

승강장 벤치에는 나 말고도 캔 맥주를 마시는 직장인

이 여럿 있었다. 학창 시절에만 해도 이런 사람들을 보면 '왜 집에 안 가고 여기서 술을 마실까' 의아했는데, 이제는 저들의 심정을 백번 이해하게 됐다. 저 사람들은 홀로 해방감을 만끽하는 것이다.

집에 가면 가족들이 듣기 싫은 잔소리를 늘어놓겠지. 애들 교육 문제로 아내와 옥신각신해야 할지도 모를 일이고. 그러나 최소한 어두컴컴한 승강장에서 혼자 캔 맥주를 홀짝이는 동안만큼은 그런 문제들을 싹 잊을 수 있다.

대학에 다닐 때는 내 마음에 드는 사람만 만났다. 싫은 사람은 안 보면 그만이었다. 하지만 지금은 사람을 골라 만날 수 있는 형편이 아니다.

이 역을 통과하는 회송 열차를 멍하니 보고 있는데 때마침 스마트폰이 울렸다. 발신인은 대학 시절 몸담았던 테니스 동아리 친구였다. 받기 싫었지만, 전화벨이 계속 울려서 마지못해 통화 버튼을 눌렀다.

"여보세요, 사카모토 유이치? 오랜만이다. 잘 지내지?"

"당연히 잘 지내지. 지금 회사 동기들과 다트 바에 왔는데, 이거 진짜 재밌네?"

주위 사람에게 말소리가 들릴까 봐 자리에서 일어났다.

"유이치, 너희 회사 마루노우치*라고 그랬지?"

"그래그래. 마루노우치에 있는 고층 빌딩. 근데 어쩐 일이냐?"

"아니, 요즘 너랑 연락이 통 안 되더라고. 다음에 동아리 사람들끼리 모여서 한잔할 생각인데, 너도 오면 좋겠다 싶어서."

"미안. 요즘 하루가 멀다고 회식이라서 시간이 안 나. 종합상사는 진짜 딴 세상이거든. 밤마다 값비싼 요리를 공짜로 먹여준다니까."

"시호랑은 아직 사귀지?"

"물론이지, 우리가 왜 헤어져. 내일도 시부야에 쇼핑하러 가기로 했어. 미안, 내가 다트 던질 차례라서 이만 끊을게. 또 연락하자."

적당히 받아치고 허둥지둥 전화를 끊었다. 이상한 데서 허세를 부리는 내가 한심해서 강렬한 자기혐오에 휩싸였다. 대학을 졸업할 무렵, 동아리 친구들 앞에서 "난 너희보다 성공할 거야! 누구 연봉이 더 높은지 어디 두고 보자고!"라며 호기롭게 외쳤다. 큰소리 떵떵 쳐놓고 이제

* 도쿄의 상업 지구로 대기업 고층 빌딩이 집합해 있다

와서 죽는소리할 수는 없다.

다시 벤치에 엉덩이를 걸치고 하이볼을 홀짝이는데, 또 전화가 걸려왔다. 이번에는 아버지였다.

이 전화는 절대로 받고 싶지 않다. 전화가 끊길 때까지 버티고 있었더니 음성 사서함으로 넘어갔다.

"여보세요, 유이치냐? 아버지다. 마당에 잡초가 무성해서 그런데, 잡초 뽑는 것 좀 거들어줄 수 있겠냐? 유가와라에는 언제 올 생각이냐? 연락 기다리마."

속 편하게 이런 소리나 하는 걸 듣고 있자니 한숨이 새어 나왔다. 아무리 환갑이 지났어도 그렇지, 마당 손질쯤이야 혼자서도 할 수 있는 거 아닌가.

나는 대학에 입학하고 나서 도쿄에 집을 구해 혼자 살고 있다. 유가와라에 사는 부모님과는 누나 결혼식 때 얼굴을 보고 1년 넘게 만나지 않았다. 매달 본가에서 내가 사는 집으로 보내주는 쌀이 현재 우리의 유일한 접점이다. 내가 먼저 연락하는 일은 없다.

나는 옛날부터 동네의 작은 공무점에서 일하는 아버지를 경멸했다.

공사장 인부였던 아버지는 사시사철 때 묻은 작업복을 입고 일했다. 학부모 참관 수업에 올 때도 더러운 작업복 차림으로 나타났다. 내가 고등학생이었을 때는 학교 근처 하수구를 청소하거나 수리를 하려고 학교 교정을 직접 찾아오기도 했다. 학교 친구들이 아버지를 흘끔거리는 게 싫어서 모르는 사람인 척한 적도 있다.

그런 모습을 보고 자라서인지 나는 절대로 아버지처럼 되고 싶지 않았다. 그래서 마음을 굳게 먹고 아버지를 반면교사 삼아 죽기 살기로 공부해서 도쿄의 유명 사립대학에 입학했다. 그뿐만 아니라 간절히 바라던 꿈을 이뤄 평균 연봉이 1,200만 엔이나 되는 종합상사에도 무사히 취직했다.

하지만, 지금은 요 모양 요 꼴이다.

학생 때와는 180도 달라진 처지에, 날마다 내가 얼마나 무능한 인간인지 절실히 깨닫고 있다.

또다시 보내온 다트 바 사진을 보자 기분이 확 가라앉았다.

사무실 안에 울려 퍼지는 시끄러운 전화벨 소리가 귀를 때렸다. 심장은 벌렁거리고, 긴장한 몸은 돌처럼 굳었다. 나는 사무실 전화를 받는 게 끔찍하게 싫었다. 누가 받아주기를 내심 바랐지만 다들 업무에 쫓기고 있었다.

자리가 제일 가깝다는 이유만으로도 내가 전화를 받아야
했다.

"네, 야마노상사 식품자재부 사카모토입니다."

"헬로, 디스 이즈, 존 클레먼스, 프롬, 월드 푸드 코퍼레
이션."

유창한 영어 발음을 들으며 나는 점점 쪼그라졌다. 종
합상사인 만큼 해외 거래처가 많아 외국인에게서 수시로
전화가 걸려온다. 신입 사원 연수 때 영어로 전화 받는 연
습을 여러 번 반복했지만 아직도 적응되지 않는다.

"아, 아임 소리, 후, 후 이즈, 스피킹?"

당황한 나머지 상대방의 이름을 놓쳤다. 전화한 상대
가 한 번 더 자기 이름을 읊어주긴 했지만, 목소리에 가시
가 돋쳐 있었다. 식은땀을 닦으며 나사가 몇 개 빠진 사람
처럼 횡설수설하고 말았다.

"소, 소오리. 미스터, 존 클레먼스. 어⋯ 음⋯ 하우, 하
우, 하우 캔 아이, 헬프⋯."

내 말이 끝나기도 전에 뒤쪽에서 회의 중이던 다가노
가 수화기를 채 갔다. 나와 급이 다르다는 사실을 자랑하
고 싶은지 원어민 수준의 영어 실력을 뽐냈다. 다가노는
영문과 출신이라서 영어를 잘한다.

자리에 앉아 키보드를 두드리던 동기 녀석들이 키득거렸다. 사무실 구석에서 커피를 마시던 하타케야마가 경멸하는 눈초리로 나를 지켜보았다. 최악이다.

그날 저녁에 나와 다가노는 하타케야마에게 붙잡혀 회사 근처 술집으로 끌려갔다.

"도대체 언제쯤 전화를 제대로 받겠냐, 사카모토."

맞은편에 앉은 하타케야마의 맥주잔이 비었다. 빈 잔에 맥주를 채우려는데 하타케야마의 안색이 변했다.

"너, 맥주 따를 때는 상표가 위로 가야 한다고 했냐, 안 했냐."

"아, 죄송합니다."

어쩔 줄 몰라 몸을 살짝 틀었다가 바닥이 뚫린 좌식 탁자 아래에 있던 내 발이 그만 하타케야마의 발을 건드리고 말았다.

"아, 죄송합니다." 나는 작은 소리로 그에게 사죄했다.

"전부터 계속 거슬렸는데, 그거, '아, 죄송합니다' 좀 그만하지 그래? 너, 걸핏하면 '아, 죄송합니다'부터 나오잖아. 짜증 나니까 그만해라. 좀."

"아, 죄송합니다."

"사카모토 귀에 경 읽기냐?"

제 딴에는 웃겼다고 생각했는지 하타케야마가 다가노에게 의기양양한 미소를 보냈다. 다가노는 손뼉까지 치면서 억지웃음을 지었지만, 나는 웃지 못했다. 바보 취급을 당하면서 상대의 기분을 맞춰줄 수는 없었다.

입사 초기부터 나는 하타케야마에게 찍혔다. 우리 회사 신입 사원은 입사해서 골든위크가 끝날 때까지 철저하게 연수를 받는다. 하타케야마가 신입 사원 교육 사내 강사를 맡았는데, 그가 농담을 내뱉을 때마다 백 명이 넘는 신입 사원이 일제히 배꼽을 잡고 박장대소했다. 환심을 사려고 억지로 웃어대는 꼴이 무슨 사이비 종교 모임처럼 같잖아서 나는 맨 앞자리에 앉아 눈썹 하나 까딱하지 않았다. 하타케야마는 그런 내가 눈엣가시였을 것이다. 그래서인지 연수 기간에 내게 어려운 질문을 던져 망신을 톡톡히 주곤 했다.

거기다가 연수를 마치고 배속된 곳이 하필이면 하타케야마와 같은 식품자재부였다. 하타케야마는 이 부서의 일등 영업 사원이었고, 재수 없게도 그가 내 사수가 되었다. 하타케야마가 우스갯소리를 툭툭 던질 때마다 그동안의 실점을 만회하고자 억지로 입가를 끌어 올려 웃었지만, 엎질러진 물을 주워 담기엔 너무 늦었다. 처세술이 끝내주는 다가노는 귀여워하고 나는 대놓고 홀대했다.

"아, 됐고, 내가 하고 싶은 말은 딱 하나."

하타케야마는 안경 코걸이를 쓱 밀어 올리고 남은 맥주를 한입에 털어 넣은 다음 이렇게 말했다.

"여기서 살아남고 싶으면 내 눈 밖에 나면 안 된다는 거다. 잠깐, 화장실 좀."

엉덩이를 떼는 하타케야마에게 "선배님, 맥주 한 병 더 시켜놓겠습니다."라며 아양을 떠는 다가노. "넌 정말 눈치가 빨라."라며 하타케야마에게 칭찬받은 다가노의 두 눈이 깔보듯 나를 향했다.

"다가노, 너도 참 피곤하게 산다."

하타케야마의 뒷모습이 시야에서 사라진 걸 확인하고 나는 다가노에게 빈정거렸다.

"뭐라고?"

"여기저기 꼬리 흔들어대느라 피곤하시겠다고요."

"분하면 너도 하든가."

"…."

"남들 비위 맞추는 게 뭐가 나빠? 난 지금 내가 위치한 단계에서 상사맨으로 성공하는 데 필요한 프라이오리티(priority)가 인맥이라고 생각하거든."

"어려운 영어 쓰면 똑똑해 보이는 줄 알지? 재수 없어, 허구한 날 알랑대기만 하는 놈은."

"남한테 민폐만 끼치는 사람이 할 소리는 아니지."

"…."

나는 입을 다물 수밖에 없었다. 울컥한 마음을 진정시키려 하이볼 잔을 단번에 비웠다.

"어휴, 다가노 그 자식은 진짜 비호감이라니까."

좌식 의자에 털썩 주저앉아 원형 탁자에 올려놨던 추하이* 캔을 땄다. 오늘 저녁만 해도 벌써 다섯 캔째였다.

"아까부터 왜 말이 없어, 넌 어떻게 생각해?"

내가 사는 아다치구의 맨션에 시호가 놀러 왔다. 시호는 구직 활동 중에 알게 되어 연인으로 발전한 내 여자 친구다. 요즘 둘 다 회사 일에 바빠서 한 달 만에 겨우 만났다.

"글쎄, 한마디로 딱 잘라 말하긴 어렵지만, 난 다가노 씨의 방식이 잘못됐다고는 생각 안 해."

내 편을 들어주길 바라며 말을 꺼냈는데 눈앞에서 야멸차게 부정당했다. 표정이 일그러진 나는 시호에게 되물

---

* 소주와 탄산수, 과즙이 섞인 일본 과일주

었다.

"너 지금 다가노 편드는 거야?"

"편은 무슨. 다가노 씨 말마따나 인맥이 중요한 것도 맞고, 일을 따내려면 상대방 기분을 맞춰주는 것도 당연하잖아."

시호는 당당하게 말하면서 커다란 눈망울을 반짝거렸다.

사회생활을 시작하고 나서 시호는 필요 이상으로 똑 부러지게 의견을 말한다. 시호는 대형 패션업체에 종합직 사원으로 입사했다. 둘 다 취직하고 얼마 안 됐을 무렵에는 다가노와 셋이서 밥을 먹기도 했다.

"자기는 자존심이 너무 세서 큰일이야."

"뭐?"

"명문 대학을 나왔다는 프라이드가 오히려 일에 악영향을 주는 것 같다고. 사회에 나오면 학벌은 상관없잖아."

"네가 뭘 알아?"

"자기도 함부로 말하지 마. 미안한데, 나 내일 일찍 출근해야 하니까 그만 갈게."

자리에서 일어난 시호의 가방에 두툼한 경제경영서가 여러 권 들어 있었다. 그 순간 우리 두 사람의 의식 수준의 차이를 엿본 것 같아서 시호가 아주 멀게 느껴졌다.

"에라이, 이 병신 새끼야!"

아무도 없는 비상계단에서 하타케야마가 입에 거품을 물고 고래고래 소리를 질렀다.

"여기, 서류에 영업 비밀이라고 적힌 거 안 보여? 도대체 무슨 생각으로 집에 들고 가냐고!"

"죄송합니다!"

"취업 규칙 몰라? 마침, 내 눈에 띄었으니 망정이지, 안 그랬으면 징계 처분받고도 남았어!"

"정말 죄송합니다!"

나는 그 말에 얼굴이 새파랗게 질렸다. 매미 울음소리가 가득한 층계참에서 허리를 반으로 접은 채 하타케야마의 화가 가라앉기를 기다렸다.

어젯밤 사무실에서 혼자 야근을 하는데 하타케야마의 휴지통에 들어 있던 서류가 내 시선을 끌었다. 서류 다발을 주워 훑어보자 효과적인 판매 방법과 마케팅 노하우 등 영업 관련 정보가 자세히 기재되어 있었다.

나는 초조했다. 같은 부서 동기는 선배의 업무를 이어받아 혼자서 단골 거래처를 돌고 있었다. 뒤처진 상황을 조금이라도 따라잡고자 영업 관련 지식을 쌓으려던 게 화근이었다.

"정말 죄송합니다. 제가 거래처 방문할 때를 대비해서 집에서 미리 공부하려던 게 그만…"

"거래처 외근 나가려면 넌 아직 한참 멀었어!"

그 말을 듣자 온몸의 힘이 쭉 빠져나갔다.

"그렇게 공부가 하고 싶으면 집에 가져가지 말고 회사에서 할 것이지!"

지당한 말씀이긴 하나 그럴 수는 없었다. 회사에서는 계속 사람들에게 감시당하는 것 같아 제대로 집중이 되지 않는다. 전화 받는 것도 마찬가지다. 위축돼서 목소리가 떨렸다.

"하아… 안 그래도 월말 전시회 준비하느라 바빠 죽겠는데. 부장님께는 보고 안 하겠어. 괜히 알려지면 나까지 한 소리 들을 테니까. 잘 들어, 이번 일은 네가 나한테 빚진 거다."

하타케야마는 쯧, 하고 혀를 차며 사무실로 들어갔다. 나도 자리로 돌아가서 어떤 선배가 부탁한 복사물을 갖다줘야 했다. 그런데 처음 보는 다른 부서 선배라 얼굴이 기억나지 않았다.

거기다가 수면 부족이라 머리까지 안 돌아갔다. 거의 매일 야근에 접대에, 요즘은 아침 여섯 시 반에 출근해서 아무도 없는 사무실에서 전화 받는 연습까지 했다.

"복사, 다 했습니다!"

"난 부탁 안 했는데."

"복사물, 가져왔습니다!"

"나도 안 시켰어."

옆구리에 서류 뭉치를 끼고 돌아다녔지만, 누구인지 찾지 못했다.

"혹시 복사 맡기셨어요?"

"난 아닌데."

"복사물, 가져왔습니다!"

"나도 아냐."

"사카모토! 재무부 사쿠라기 씨가 부탁했잖아!"

하타케야마의 목소리가 온 사무실을 쩌렁쩌렁 울렸다. 저 녀석 또 사고 쳤군. 눈으로 이렇게 말하며 낄낄대는 사람들의 웃음소리가 날아와 귓가에 박혔다.

자리에 돌아가자 우리 부서로 전화가 걸려왔다. 연습한 결과를 보여주고 싶다는 열의와 누가 대신 받아주면 좋겠다는 무기력한 마음이 서로 줄다리기를 한다.

"네, 야마노상사 식품자재부 사카모토입니다."

열의가 이겨 전화를 받기는 했지만, 수화기 너머에서

"헬로."라는 단어가 들려오자마자 정신이 혼미해졌다.

"헤, 헬로. 하우, 하우, 하우 메이 아이 헬프 유, 디스, 디스 애프터눈? …왓? 아, 음, 쿠드, 쿠드 유 세이, 으, 음, 댓, 댓 어게인…."

더듬대는 사이 수화기가 왼쪽 귀에서 떨어졌다. 주뼛주뼛 고개를 돌리자 눈꼬리가 위로 당겨진 하타케야마가 수화기를 쥐고 있었다.

회사 차를 타고 짙은 고요가 짓누르는 수도고속도로*를 달렸다. 루프에 대형 서프보드를 매단 자동차가 들뜬 기분을 억제하지 못하겠는지 오른쪽 차선을 추월해간다.

주말마다 고속도로 휴게소를 찾는 게 습관이 되었다. 밤의 휴게소 분위기를 좋아하는 나는 바깥 벤치에서 홀로 커피를 마시는 동안만은 나쁜 기억을 전부 떨쳐낼 수 있었다. 같은 간격으로 스쳐 가는 오렌지색 불빛을 보고 있노라니 사회생활을 시작하고 나서 겪었던 일들이 머릿속에 한꺼번에 휘몰아쳤다.

* 도쿄를 지나는 337.8km가량의 도시고속도로로 도심 순환선과 외곽선을 합쳐서 부름

병신 새끼.

틀렸잖아.

도대체 몇 번 말해야 알아들어?

입사하고 넉 달 동안 혼난 기억밖에 없다. 일을 잘했다고 칭찬해주는 사람은 없었다. 잘하는 게 당연한 세계니까.

핸들을 거머쥔 채 사고 내고 편하게 죽어버릴까. 눈을 감고 10초쯤 핸들을 놔버릴까. 반쯤은 진심으로 그런 생각을 하던 차에 조수석에 던져놨던 스마트폰이 울렸다. 화면에 아버지 이름이 떴다. 끈질기게 울리는 벨 소리를 계속 무시했더니 음성 사서함으로 넘어갔다.

"여보세요, 아버지다. 컴퓨터를 새로 샀는데, 내가 사용 방법을 잘 몰라서 말이다. 이번 오봉 휴가*때 집에 와서 좀 가르쳐줄래? 연락 기다리마."

"그딴 건 직접 알아봐요."라는 말이 순간 입 밖으로 튀어나왔다.

아버지는 요즘도 피처폰을 쓴다. 기계와 거리가 먼 데다 경영자로서 능력도 전혀 없다. 그런 무능한 유전자를 이어받아 내가 일을 못하는 게 아닌지 아버지가 원망스

* 한국의 추석과 비슷한 일본의 명절

러웠다.

"하타케야마 선배님, 잠깐 시간 괜찮으세요?"

회사 1층 대회의실. 밤늦게까지 전시회 준비가 한창인 가운데, 다가노가 내일 나눠줄 기념품을 확인하는 하타케야마에게 다가갔다.

"뭔데 그래? 다가노."

"내일 전시회 끝나고 참가자 명함과 설문지를 스테이플러로 같이 찍어두면 어떨까 싶어서요. 정보를 정리해두면 이다음에 업무 미팅도 순조롭게 할 수 있을 것 같거든요."

"그렇겠군. 역시 넌 머리가 잘 돌아가. 장래 사장 후보 납시오!"

하타케야마가 손으로 메가폰을 만들며 오두방정을 떨었다. 다가노는 "과찬이십니다. 선배님이 주최하신 기획에 먹칠은 안 해야 할 텐데요." 하고 겸손을 가장한 아첨을 날렸다.

나는 다가노처럼 먼저 나서서 의견을 내려는 의욕이 생기지 않는다. 하타케야마가 막 사수가 됐을 즈음, "적극적으로 행동해라."라는 말을 듣고 스스로 알아서 처리했다가 "쓸데없이 나대지 마!"라며 된통 깨졌다. 그 후로 지시나 기다리는 소극적인 사원이라는 야유를 듣기도 했지만, 지금은 오히려 이쪽이 속 편하다.

나는 눈에 띄지 않도록 구석에서 종이컵 개수를 확인했다. 내일은 마루노우치에 있는 거래처에 가서 출장 전시회를 연다. 홈센터* 체인을 운영하는 기업인데, 그쪽 미팅룸에 우리 식품자재부가 구매한 물품을 전시하는 것이다. 우리 회사에서 전부 준비한 다음 내일 아침 소형 트럭에 물건을 실어 가져가기만 하면 된다.

"시호는 잘 지내?"

시식 때 쓸 종이 접시를 세고 있는데 다가노가 옆에 와서 섰다.

"오봉 때는 어디 놀러 갔다 왔어?"

"네가 알아서 뭐 하게."

요즘 들어 시호는 얼굴도 못 봤다. 휴일에 만나자고 연락할라치면 세미나 들으러 간다며 그녀가 번번이 퇴짜를 놨다. 메시지는 자주 주고받지만 어쩐지 대화가 겉도는 느낌이다.

"벌써 11시라니."

---

* 일용 잡화나 주택 설비 용품 등을 판매하는 일본의 대형 소매점

하타케야마가 비싸 보이는 손목시계로 눈을 돌렸다.

"자, 오늘은 여기서 끝내자. 내일도 일찍 출근해야 하고, 자질구레한 작업은 현장에 가서 하면 되니까. 너희들은 그만 들어가도록 해."

동기들이 먼저 들어가겠다고 인사하며 하나둘 자리를 떴다. 나도 그만 가보려는데 하타케야마가 "사카모토, 넌 잠깐 좀 남아. 할 얘기가 있어."라며 불러 세웠다. 다들 나간 걸 확인하더니 하타케야마가 회의실 안쪽으로 나를 불렀다.

하타케야마는 뭐가 못마땅한지 얼굴을 팍 구긴 채 바닥에 놓인 간판을 발로 쓱 밀쳤다. 내일 전시회장에 걸리고 폼보드에 시트를 덧대 만든 간판이었다. 그런데 가로로 긴 직사각형 중앙이 움푹 파여 있다. 폼보드가 갈라지면서 글자가 적힌 시트도 쭈글쭈글해졌다.

"이거, 네가 그랬지?"

하타케야마가 내게 눈을 부라렸다.

"네에?"

"네가 밟았잖아."

"아닌데요!"

얼굴 앞에서 손을 휘휘 저었지만, 하타케야마는 나를

계속 몰아붙였다. "이런 짓 할 놈이 너밖에 더 있어!" 하며 내 가슴을 쿡쿡 찔렀다.

그때 하타케야마의 오른쪽 바지 끝에 붙은 스티로폼 알갱이가 내 시선을 붙잡았다. 나는 그냥 지나치지 않았다. 억울하게 쓴 누명을 참을 수 없어서 용기를 내 어렵사리 입을 열었다.

"…하타케야마 선배님이, 그런 거 아닙니까?"

"내가 그랬다 쳐, 그럼 어쩔 건데?"

하타케야마가 태도를 바꾸며 차갑게 내뱉었다. 기가 막혀 입을 다물었더니 그의 입매에 묘한 웃음기가 걸렸다.

"너, 집에 대외비 문서 가져갔었지?"

"…."

"그건 중죄야. 물론 내가 너를 맡은 사수니까 나한테도 책임은 있겠지만. 아무리 신입 사원이라서 뭘 몰라도 그렇지, 하는 일마다 실수투성이인 걸로 모자라 대외비 문서까지 밖으로 빼돌렸다고 하면 회사도 더는…."

끝까지 듣지 않아도 이 사람이 무슨 말을 하려는지 이해했다. 이 간판은 내가 부쉈다고 하라는 거였다. 자기가 이겼다는 양 큰소리치는 그의 얼굴이 그렇게 말하고 있었다.

분하다 못해 참담했다. 이런 인간이 내 사수라는 사실이. 영업 실적이 톱이라는 이유로 이런 인간을 내버려 두는 회사가.

"쓰레기네요, 당신."

한마디 툭 뱉어주고 옆에 있던 카탈로그 스탠드에 주먹을 날렸다. 등 뒤에서 악다구니가 들려왔지만 무시하고 회사를 빠져나왔다.

역에 도착해 자판기에서 캔 맥주를 뽑았다. 푸념을 들어줄 사람이 필요해서 벤치에 앉아 한 손에 맥주를 들고 다른 한 손으로 시호에게 전화를 걸었다.

"미안, 지금 회사 사람들이랑 볼링 치러 왔어."

스마트폰 너머에서 웃고 떠드는 소리가 들려왔다. "뭐해, 시호, 네 차례야." 남자 직원들이 시호를 부를 때 그녀의 성이 아니라 이름을 부르는구나. 시호가 회사 동료들과 원만하게 지내는 걸 보니 내 신세가 한없이 처량하기만 했다.

용건을 꺼내기도 전에 전화는 끊기고 화면에 메시지 알림이 떴다. 침울한 얼굴로 채팅 앱을 열자 '하타케야마와 유쾌한 동료들'이 시끌벅적했다.

'하타케야마 선배님, 오늘 수고 많으셨습니다. 내일도

파이팅입니다!'

'하타케야마 선배님, 오늘도 여러모로 감사했습니다! 내일도 잘 부탁드립니다!'

감사 인사 먼저 하기 경쟁이라도 붙은 듯 쉴 새 없이 메시지가 이어졌다.

이어서 하타케야마가 답장을 보내왔다.

'다들 오늘 수고 많았다! 그나저나 간판이 부서졌던데! 누가 밟았어?^^ 아무렴 어때. 난 사랑하는 후배가 부장님께 혼나는 건 싫거든. 업체에 다시 주문하기는 늦었으니까 이번 건은 내가 망가뜨린 걸로 하고 부장님께 한 소리 듣지 뭐. 내일은 아침 6시 30분에 집합이다! 이번에는 간판이 없으니까 더 잘 부탁한다!'

하타케야마가 답장을 보내기 무섭게 '역시 하타케야마 선배님!', '자상한 우리 하타케야마 선배님!' 하며 속속 동기들의 메시지가 도착했다.

몸도 마음도 너덜너덜해진 나는 비틀비틀 걸으며 막차에 올라탔다. 내 옆에는 지쳐 보이는 직장인이 손잡이를 잡고 서 있다.

대학 생활을 만끽하던 시절에는 녹초가 된 직장인을 보면 타성에 젖어 살아가는 별 볼 일 없는 인간이라고 생각했다. 하지만 지금은 다르다. 직장인은 대단하다. 불합리한 처우를 정신력으로 견뎌내는 그들은, 괴물이다.

차창에 비친 내 모습을 바라보았다. 무능한 주제에 넥타이만 그럴싸하게 맨 꼴을 보니 헛웃음이 났다. 허허벌판에 혼자 서 있는 듯한 고독감이 가슴을 꽉 움켜쥐었다. 칠흑 같은 어둠에 싸인 창밖 풍경이 으스스하기까지 했다. 이대로 사회생활을 계속할 자신이 없었다. 술기운도 한몫 거들었는지 미래에 대한 막연한 불안감 때문에 콱 죽고 싶어졌다.

이튿날 아침, 나는 회사에 가지 않았다.

다음 날도.

그다음 날도.

또 그다음 날도.

그사이 시호에게서 메시지가 왔다.

'그만 만나자.'

이불 밖으로도 못 나가는 내가 그녀에게 헤어지려는 이유를 물어볼 기력이 있을 리 만무했다. 짧게, "알겠어." 라고 답장을 보냈다.

나는 회사를 그만뒀다.

인수인계도 없이 홀연히 사라지듯.

근속 기간은 고작 5개월.

꿈에 그리던 상사맨 생활은 이렇게 막을 내렸다.

종합상사를 그만둔 나는 10월부터 도내 인재 파견업체에서 일하기 시작했다.

원하는 직종은 사무였다. 영업 일을 하면서 대인 관계에 트라우마가 생겨 데스크 워크라면 사람과 부딪칠 일이 적겠다고 생각했다. 학벌이 좋아서 중고 신입 자격으로 거뜬히 이직에 성공했다. 그런데 한 달도 못 채우고 관뒀다.

책상에 앉아 있으면 항상 누가 나를 감시하는 것만 같았다. 신경이 곤두서 사무실에서 누가 크게 웃기라도 하면 나를 비웃는 것 같아 견딜 수 없었다. 그 사람 자리까지 가서 나 때문에 웃은 게 아니라는 걸 확인해야 직성이 풀렸다.

나를 나무라는 사람이 없는데도 사소한 일로 툭하면 우울해졌다. 지금껏 '알겠습니다!'라고 메시지를 보내던 사람이 느낌표를 빼고 '알겠습니다.'라고 건조하게 답장하면 나를 싫어하나 싶어서 머리가 복잡해졌다.

책상 위에 놓인 전화가 울릴 때마다 전화 받기가 무서

워서 자리를 피했다. 이런 놈을 회사가 계속 봐줄 리가 없었다. 결국에는 거의 잘리다시피 퇴사했다.

인재 파견업체를 그만두고 나서 10월 말쯤이었나. 아버지에게 부재중 메시지가 왔다.

"여보세요, 아버지다. 프로야구 일본 시리즈 입장권이 생겼는데, 같이 보러 안 갈 테냐? 백네트 뒤쪽 특별석이다. 연락 기다리마."

나는 이번에도 아버지의 전화를 그냥 넘겼다. 그전에도 아버지에게서 전화가 여러 번 왔었지만, 걸려오는 족족 무시했다.

나는 회사를 그만둔 사실을 부모님께 알리지 못했다.

도쿄에 있는 대학에 입학했을 때 부모님 앞에서 선언하듯 말했었다.

"난 이다음에 꼭 대기업에 입사해서 떵떵거리고 살 거예요. 종합상사에 들어가서 사장 자리까지 오를 거니까 두고 보세요!"

자신만만해하던 내게 어머니는 "그렇게 애쓰면서 살 거 없어. 평범한 회사에 들어가기만 해도 충분해."라고 말하며 날 다독였다. 하지만 공사 현장에서 일하는 아버지가 부끄러웠던 나는 "그건 아니죠, 어머니. 벌이가 시원

찮은 일은 무의미해요!"라며 세게 받아쳤다. 그때의 나는 근거 없는 자신감에 사로잡혀 우쭐거렸다. 회사에서 최종 합격 통보를 받았을 때도 부모님께 연락해 얼마나 잘난 체를 했는지 모른다.

솔직히 부모님께 울며불며 매달리고 싶을 때도 있다. 하지만 그러지 못했다.

새해가 밝자마자 서둘러 도심에서 떨어진 외곽으로 이사했다. 종합상사에 근무하던 시절 맨션 월세는 회사가 부담했다. 하지만 이제 무직자인 내가 감당할 수 없는 금액인지라 세 평도 안 되는 연립주택으로 집을 옮겼다.

부모님께 이사한 걸 알리고 싶지 않아서 보증인이 필요 없는 집을 골랐다. 우체국의 주거 이전 서비스를 이용해 본가에서 보내주는 쌀은 새집에서도 계속 받을 수 있었다. 고맙게도 지난가을부터는 집에서 쌀뿐 아니라 몇 가지 식료품도 같이 보내주었다. 부모님이 보내준 먹거리와 상사에 다닐 때 모아둔 쥐꼬리만 한 저금으로 근근이 먹고살았다.

1월 중순부터 집 근처 편의점에서 아르바이트를 시작했다. 그런데 일주일도 버티지 못했다. 아르바이트쯤은

식은 죽 먹기일 줄 알았는데 사람을 상대하는 것 자체가 너무 두려웠다. 손님이 잔소리라도 할라치면 나라는 인간을 송두리째 부정당한 듯한 기분이 들어서 포스기를 두드리던 손이 바르르 떨렸다.

집에 있어도 불안하기는 매한가지였다. 스마트폰이 울리기만 해도 옛 회사에서 걸려온 전화일까 봐 몸이 뻣뻣해졌다. 외출할 때도 옛날에 업무 때문에 한 번이라도 들렀던 장소나 도로는 겁이 나서 지나가지 못한다. 기분 전환 삼아 시내에 나갈 때도 마루노우치 근처는 한 발짝도 들이지 않았다.

누군가에게 속마음을 털어놓고 싶어서 스마트폰 전화번호부를 훑어본 적이 있다. 하지만 아무도 만나고 싶지 않았다. 사람을 만나면 기분이 더 처질 게 불 보듯 뻔했기 때문이다.

이 사람은 착실히 직장에 다니고 있으니까 만나면 괜히 비교돼서 내가 비참해지겠지. 이 사람은 여자 친구가 있으니까 내가 질투하느라 속이 상할 것 같고. 또 이 사람은 악의 없이 말한다고 해도 불행한 사람을 더 불행하게 만드는 부류니까 안 만나는 게 낫겠다. 그리고 이 사람은 내 얘기를 귀담아듣는 척하면서 자기가 아는 심리학 지식을 늘어놓을 테니 만나고 싶지 않다.

지금의 나와 비교하자 전화번호부 속 모든 사람이 잘나 보였다. 나와 마음이 통할 듯싶은 사람을 찾지 못해 결국 집에 틀어박혀 지냈다.

에도 강 하천 부지에서 미지근한 돌풍이 불어왔다. 입고 있던 얇은 점퍼를 벗어 옆구리에 끼우고 손에 든 통장을 뚫어지게 쳐다보았다.

집 근처 대형 쇼핑몰에 설치된 ATM 기계로 통장 잔액을 확인하는 일이 일과의 하나였다. 1월 말에 '간토 노동기준청' 이름으로 20만 엔이 들어왔다. 사실 1년 이내에 퇴사한 신규 채용자는 실업 급여를 받을 수 없다. 잘못 입금된 걸 알면서도 재차 입금되기를 기대했다. 하지만 세상은 그리 호락호락하지 않았다. 기적은 다시 일어나지 않았고 통장 잔고는 바닥나기 직전이었다.

싸구려 도시락이나 사서 돌아가려고 쇼핑몰 안으로 들어갔다. 토요일 저녁이라 가족 쇼핑객들로 복작거렸다. 입구 앞 슈퍼에서는 식품을 할인하는 중이었는데, 커다란 스테인리스 왜건에 반값 스티커가 붙은 빵이 수북하게 쌓여 있었다.

어제 점심때부터 쫄쫄 굶었다. 몰려든 사람들을 밀치며 안으로 들어가 빵을 고르느라 혈안이 되었다. 내 옆에 있던 노인과 거의 동시에 두툼한 돈가스 샌드위치를 집었지만, 내가 힘으로 빼앗았다. 그걸 집을 때만큼은 수치심이고 자존심이고 없었다.

이어서 반값에 파는 도시락을 집으려고 몸을 돌렸을 때였다. 입구 쪽에서 시호가 걸어오는 모습이 보였다. 시호는 키가 큰 남자와 팔짱을 끼고 있었는데, 그 모습이 행복해 보였다.

그런데 남자의 얼굴이 눈에 들어온 순간 심장이 멎는 줄 알았다. 시호 옆에 선 사람은 바로 다가노였다. 입사 초기에 다가노가 혼자 사는 자취방에 놀러 간 적이 있었다. 이 쇼핑몰에서 멀지 않은 위치였다. 너무 당황해서 여기가 어디인지조차 헷갈렸다. 얼마 안 남은 이성이 나를 인파 속으로 밀어 넣었다.

두 사람은 슈퍼 맞은편에 있는 빵집으로 들어갔다. 한두 번 온 게 아닌지 자연스레 쟁반 하나를 들더니 집게로 거침없이 빵을 집어 담았다. 그 가게에서 파는 빵은 하나같이 300엔이 넘는다. 이 쇼핑몰에 올 때마다 고소한 빵 냄새가 코끝을 찔렀다. 언젠가 저 집 빵을 먹어보고 싶다고, 싸고 큰 빵 말고 작아도 맛있는 빵을 먹고 싶다고 매번 생각했었다.

통로를 사이에 둔 슈퍼 옆에서 나는 찌그러진 돈가스 샌드위치를 손에 쥐고 있었다. 연금으로 살아가는 노인에게서 빼앗은 하나에 90엔에 파는 돈가스 샌드위치. 깊이를 가늠할 수 없는 절망감이 가슴을 파고들었다. 고개를 숙인 채 그 자리에 서서 꼼짝도 할 수 없었다.

그때 갑자기 청바지 뒷주머니에 들어 있던 스마트폰이 울렸다. 벨 소리를 들으면 심장이 벌렁거려서 평소에도 진동으로 해둔다. 주머니 안에서 전해지는 떨림이 좀처럼 잦아들지 않았다. 하는 수 없이 꺼내 보니 화면에 어머니 이름이 떠 있었다. 이제 될 대로 되라 싶었다. 문득 뻔뻔함에 가까운 감정이 치솟아 오랜만에 전화를 받았다.

"유이치. 유이치…."

스마트폰 너머에서 어머니의 울음소리가 새어 나왔다.

"무슨 일이에요, 어머니?"

"…아버지가, 돌아가셨어."

"네?"

"오늘 아침 탈선 사고로 아버지가 돌아가셨다고!"

"…."

온갖 일이 한꺼번에 일어나 생각이 마구 뒤엉켰다. "당장 미나미카마쿠라 체육관으로 오렴." 그 말을 듣자마자 정신없이 쇼핑몰 밖으로 뛰쳐나갔다.

큼지막한 파란색 시트가 체육관 출입구를 덮고 있었다. 경찰을 따라 문과 시트 사이로 몸을 집어넣었다.

코트로 연결되는 통로를 빠져나온 순간, 분위기가 이질적으로 바뀌었다. 묵직하고 농밀한 공기가 내려앉은 그 공간은 말 그대로 울음바다였다.

"유이치!"

코트 구석에서 누나가 손짓하며 불렀다. 달려가자 어머니가 바닥에 앉아 흐느껴 울고 있었다. 바닥에 깔아놓은 매트 위에는 아버지가 누워 있었다. 생각보다 얼굴은 말끔했고, 양복 재킷이 찢어지긴 했어도 눈에 띄는 외상은 없었다.

"좀 전에 검안을 마쳤는데, 장인어른이 머리를 세게 부딪치신 것 같대."

매형이 내 등 뒤에서 어깨에 손을 올렸다. 다행히 얼굴이 뭉개지지 않았거니와 지갑에 운전면허증이 들어 있어서 신원을 금방 파악할 수 있었다는 말도 덧붙였다.

체육관으로 오던 택시 안에서 스마트폰을 통해 열차의 사고 소식을 접했다. 설마 아버지가 그 열차에 타고 있었다니.

바닥에 무릎을 꿇고 앉아 하늘을 보고 누운 아버지의 손을 잡았다. 왼쪽 손목에 채워진 시계 유리가 사고 당시의 충격을 말해주듯 산산이 조각나 있었다.

누나 결혼식이 마지막이었으니 아버지를 만난 건 2년 만이다. 오랫동안 얼굴을 보지 않았던 탓도 있어, 이번 사고가 나와 상관없는 먼 나라 이야기인 것만 같았다. 일도, 사생활도 궁지에 몰려 마음이 메말라 있었다. 잔혹하게도, 온기를 잃은 아버지의 손을 한참 부여잡고 있었지만, 눈물은 한 방울도 나오지 않았다.

내가 늘 앉던 승강장 벤치에 얼굴을 불콰하게 물들인 직장인이 몸을 기대고 있었다. 내가 있을 자리를 빼앗긴 것 같아 짜증이 확 치밀었다.

아버지의 사십구재를 올리고 도쿄로 돌아왔다. 사고 뒤치다꺼리는 누나가 맡았다. 나는 이때까지도 회사를 관둔 사실을 가족에게 숨겼다. 아버지 장례식이 끝나자마자 회사 일이 바쁘다는 핑계를 대고 서둘러 도쿄로 올라왔다.

"됐다, 입사 지원서 완성!"

벤치에 걸터앉아 추하이 한 캔을 홀짝이는 내 옆에서 면접용 정장을 입은 학생들이 입사 지원서를 작성하고 있었다. "취업 준비 더는 못 해 먹겠어!"라며 투덜댔지만 다들 눈에서 빛이 났다.

그들은 눈부셨다. 나도 2년 전에는 이 학생들과 똑같은 눈빛을 하고 있었는데. 입사 지원서를 쓰고 또 쓰느라 넌더리를 치면서도 "1억 엔을 벌고 말겠어!"라며 기합을 불어넣었다.

그 시절을 회상하자 돌아가신 아버지에게 들었던 말이 생각났다. 취업 준비에 매달렸던 당시 아버지에게서 자주 전화가 걸려왔다. 면접용 정장부터 면접 매너 등등 자기가 알아낸 정보를 수화기 너머로 시시콜콜 알려주었다.

요즘 시대에 그런 정보는 마우스만 클릭하면 단번에 다 나온다. 강의 시간에도 모의 면접 연습을 거듭 진행했다. 나는 매번 아버지에게 "나도 다 안다고요."라며 성질을 부렸다.

그래도 아버지는 물러서지 않았다. 야마노상사 면접을 앞두고 전화를 안 받았을 때도 부재중 메시지에 회사 정보를 잔뜩 녹음해두었다.

"아버지다, 야마노상사에 대해 여기저기 알아봤는데, 너에게도 지금 알려주마. 직원 수는 3,500명, 그룹과 자회사까지 포함하면 5,000명이 넘는단다. 자본금은 1,300억 엔이고…."

그때는 민폐도 그런 민폐가 없다고 생각했다. 하지만 아버지 나름대로 아들을 걱정해서 한 행동이었다. 다 지난 일인데 이제 와서 아버지께 죄송한 마음이 들었다.

언덕 저편에서 숨 막히게 짙은 유황 냄새가 바람을 타고 날아왔다. 즐비한 목조 여관을 곁눈질하며, 유카타를 차려입은 관광객과 스치듯 언덕을 올랐다.

5월의 어느 날, 나는 남아도는 시간을 주체할 수 없어 유가와라에 왔다. 사방이 산으로 둘러싸인 온천 마을은 어릴 때 보던 모습 그대로였다.

어린 시절을 추억하듯 그때 놀던 장소를 돌아다녔다. 본가로 가려고 곁길로 들어섰다가 집으로 돌아가는 초등학생들과 마주쳤다. 아이들은 책가방을 땅에 내려놓고 길가에 설치된 족욕탕에 두 발을 담갔다.

"너네, 유령 열차 이야기 들었어?"

몸집이 통통한 한 아이가 눈을 초롱초롱 빛내며 친구들에게 물었다.

"몰라. 무슨 소리야?"

"얼마 전에 가마쿠라에서 탈선 사고가 일어났잖아. 밤중에 니시유이가하마 역에 가면, 그때 사고 난 열차가 달리고 있대."

"거짓말~"

아이들은 천진난만해서 좋다. 나도 저만할 때는 순진하게도 저런 초자연적인 현상을 믿었다. 즐겁게 재잘대는 초등학생들을 부러워하며 나도 그때로 돌아가고 싶다고 생각했다.

이 골목 끝자락에는 아버지가 일했던 공무점이 있다. 공무점 건물은 기와지붕 위에 태양광 패널을 얹어서 꼭 가정집처럼 보인다. 2층 외벽에 달린 회사 간판은 언제 떨어져도 이상하지 않을 정도로 위태위태하게 매달려 있다.

"혹시, 사카모토 씨네 아들 아니냐?"

갈색 금속 문을 열며 백발의 남자가 얼굴을 내밀었다. 그렇다고 대답하자 얼굴에 화색을 띠며 밖으로 걸어 나왔다.

"이번 사고로 많이 힘들었지?"

자세히 보니 아버지 장례식에서 봤던 남자였다. 손수 건을 손에 쥐고 계속 울고 있었다. 고등학교 때 아버지가 학교에 수리하러 왔을 때도 같이 있었다. 다케나카 씨였 던가.

"유이치, 맞지? 마음은 좀 안정됐고?"

"덕분에요. 아버지 일로 여러모로 폐를 끼쳤습니다."

"우리 사이에 뭘. 난 부하 직원으로서 네 아버지에게 한두 번 신세 진 게 아니거든. 내가 세상에서 제일 존경하는 사람이 네 아버지란다."

아버지를 칭찬하는 말을 듣자 코끝이 찡했다.

"그나저나 유이치, 야마노상사에 다닌다면서? 대단하 구나!"

"아, 네에⋯."

나는 말끝을 얼버무렸다.

"넌 네 아버지의 자랑스러운 아들이었다. 네가 대학에 합격했을 때도 어찌나 좋아하던지. 그렇게 뛸 듯이 기뻐 하는 건 처음 봤다니까."

"⋯저희 아버지, 회사에서는 어떤 사람이었습니까?"

아버지 얘기를 더 듣고 싶은 마음에 물었다. 그러자 다 케나카 씨는 "그 양반 매력을 이야기하자면 한도 끝도 없는데." 하고 입을 떼더니 막힘없이 이야기를 늘어놓았다.

"일단, 사카모토 씨는 포기를 모르는 사람이었다. 작년 이맘때였지, 유가와라에 큰 태풍이 불어닥치는 바람에 매일 밤늦게까지 무너진 지붕을 수리하러 다녔어. 그중에는 막심한 피해를 입은 지역도 있었는데, 사카모토 씨가 중심이 돼서 싹 복구했지. 열심히 한다고 월급을 더 주는 것도 아닌데, 네 아버지는 뭐든 시작하면 끝장을 보는 사람이었다."

"……."

"그뿐인 줄 아니? 정도 많았지. 솜씨가 좋으니까 도시로 나갔으면 돈도 많이 벌었을 거야. 나라면 당장 짐 싸서 갔을 텐데, 사카모토 씨는 달랐어. 이 동네 사람들을 저버릴 수 없다더라고. 우리 회사는 직원이 달랑 여덟 명뿐이라서 사카모토 씨가 없으면 앞으로 어떻게 버틸지 걱정이다."

다케나카 씨는 그렇게 말하면서 하늘을 올려다보았다.

전부 처음 듣는 말이었다. 아버지 얘기를 더 들었으면 좋겠다고 생각하던 찰나 골목에서 체구가 작은 노파가 보조 보행기를 밀면서 다가왔다. 아버지 장례식에서 관을 향해 거듭 머리를 조아리던 여자였다.

"사카모토 씨 아들이구나."

나를 보자마자 노파가 손을 덥석 잡았다. "아주 아버지를 쏙 빼닮았구나." 주름이 자글자글한 얼굴에 미소가 번졌다.

"내가 네 아버지한테 얼마나 도움을 많이 받았는지 모른단다."

노파는 쥐고 있던 손을 겨우 놓고 멀리 시선을 옮겼다.

"사카모토 씨는 참 자상한 사람이었단다. 화장실 수리하러 왔다가 덤으로 마당 청소까지 해주고. 틈만 나면 노인네 혼자 사는 집에 찾아와서 말동무도 해주고. 그 사람은… 내 영웅이었단다."

울먹이는 노파를 보니 가슴 밑바닥에서 뜨거운 것이 차올랐다.

아버지 장례식에는 발 디딜 틈이 없을 정도로 조문객이 밀려들었다. 사람들은 잠든 아버지 앞에 줄지어 서서 "고마웠습니다."라며 인사를 올렸다.

나는 현장에서 일하는 아버지를 속으로 내내 비웃었다. 하지만 내가 틀렸다.

시선 끄트머리에서 웃자란 풀이 바람에 몸을 떨었다. 어릴 때 이 공터에서 아버지와 자전거 타는 연습을 했었다. 아무리 연습해도 제대로 페달을 밟지 못하는 나를 위해 아버지가 줄곧 따라왔었다.

비가 내리던 날도.

출근했다가 녹초가 돼서 돌아온 날에도.

나는 아버지에게 사죄하고 싶었다.

아니, 무슨 일이 있어도 꼭 사죄해야 한다.

정적에 휩싸인 주택가를 빠져나와 니시유이가하마 역에 도착했다. 어제 유가와라에서 초등학생에게 들었던 말을 되새기며 열려 있던 개찰구로 들어섰다.

초등학생 사이에 오가던 대화는 인터넷에서도 화제였다. 소문을 곧이곧대로 믿는 건 아니지만, 어떻게 해서라도 아버지를 한 번 더 만나고 싶었다. 믿음보다 간절함이 더 컸다.

까만 어둠 속 승강장에는 사람 그림자도 얼씬하지 않았다. 벤치에 앉아 잠시 기다렸지만 아무 일도 일어나지 않았다. 뭐라도 마시려고 자판기로 걸음을 뗀 순간이었다.

한 정거장 전인 지가사키카이간 역 쪽에서 안이 어렴풋이 비치는 열차가 선로 위를 달려왔다. 끼이익. 브레이크 소리를 내며 열차는 승강장에 멈춰 섰다. 나는 마른침을 삼켰다. 열차 안에 승객이 제법 타고 있었기 때문이다.

"내려."

문이 열리자 손잡이를 붙잡고 있던 여고생이 덩치가 작은 남학생에게 말했다. "난 괜찮으니까 빨리 가."라며 차마 발길을 떼지 못하는 남학생을 열차 밖으로 밀어냈다.

여고생이 문 앞으로 다가왔다. 둘은 헤어짐을 아쉬워하며 서로를 멍하니 바라보았다.

"정말, 정말 고맙습니다."

남학생이 허리를 깊이 숙였다. 문이 닫히기 직전에 "내가 더 고마웠어. 가즈유키."라고 말한 여고생의 입가에 미소가 머물렀다.

개찰구로 향하던 남학생이 나를 보고 가볍게 눈인사하며 지나갔다. 스쳐 지나가던 그는 울어서 눈은 퉁퉁 부었는데도 그 얼굴에는 뭔가 만족스러운 듯 미소가 번져 있었다.

"당신도 유령 열차 타고 싶어?"

사라진 남학생과 교대하듯 세일러복을 입은 여자가 승강장 안쪽에서 내게로 걸어왔다.

"…너, 유령이야?"

"응. 잘 부탁해."

그녀는 무람없이 반말로 인사를 건넨 다음 익숙하게 다음 말을 이었다. 방금 지나간 열차가 지난 3월에 탈선 사고가 났던 그 열차라는 것, 사고로 인해 마음에 맺힌 게 있는 사람 눈에만 보이는 열차로, 이 열차를 타면 죽은 사람과 다시 한번 만날 수 있다는 말도 했다.

다만…. 그녀는 강조하듯 그렇게 운을 뗀 다음 유령 열차에 오르는 데 필요한 네 가지 규칙을 늘어놓았다.

하나, 죽은 피해자가 승차했던 역에서만 열차를 탈 수 있다.

둘, 피해자에게 곧 죽는다는 사실을 알려서는 안 된다.

셋, 열차가 니시유이가하마 역을 통과하기 전에 어딘가 다른 역에서 내려야 한다. 그렇지 않으면, 당신도 사고를 당해 죽는다.

넷, 죽은 사람을 만나더라도 현실은 무엇 하나 달라지지 않는다. 아무리 애를 써도 죽은 사람은 다시 살아 돌아오지 않는다. 만일 열차가 탈선하기 전에 피해자를 하차시키려고 한다면 원래 현실로 돌아올 것이다.

여자의 설명이 끝나자마자 선로 저 너머에서 굉음이

들려왔다. "어딘가 다른 역에서 내리지 않으면 당신도 저렇게 돼."라며 여자가 짓궂은 웃음을 보였다.

"현실이 하나도 바뀌지 않아도 괜찮다면, 내일 밤에라도 피해자가 열차를 탔던 역으로 가면 돼. 그리고."

자그마한 가슴 앞에서 팔짱을 끼더니 여자가 눈에 힘을 줬다.

"제발 승객을 하차시키는 짓만은 삼가길. 지난번에도 웬 여자가 죽은 약혼자를 데리고 내리려 했었거든."

나는 마음을 굳혔다.

돌아가신 아버지가 다시 살아 돌아오지 않아도 괜찮다. 현실이 전혀 달라지지 않아도 상관없다. 나는 한 번만 더 아버지를 만나고 싶다.

숨죽인 니시유가와라 역은 짙은 어둠에 갇혀 있었다. 후드 티 주머니에서 스마트폰을 꺼내 시간을 들여다봤다.

그때 돌연 승강장 일대에 빛이 쏟아지기 시작했다. 한밤중을 표시하던 스마트폰 화면이 느닷없이 오전 10시 23분으로 바뀌었다.

그러나 갑자기 찾아온 아침 풍경에 넋을 놓고 있을 겨를이 없었다. 맨 안쪽 벤치에 아버지가 앉아 있었기 때문이다.

아버지는 오래전부터 써왔던 낡아빠진 수첩을 펼친 채 뭐라고 끼적이고 있었다. 거리를 좁히려는 찰나, 선로 저편에서 반투명한 열차가 다가왔다.

검은 차체는 속도를 떨어뜨리며 조용히 멈췄다. 아버지가 첫 번째 칸에 타는 것을 보고 나도 뒤따라 같은 문으로 올라탔다.

시발역이어서 열차 안이 텅텅 비었다. 열차가 시동을 걸고 출발하려는 순간, 아버지는 4인용 좌석에 자리를 잡았다.

앞으로 니시유이가하마 역까지 한 시간도 남지 않았다. 초조한 마음을 진정시키고 통로 쪽에 앉은 아버지 옆에 가서 섰다.

"아버지…."

긴장해서 목소리가 떨리는 나를 아버지가 흘낏 곁눈질했다. 그러더니 들고 있던 수첩을 낡은 보스턴백에 넣으며 "유이치." 하고 웃었다.

"아버지, 웬일로 양복을 입었어요?"

선 채로 묻자 아버지는 "볼일이 있어서."라고 대답했다. 나는 너야말로 무슨 일이냐고 물을까 봐 "나도 볼일이 있어요."라고 얼른 덧붙였다. 아버지는 후후 웃으며 표정을 풀고, 거기 앉으라는 말 대신 맞은편 자리를 손으로 탁탁 쳤다.

안 그래도 말랐던 아버지의 몸은 전보다 더 홀쭉해져 보였다. 그래도 기술자답게 팔은 여전히 굵고 억셌다. 팔 근육이 양복 위로도 여실히 드러났다.

"오랜만이구나."

면목 없어서 아버지와 눈을 맞추는 데 용기가 필요했다. 아버지를 만난 건 2년 전 누나 결혼식이 마지막이었다. 그때는 구직 활동을 시작하기 직전이라 마음에 여유가 없어서 아버지와 말을 거의 섞지 않았다. 그러니 따지고 보면 그 전해 1월을 끝으로 아버지와 나 사이에 제대로 된 대화를 주고받은 적이 없었다.

서먹해서 무슨 말부터 꺼내야 할지 몰랐다. 아버지도 똑같이 말이 없었다. 그저 감개무량한 얼굴로 나를 지그시 쳐다보기만 할 뿐이었다.

"…매달, 쌀 보내줘서 고마워요."

머리를 숙여 아버지에게 인사하자 "원, 별말을."이라는 짧은 대답이 돌아왔다.

"그 쌀이 정말 큰 도움이 됐어요."

"그러냐."

"…."

"…."

"…."

"…밥은 잘 챙겨 먹고 다니냐?"

"그럼요."

"그래. 그럼 다행이다."

"…."

"…."

대화가 영 어색했다. 아버지는 원래 말수가 적은 남자였다. 서로 눈치 보는 사이 침묵이 드리웠다.

"…야구는, 지금도 한신 팬이냐?"

에노우라 역을 지날 즈음 아버지가 불쑥 내게 질문을 던졌다.

"당연하죠. 한신 말고 어느 구단을 좋아하겠어요?"

심드렁하게 대꾸하자 아버지가 기쁘다는 듯이 눈을 가늘게 떴다. 우리는 둘 다 한신 타이거스*의 열혈 팬이다.

"네가 초등학교 1학년쯤 됐을 때였나, 경기장에 같이 시합을 보러 갔었지."

---

* 연고지를 효고현 니시노미야에 둔 일본 프로야구 구단

아버지는 팔짱을 끼더니 옛날 생각에 잠긴 듯이 말했다.

"갔었죠. 도쿄 돔*을 자이언츠 팬이 가득 메워서 우리는 엄청 기가 죽었었잖아요."

"그랬지."

"아버지, 그날 경기에서 파울볼 날아왔던 거 기억나요? 손에 들고 있던 맥주 캔에 정통으로 딱 맞는 바람에 맥주가 비처럼 쏟아져서 난리였잖아요."

"맞다, 그랬지, 그랬어."

"그때 정말 웃겼는데. 요즘도 가끔 생각나요."

딱딱했던 분위기가 조금 부드러워졌다. 멀어졌던 아버지와의 거리가 좁혀진 듯해서 마음이 놓였다.

오다와라조마에 역을 통과하고 나서도 우리는 잡담을 하며 오붓하게 이야기꽃을 피웠다. 열차 안에는 어느덧 승객이 꽤 늘어났다.

대화를 나누는 내내 나는 묘한 위화감이 들었다. 아버지는 회사 일에 대해 한마디도 묻지 않았다.

보통은 "일은 할 만하냐?" 하며 물을 법도 한데. 내가 사회생활을 하고 나서 처음 만나는 데다 부모로서 자식이

* 일본 프로야구 구단인 요미우리 자이언즈의 홈 구장

일은 잘하고 있는지 신경 쓰이는 게 당연할 터였다.

대화가 끊기고 다시 긴 침묵이 자리를 메웠다. 화제를 바꾸기 좋은 이 순간에도 "내일은 비가 올 것 같네."라며 날씨 얘기로 말머리를 돌릴 뿐, 아버지는 끝끝내 내게 일에 대해서는 묻지 않았다. 아버지의 그런 부자연스러운 태도에 나는 문득 의문이 생겼다. 아버지가 내가 회사를 그만둔 걸 눈치챈 게 아닐까.

"그나저나 젊은 사람들은 참 좋겠어. 실패해도 다시 일어설 수 있으니."

대뜸 아버지의 입에서 대화와 상관없는 말이 흘러나왔다. 뜬금없는 그 말을 듣고 나니 확신이 섰다. 아버지는 내가 회사를 관둔 사실을 알고 있다. 내게 마음을 써주느라 일 얘기를 입에 올리지 않았던 것뿐이다.

대학에 들어갔을 때 나는 부모님 앞에서 호기롭게 말했었다. "난 이다음에 꼭 성공할 거예요. 대기업에 들어가서 사장 자리까지 오를 거니까 두고 보세요"라고. 그랬던 내가 이 꼴이 된 걸 알았다면 보통은 "그럴 줄 알았다.", "뜻대로 안 되는 게 세상일이다."라며 한바탕 설교를 퍼부을 만도 하다. 하지만 내 눈앞에 앉은 아버지는 잔소리 한마디 하지 않았다.

내가 회사에 들어가고 나서도 아버지는 수시로 부재중 메시지를 남겼다. '마당 손질을 도와달라.', '컴퓨터를 새로 샀으니까 사용법을 알려달라.', '프로야구 일본 시리즈 입장권이 생겼으니 같이 보러 가자.' 등 늘 말이 많았다. 지금 생각해보면, 그건 전부 나와 만나서 대화하려고 만들어낸 핑계였다.

"…아버지."

나도 모르게 입술이 벌어졌다.

"나, 여태 아버지한테 효도를 못 했어요."

이 말을 내뱉고 나니 아버지 얼굴을 똑바로 볼 수가 없었다. 미안해서 가슴이 찢어질 것 같은데 아버지는 나를 뚫어져라 바라보며 말했다.

"효도 못 해서 미안해하는 마음만으로도 충분하다."

힘주어 말하는 아버지의 양쪽 입꼬리가 미세하게 움찔거렸다.

고개를 떨군 내 시선 끝자락이 아버지의 거친 손에 닿았다. 주름진 굵은 손마디에는 굳은살이 박였고 손톱 밑에는 때가 끼어 있었다. 아버지의 양손은 한 기술자가 최선을 다해 일해왔음을 보여주는 증거였다.

그 손으로 내세 책가방을 사주었다.

그 손으로 나를 대학에 보내주었다.

거무데데한 그 손으로 나를 지금껏 키워주었다.

"…아버지, 나 말이에요."

눈에 맺힌 눈물을 손으로 쓱 닦고는 아버지 얼굴을 정면에서 빤히 쳐다보았다.

"나, 옛날부터 마음속으로 아버지 직업을 부끄럽게 여겼어요. 맨날 더러운 작업복만 입고 있으니까 하찮아 보였어요. 그런데 실제로 내가 사회생활을 해보니까 일이 얼마나 힘든지 알겠더라고요. 아버지, 정말 죄송해요. 내가 잘못했어요."

목구멍에 걸린 눈물을 삼키며 나는 계속 아버지에게 사과했다.

"내 생각이 틀렸어요. 죄송해요. 정말 잘못했어요. 죄송해요. 죄송해요…. 아버지, 정말 죄송해요."

나는 울먹이면서 연신 고개를 숙였다. 눈에서 눈물방울이 떨어져 뺨을 타고 흘러내렸다.

그런 나를 아버지는 지그시 바라보았다.

아버지는 내게 화를 내지도, 그렇다고 위로의 말을 건네지도 않았다. 가슴 앞에서 단단하게 팔짱을 끼고 희미하게 물기가 밴 눈으로 물끄러미 쳐다보기만 할 뿐이었다.

그런데 내가 "난 아무짝에도 쓸모없는 놈이에요."라고 내뱉자마자 "바보 같은 소리 집어치워!"라는 날 선 목소리가 날아왔다.

"효도 못 해서 미안하다고 사과할 줄 아는 사람이 왜 쓸모가 없어! 다시는 그런 멍청한 소리 하지 마라!"

주위에 다른 승객이 있든 없든 아랑곳없이 아버지는 목소리를 낮추지 않았다.

"착실히 공부해서 대학까지 들어간 아들인데, 뭐가 못났단 거냐? 효도 못 해서 미안해할 줄 아는 착한 사람이 왜 형편없단 거냐? 다시는 그런 소리 하지 마라!"

"…."

아버지가 나를 호되게 야단친 건 이번이 처음이다.

사회생활을 시작하고 나서 나는 남이 내게 내뱉은 부정적인 말에 자꾸만 움츠러들었다. 그렇지만 아버지는 달랐다. 나를 꾸짖는 아버지의 목소리에는 아들인 나를 아끼고 사랑하는 마음이 담겨 있었다.

"더욱이 넌 나약하지 않다. 진짜 약해 빠진 사람은 남 앞에서 자신의 부족함을 드러내지 못하는 법이거든. 넌 강한 사람이다."

얼굴이 눈물로 뒤범벅되었다. 흐릿해진 시야 너머로 아

버지의 다음 말이 이어졌다.

"유이치, 어릴 적에 나랑 같이 자전거 연습했던 거 기억나냐?"

"…."

"넌 요령이 있는 편이 아니어서 뭘 하든 남들보다 시간이 오래 걸렸다. 그렇지만 첫 단추만 끼우고 나면 다른 사람의 갑절로 성과를 내고는 했지. 자전거도 마찬가지였고. 올라타는 데까지 시간은 걸렸다만, 넌 그때도 포기하지 않았다. 넘어지고 또 넘어져도 다시 일어났지. 넌 할 수 있다. 너라면 할 수 있어. 너라면 꼭 할 수 있고말고."

막힘없는 아버지의 말에는 한 치의 망설임도 섞여 있지 않았다. 압도적이고 강렬한 기운을 내게 불어넣어 준 덕분에 온몸에 힘이 솟아났다.

열차는 어느덧 고이소 역을 통과하고 있었다.

"…아버지. 나한테는 어떤 일이 맞을까요?"

호흡을 가다듬고 물었다. 아버지는 "그야 실제로 일을 해보지 않으면 알 수 없지만…."이라고 미리 전제를 깔고 나서 이렇게 말했다.

"한 가지만 말하자면, 남에게 고맙다는 말을 듣고 네가 기쁨을 느끼는 일을 하면 좋겠구나."

"…고맙단 말이요?"

"그래. 그게 일하는 보람이거든."

"….."

"그러려면 사람을 많이 만나야 해. 사람을 꺼리면 안 된다. 삶에서 해답을 가르쳐주는 건 언제나 사람이거든. 컴퓨터나 로봇이 아니라, 모든 걸 가르쳐주는 건 사람이다. 그러니 용기를 내서 사람을 만나봐라. 사람들과 대화도 많이 하고."

지금까지 아버지와 얼굴을 마주하고 이런 이야기를 나눈 적이 없었다.

아버지와 좀 더 대화하고 싶다.

더 많은 가르침을 얻고 싶다.

하지만 남은 시간이 얼마 없었다. 열차에 오른 지 벌써 40여 분이 지났다.

"이번 역은 지가사키카이간, 지가사키카이간 역입니다."

지가사키 해안이 가까워지자 열차가 속력을 점점 늦추기 시작했다. 곧 아버지와 헤어진다 생각하니 입술이 파르르 떨렸다.

"이제 그만하고. 가봐라."

아버지가 달래는 말투로 지시했다. 내가 자리에서 일

어날 기미를 보이지 않자 아버지는 내 팔을 잡고 "이제 그만 가라니까."라며 억지로 일으켜 세웠다.

나는 문 앞에 서서 차마 아버지 쪽으로 뒤돌아보지 못했다. 아버지 얼굴을 한 번 더 봤다가는 도저히 내릴 수 없을 것 같아서였다.

열차 속도가 급격히 떨어졌다. 요란스레 덜커덕거리던 소리가 잠잠해지더니 문이 힘차게 열렸다.

밖으로 발을 내디디려는 찰나 "유이치." 하고 부르는 음성이 내 귀에 날아들었다. 고개를 돌릴지 말지 망설이다가 천천히 아버지 쪽을 돌아보았다.

"다 컸구나."

팔짱을 낀 아버지가 만족스러운 표정으로 실눈을 짓는다.

나는 열차에서 내렸다.

창문 너머에서 아버지의 두 눈이 나를 계속 응시하고 있었다. 행여 눈물이 터질까 봐 아랫입술을 꽉 깨물고.

예전에 아버지의 이 표정을 본 적이 있다.

내가 어렸을 때 봤던 표정.

똑같은 표정을 그때 그 공원에서 봤다….

서서히 문이 닫혔다. 지가사키 해안에서 차가운 바닷바람이 불어왔다.

눈물에 흐려진 열차가 점점 멀어져 갔다.

불단 문을 열면 아버지 영정 사진이 마련되어 있다. 서서 옷깃을 바로 세우고 사진 속에서 웃고 있는 아버지에게 인사했다.

유령 열차에 올랐던 그날, 나는 유가와라의 본가에 왔다. 거실에서 분향하고 위층 아버지 방으로 올라갔다.

아버지 방에 마지막으로 발을 들인 건 초등학생 때였다. 다다미 위에서 아버지와 종종 스모를 하곤 했었다. 좀처럼 아버지를 꺾지 못하다가 중학교에 들어가기 직전에 다리를 걸어서 아버지를 쓰러뜨린 적이 있다.

이제는 안다. 그때 아버지가 일부러 져줬다는 사실을.

나무로 된 책상 한쪽에 놓인 갈색 병이 눈에 들어왔다. 보관함에서 빼서 들자 손에 묵직함이 그대로 전해졌다. 금색 라벨이 붙어 있는 데다 다이긴조*라고 적힌 걸로 봐서 고급술이 분명하다.

"그건 네가 취직했다는 소식을 듣고 아버지가 사 오신 술이야."

* 정미율 50퍼센트 이하로 만든 일본의 청주로, 일본 최고급 사케 중 하나

어머니가 방으로 들어왔다. 마음대로 들어와서 미안하다는 내 말에는 대꾸도 없이 어머니는 술병을 가만히 쓰다듬었다.

"아버지가 입이 닳도록 말했었어. 언젠가 너랑 둘이서 이 술을 마시고 싶다고."

취업에 성공했을 때도 나는 본가에 가지 않았다. 시호에게 홀딱 빠져서 부모님께 감사하다고 인사할 시간이 없었다.

"…어머니, 실은 나, 회사 그만뒀어요."

중얼거리며 털어놓자마자 어머니에게서 "누가 그걸 모를까 봐서?"라는 대답이 돌아왔다.

"어떻게 알았어요?"

"그걸 어떻게 모르니? 신입 사원이 갑자기 무단결근을 했는데, 회사가 본가에 연락을 안 했을까 봐?"

할 말을 잃은 내게 어머니는 목소리를 낮추며 이렇게 덧붙였다.

"아버지가 입단속을 단단히 시켰어. 유이치는 최선을 다하고 있을 테니까 절대로 먼저 말하면 안 된다지 뭐니. 넌 넘어져도 제힘으로 일어나는 애라고. 네가 먼저 말할 때까지 기다리자고 했었어."

어머니 얼굴을 똑바로 볼 수 없었다. 후회가 물밀듯 몰려왔다.

"사고 났던 날, 아버지가 왜 열차에 타고 있었는지 아니?"

입을 다물고 있는 내게 어머니가 의미심장한 얼굴로 물었다.

"너한테 새 일자리를 찾아주려고 그 열차에 탔었어."

"네?"

"아는 사람들한테 우리 아들 좀 고용해 달라며 머리를 숙이고 돌아다녔어. 안 그래도 맨날 일하느라 녹초가 돼 있었는데. 그런데도 쉬는 날만 되면 잘 입지도 않던 양복을 꺼내 입고 굽신굽신 사정하러 다녔어."

"…."

입술이 바르르 떨렸다. 온갖 감정이 교차하더니 마침내 기억 저편에 묻혔던 점과 점이 하나로 연결되었다.

올해 1월 말에 '간토 노동 기준청' 이름으로 20만 엔이 입금된 적이 있었다. 인터넷에서 찾아봐도 그런 이름을 가진 기관은 존재하지 않았다. 당시는 착오로 입금된 것이라고 생각했지만, 이제야 분명히 알 것 같았다. 그 돈은 아버지가 나에게 보내준 것이었다.

"내 자취방에 쌀 말고 식료품도 배달됐었는데 그것도

아버지가 보냈어요?"

거친 숨을 내쉬며 묻자 어머니가 고개를 끄덕였다.

나 자신이 너무 한심해서 용서할 수 없었다. 아버지의 방에 있을 자격이 없는 인간 같아서 방을 뛰쳐나갔다.

집 밖으로 나가자 눈앞에 익숙한 공원이 펼쳐졌다.

초등학생 때 이 작은 공원에서 여름 축제가 열렸다. 부모님 손을 잡고 들떠 있는 아이들을 힐끔거리며 나는 혼자서 축제를 구경했다.

쓸쓸히 그네에 걸터앉아 있는데 길 건너에서 누가 나를 부르는 소리가 들렸다.

"유이치! 유이치!"

아버지였다. 나를 위해 하던 일을 중단하고 허겁지겁 달려온 것이었다.

나는 좋아서 어쩔 줄 몰라 하며 아버지 품으로 뛰어들었다. 아버지가 입고 있던 작업복에서 기름 냄새가 났다. 그 냄새야말로 아버지가 곁에 있다고 알려주는 것 같아서 안도감이 들었다.

나는 그 냄새를 좋아했다.

실은 작업복 입은 아버지를 굉장히 좋아했다.

"늦게 와서 미안하다, 유이치. 혼자 있어서 심심했지?"

쭈그리고 앉아 나와 눈높이를 맞추던 아버지의 눈동자가 젖어 있었다. 입술을 악물기도 하며 아버지는 내게 "미안하다, 미안해." 하고 거듭 사과했다.

유령 열차에서 내릴 때 아버지가 마지막으로 지었던 표정. 그 표정은 바로 그날 공원에서 본 아버지의 표정과 똑 닮았다.

이렇게 민폐를 끼치는 아들인데도 불구하고 아버지는 내가 아니라 자신을 탓하는 사람이었다. 아들이 회사를 그만둔 건 자기가 제대로 얘기를 들어주지 않았기 때문이라고. 내 아버지는 마지막 순간까지 아들의 허물을 감싸는 사람이었다.

"흐으윽, 흐으으윽! 으아아, 으아아악!"

나는 목 놓아 울었다. 아스팔트 위에 털썩 주저앉아 울고 또 울었다.

주택가 한쪽에서 아버지와 아이가 자전거 연습을 하고 있다. 토요일이어서 아이와 놀아주는 아버지들 모습이 여기저기서 눈에 들어왔다.

"유이치! 트럭에서 벽돌 좀 갖고 와라!"

"알겠습니다, 다케나카 씨!"

"꾸물대지 말고!"

"금방 가져올게요!"

공원 부지 안에 자치회 모임방을 만드는 중이다. 목에 두른 수건으로 얼굴에 흐르는 땀을 닦고, 작업복 소매를 둘둘 걷어 올렸다. 벽돌은 무겁지만 최근 한 달 동안 몸 쓰는 일을 한 덕분에 팔뚝에 근육이 제법 붙었다.

유령 열차에 올랐던 그다음 주에 나는 도쿄의 자취방을 뺐다. 유가와라의 본가로 돌아온 나는 다케나카 씨에게 사정해서 아버지가 일하던 공무점에 일자리를 얻었다.

"고생이 많구나. 자, 시원한 차 좀 마시렴."

벽돌을 땅에 내리던 참에 체구가 자그마한 할머니가 쟁반을 들고 내 앞에 나타났다. 이 동네에 사는 할머니다.

"유이치, 매번 고맙구나."

"아니에요, 별말씀을요."

아버지의 공무점 앞에서 우연히 마주치고 나서 나는 할머니 집을 자주 들락거렸다. 돌아가신 아버지가 할머니를 위해 하던 일을 내가 전부 이어받았다. 요즘은 같이 차를 마시며 말벗 노릇도 하고 있다.

"차 잘 마실게요."

컵을 들려는 순간, 뒤에서 "사카모토." 하고 부르는 소리가 들렸다. 고개를 돌리자 야마노상사에 다닐 때 동기였던 다가노가 거기 서 있었다.

"네가 여기 웬일이냐?"

"얼마 전에 네 아버지께서 돌아가셨다는 소식을 들었거든. 동기 녀석 아버지니까, 집에 찾아가서 분향하고 왔지."

다가노는 어색하게 말을 꺼내면서 "명복을 빌게."라며 내 어깨에 손을 올렸다.

"…시호랑은 잘돼가?"

나는 쇼핑몰에서 두 사람을 봤다고 말했다. 다가노의 눈이 휘둥그레졌다. 그러나 이내 그는 "차였어."라며 쓴웃음을 지었다.

"시호는 외교관이랑 연애 중이라더라. 아무래도 앓는 소리 내는 남자는 딱 질색인 모양이야."

"…하타케야마는 여전하고?"

"승진했어. 왜, 나쁜 잡초가 더 빨리 자란다는 말이 있잖아. 이 사회는 실력만 있으면 속물이건 안하무인이건 상관없이 출세하게 돼 있나 봐. 네가 사라지고 나서는 그 인간이 나를 어찌나 갈구는지. 내가 영업 실적이 좋은 걸 시샘한다니까."

다가노는 살이 쏙 빠졌다. 얼굴은 핼쑥하고 피부도 푸

석푸석했다.

"그건 그렇고, 아버지가 일하시던 회사에 취직한 거냐?"

"응."

"일은 재미있고?"

"재미있어. 익숙해지려면 아직 한참 멀었지만, 손님한테 고맙다는 말을 들으면 무척 기뻐."

"그렇구나. 얼굴이 밝네, 사카모토."

어쩐지 쓸쓸한 표정을 지은 다가노는 오늘도 접대하러 가야 한다며 발걸음을 돌렸다.

"다가노."

멀어져 가는 등에 대고 그의 이름을 불렀다. 획 돌아서는 다가노에게 나는 짧은 응원을 보냈다.

"힘내."

"그래."라고 대답하는 다가노의 표정이 살짝 풀어졌다. 가볍게 손을 흔들며 그는 다시 역 쪽으로 걸음을 뗐다.

비스듬히 기울어진 태양이 온 동네를 오렌지색으로 물들이기 시작했다. 자전거 연습을 하던 소년 옆에는 아직도 아버지가 곁을 지키고 있었다. 머지않아 저 아이에게도 성공을 맛볼 날이 찾아오겠지.

나는 아버지가 일하던 회사에서 새 출발을 하기로 결

심했다.

　나는 아직 어설프다. 하지만 언젠가 존경하는 아버지를 뛰어넘는 기술자가 되고 싶다. 이 회사의 사장이 되고 싶다. 아버지를 넘어서는 것이야말로 진짜 아버지의 은혜를 갚는 길이라 믿는다.

　그리고 그 바람을 이루는 날이 오면….

　아버지 방에서 그 술병을 열고 싶다.

당신에게

제3화

부슬부슬 가랑비가 내렸다. 아동센터 처마를 타고 떨어진 빗방울이 땅에 튕기면서 내 발을 적셨다.

"오래 기다렸지? 오늘도 선생님 말씀 잘 들었고?"

내 옆에서 비가 그치기를 기다리던 남자아이를 젊은 엄마가 와서 데리고 간다. 얼굴에 함박웃음이 차오른 녀석이 엄마의 우산 속으로 뛰어든다.

아무도 나를 데리러 오지 않는다. 그 사실은 너무도 잘 알고 있다. 나에게 다정하게 대해주는 사람은 이 세상에 한 명도 없으니까.

얼어붙을 듯 차가운 바람에 오른뺨에 붙은 거즈가 들썩였다. 새하얀 거즈 밑에는 새까만 반점이 숨어 있다.

이 징그러운 반점 때문에 지금껏 나는 지긋지긋하게 시달렸다. 끔찍했던 기억이 머릿속을 스치자 등에 메고 있던 책가방이 갑자기 무겁게 느껴졌다.

시선이 20층짜리 고층 빌딩에 가닿았다. 저 멀리 고층 빌딩 옥상을 바라보며 이 세상에 발을 붙이고 살아가게 해 줄 무언가를 찾고자 한 번 더 과거를 더듬어보았다.

그러나 내가 살아온 11년이라는 시간 속에 희망은 한 조각도 남지 않았다.

내가 초등학교 5학년이던 해에 부모님이 이혼했다.

엄마에게 다른 남자가 생긴 게 부모님이 헤어진 이유였다. "가즈유키 보러 엄마가 꼭 다시 올게." 엄마는 나에게 이 말을 남기고 집을 나갔다.

그러고 나서 나는 아빠와 살게 되었다. 시스템 엔지니어인 아빠는 눈코 뜰 새 없이 바빴다. 학교 수업이 끝나면 아빠가 회사에서 돌아올 때까지 지역 아동센터에서 시간을 보냈다.

나는 체구가 작아서 옛날부터 괴롭힘의 표적이 되기 일쑤였다. 뺨에 난 반점은 거즈를 붙여서 가리고 다녔는데, 6학년이 되자 같은 반인 게이고가 반점을 가지고 놀리기 시작했다.

아빠는 몹시 바빠서 한밤중에 집에 들어오는 일이 많

았다. 아동센터로 나를 데리러 오던 것도 차츰 뜸해지더니 이제 나는 엄마 아빠가 데리러 오는 다른 애들을 흘끔거리며 매일 혼자 집에 돌아간다.

학교에서는 게이고의 괴롭힘이 나날이 심해졌다.

"어이, 반점."

게이고는 틈만 나면 내 얼굴에 있는 반점을 가지고 놀려댔다. 급식 주머니*를 몰래 가져가고, 신발을 숨기고, 심지어 반 아이들 앞에서 거즈를 떼어내기까지 했다. 선생님도 도와주지 않아서 나는 교실에서 왕따나 다름없었다.

6학년 3학기를 보내던 어느 날, 번화가에서 우연히 엄마를 봤다.

엄마가 집을 나가고 나서 한 번도 만난 적이 없었다. 그래도 엄마라면 나를 도와줄 거라고 굳게 믿었다. 가슴에 마지막 희망을 간직한 채 사람들을 헤치며 한 걸음씩 엄마에게 다가갔다.

"엄마…."

옆까지 가서 엄마를 부르다 나는 그만 입을 다물고 말았다.

---

* 급식용 보조 주머니로, 식기류 바닥에 깔 수건, 마스크, 컵 등을 담아서 다닌다

엄마는 품에 아기를 안고 있었다. 낯선 남자와 손을 잡고서. 아빠에게는 보여준 적 없는 행복한 미소를 짓고 있었다. 엄마는 나와 눈이 마주치자 흠칫 놀라더니 금방 고개를 돌렸다. 너 따위에게는 전혀 관심 없다고 말하듯이.

뒤에서 온 사람들이 그 자리에 얼어붙은 나를 앞질러 갔다. 내 어깨를 밀쳤는데도 아무도 사과하지 않았다.

아무도 나를 사랑하지 않는다….

멀어지는 엄마의 뒷모습을 우두커니 바라보면서 살아갈 의미를 잃어버렸다.

빗줄기가 한결 거세졌다. 길이 온통 물웅덩이로 얼룩졌다.

마중 나온 부모님을 따라 아이들이 차례차례 아동센터를 빠져나갔다. 이제 곧 7시다. 차양 밑에서 비를 피하는 사람은 나뿐이다.

말할 수 없이 쓸쓸하고 슬펐다.

이 세상에 나만 홀로 남겨진 기분이 들었다.

무서웠다.

후드득후드득 시끄러운 빗소리가 세상이 얼마나 무시무시한 곳인지 말해주는 듯했다.

그래서 가려고 마음을 먹었다. 시선이 꽂힌 저 높은 빌딩 옥상으로.

"너도 누구 기다리니?"

빗속으로 뛰어들려는 그때, 맞은편에서 젊은 여자가 나타났다. 오른손에 큼지막한 우산을 쥐고 내 키에 맞춰 허리를 숙였다.

감색 블레이저 재킷을 입은 걸 봐서 중학생 같았다. 윤기 흐르는 까만 머리카락을 뒤에서 하나로 묶었다.

"⋯."

커다란 눈동자가 코앞에서 나를 쳐다보자 입이 떨어지지 않았다. 그녀는 긴장해서 고개를 숙인 내 얼굴을 찬찬히 뜯어보았다. 그래도 무서운 눈초리는 아니었다. 두 눈이 마주치자 나를 안심시키려는 듯이 눈매를 느슨하게 풀었다.

그때 홀연히 창문 너머에서 차분한 멜로디가 흘러나왔다. 우리가 노는 방 벽에 걸린 앤티크 시계는 시곗바늘이 정각을 가리킬 때마다 오르골을 연주한다. 수백 번 들었지만 나는 이 곡의 제목을 알지 못했다.

"와, 멋진 곡이다."

그녀의 시선이 창문으로 쏠렸다. 빗소리와 어우러진

음악을 즐기듯 리듬에 맞춰 턱을 위아래로 가볍게 움직였다.

"누나!"

센터 문이 열리고 안에서 책가방을 멘 남자아이가 뛰어나왔다. 평소 저학년 교실에 있던 아이다. 말을 한 적은 없지만 몇 번 봐서 얼굴은 알고 있었다.

"유타, 많이 기다렸지?"

"누나, 왜 이렇게 늦었어!"

"늦어서 미안. 근데… 얘."

남자아이에게 향했던 그녀의 시선이 내게로 옮겨왔다.

"우산 속으로 들어와. 같이 가자."

상냥한 목소리로 말하며 그녀는 내 머리를 살짝 쓰다듬었다. 너무 갑자기 일어난 일이라 뭐라고 대꾸해야 좋을지 몰랐다.

"유타. 미안한데, 여기서 잠깐만 더 기다려줄래? 금방 다시 데리러 올게."

그녀의 말에 유타라는 아이는 "에이." 하며 얼굴을 찡그렸다. "유타, 알았지!"라며 여자가 눈을 흘겼고, 아이는 "알았어, 다카코 누나." 하며 불퉁스레 대답했다. 이름이 다카코인 모양이었다.

"자, 그럼 가자."

"…."

"괜찮으니까, 사양하지 말고. 이쪽으로 와."

온몸을 포근히 감싸는 은은한 미소에 내 몸이 저절로 움직였다. 누나에게는 낯선 사람을 대할 때 품었던 경계심이 생기지 않았다. 다카코 누나의 왼쪽에 서서 그냥 고개만 까딱했다.

교복 재킷에 적힌 학교명과 배지를 보니 다카코 누나가 중학교 3학년임을 짐작할 수 있었다. 워낙 어른스럽게 행동해서 중학생으로 보이지 않았다.

"유타, 얌전히 기다려야 해."

나와 나란히 선 다카코 누나가 유타를 향해 작게 손을 흔들었다. 유타도 뾰로통한 얼굴로 "빨리 와!"라고 외치면서 손을 흔들었다.

"이걸로 머리카락 물기 닦아. 감기 걸리겠다."

다카코 누나가 어깨에 멘 가방에서 노란색 손수건을 꺼냈다.

"…고, 고맙습니다."

감사 인사를 하는 내 목소리가 떨렸다. 지금껏 괴롭힘만 당해왔지 모르는 사람이 내게 친절을 베풀어준 적은 한 번도 없었다.

"집은 어디니?"

손수건으로 뒷머리를 닦으면서 우리 집 위치를 말했다. "아하. 우리 집에서 별로 안 머네."라고 다카코 누나가 대답했다.

굵은 빗발이 날리는 주택가 사이를 같이 걸었다. 다카코 누나의 왼손에 작은 비닐봉지가 들려 있었다. 그 비닐봉지에서 달콤한 냄새가 새어 나왔다.

키가 작은 내게 맞춰주려고 다카코 누나가 보폭을 작게 해서 걷는 걸 알아차렸다. 내가 우산 밖으로 나가지 않게끔 세심하게 걸음을 조절했다.

옆에서 다카코 누나를 힐끗힐끗 보는데 새하얀 누나의 목덜미가 눈에 들어왔다. 뼛속부터 우아하며 눈이 마주치면 크고 깊은 눈동자 속으로 빨려 들어갈 것만 같았다.

에노우라 역 앞을 지나자 큰 다리가 세워진 강이 나왔다. 길모퉁이를 돌아 다리로 내딛는 다카코 누나의 발걸음이 빨라졌다. 나도 덩달아 걸음을 재촉했는데, 다리에 들어섰을 때 어느새 우산을 든 다카코 누나가 내 왼쪽에 서 있었다.

다리 위의 차들이 물보라를 일으키며 빠르게 지나갔다.

다리를 건널 때 다카코 누나가 왜 자리를 내 왼쪽으로 바꿨는지 금방 깨달았다. 내가 차도 쪽으로 걷지 않도록 하기 위해서였다. 혹시라도 사고가 일어날까 봐 걱정한 거다.

그때 돌연 강한 비바람이 내 오른뺨을 때렸다. 반점을 가리고 있던 거즈가 뒤집혔다.

놀란 심장이 쿵쿵거리며 뛰었다. 주뼛주뼛 고개를 옆으로 돌렸지만, 훤히 드러난 반점을 보고도 다카코 누나는 눈도 끔쩍하지 않았다. 오히려 방긋 웃으며 "바람이 세니까 좀 더 가까이 와." 하며 내 왼팔을 잡아당겼다.

우산 밖으로 삐져나온 누나의 교복이 비에 흠뻑 젖었다. 그래도 다카코 누나는 투덜대지 않았다. 빗방울이 튀어도, 지나가던 자동차에 물세례를 맞아도, 싫은 내색을 하지 않았다.

다리를 건너 조금 더 걷자 내가 사는 맨션이 나왔다.

"저기가 우리 집이에요."

맨션 앞에 도착했을 즈음 빗발이 가늘어졌다. 우산에서 빠져나와 "고맙습니다." 하고 인사하자 다카코 누나가 손에 들고 있던 비닐봉지를 내밀었다.

"이거, 도넛이야. 괜찮으면, 집에 가서 먹어."

"아뇨, 아니에요!"

얼굴 앞에서 손을 내저어 보였지만, 누나는 비닐봉지를 내 가슴팍에 바싹 갖다 댔다. 한사코 사양하는데도 "괜찮으니까 받아."라며 손에 꼭 쥐어주었다.

"…고, 고맙습니다."

"그럼, 기운 내."

나는 돌아서서 가는 다카코 누나의 뒷모습이 안 보일 때까지 눈을 떼지 않았다. 길모퉁이를 돌 때 누나가 뒤를 돌아보았다. 손을 흔들며 미소 짓는 다카코 누나를 향해 나는 허리를 깊숙이 숙였다.

집에 들어가서 누나에게 받은 비닐봉지를 풀었다. 길쭉한 종이 상자 안에 산뜻한 색깔의 도넛 세 개가 옆으로 누워 있었다. 아마도 유타에게 주려고 산 도넛이겠지.

집 앞까지 같이 걸어오는 동안 다카코 누나는 내게 아무것도 묻지 않았다. 이름도. 학년도. 집안 사정도. 하지만 누나는 내가 힘들어한다는 걸 눈치챘다. 그렇지 않고서야 헤어질 때 "그럼, 기운 내." 같은 말을 하진 않았겠지.

아무도 없는 주방에서 호박색 도넛을 입에 넣었다. 달콤한 도넛을 먹는 게 몇 년 만일까. 한 입씩 베어 물 때마다 진한 설탕 맛이 입안 가득 퍼져 나갔다.

도넛을 먹는 동안 나도 모르게 목이 메었다. 뺨을 타고 흐르는 뜨거운 액체가 눈물이라는 건 나중에야 알아차렸다.

다카코 누나를 만나고 나서 죽고 싶다는 마음이 덜해졌다.

그날 누나에게 빌린 노란 손수건은 아직 내가 갖고 있다. 아동센터에서 만나면 돌려주려고 가방에 넣고 다녔는데, 매번 엄마가 유타를 데리러 왔다.

3월에 접어든 어느 날, 은근슬쩍 유타에게 다카코 누나에 대해 물었다가 중학생인데도 아르바이트를 한다는 말을 들었다. 엄마가 싱글 맘이어서 학교 수업을 마치면 배달 아르바이트로 생계를 돕는다는 것이었다. 보통 때는 엄마가 퇴근하고 유타를 데리러 와서 그날 다카코 누나가 왔던 건 아주 드문 경우였다.

결국 다카코 누나가 다시 아동센터로 찾아오는 일은 없었다. 나는 누나와 다시 만나지 못한 채로 초등학교와 아동센터를 동시에 졸업했다.

차창 밖으로 짙푸른 사가미만이 펼쳐졌다. 아직 열차로 통학하는 게 어색하지만, 창밖의 바다를 보고 있으면 왠지 마음이 편안해졌다.

"이번 역은 오다와라조마에, 오다와라조마에 역입니다."

안내 방송과 함께 문이 열리자 여자 시각장애인이 안내견을 데리고 탔다.

"고마워요. 일부러 열차까지 같이 타주시고."

"아닙니다. 안내견과 처음 외출하는 거라면 아무래도 불안하실 테니까요."

도우미로 보이는 젊은 남자가 친절하게 대답하자 여자는 마음이 놓이는지 표정을 풀었다.

아침마다 같은 시간대의 열차를 탄 지 오늘로 2주째다.

초등학교를 졸업한 나는 미나미카마쿠라 역 근처에 있는 시립 중학교에 입학했다. 초등학교 담임 선생님이 원만한 교우 관계로 평이 좋은 학교라며 소개해주었다. 나를 괴롭히던 게이고가 동네 중학교에 간다는 말도 이 학교를 선택하는 데 한몫했다. 아빠랑 의논해서 집에서 열차를 타고 한 시간 남짓 떨어진 이 학교에 가기로 정했다.

마에카와 역에 도착하자 열차 안은 사람들로 빼곡했다. 덜 복잡한 자리를 찾아 세 번째 칸으로 걸음을 옮기려는데, 차량 연결 통로의 유리창 너머로 교복 차림의 여학생이 손잡이를 잡고 서 있는 모습이 눈에 들어왔다.

어디선가 본 듯한 포니테일에 시선이 닿자 가슴이 격하

게 두근거리면서 터질 것 같았다. 거세게 비가 쏟아지던 날, 힐끗힐끗 훔쳐봤던 옆얼굴이 거기 있었다. 다카코 누나였다.

누나는 흰색 세일러복을 입고 있었다. 가슴 앞으로 새빨간 스카프를 늘어뜨리고, 왼손에 커버를 씌운 문고본을 쥔 채 읽고 있었다.

내 가방에는 그날 다카코 누나가 빌려준 노란색 손수건이 들어 있었다. 다시 만나지 못할 거라고 단념하면서도 계속 가지고 다녔다.

열차의 옆 칸을 뚫어지게 쳐다보았다. 그날 다카코 누나가 보여줬던 동작 하나하나가 정확하고도 선명하게 머릿속에 그려졌다. 시간을 빨리 감은 것처럼 순식간에 미나미카마쿠라 역에 도착했다.

열차에서 내린 다카코 누나의 뒤를 멀찌감치 떨어져 따라갔다. 사철(私鐵)로 갈아타는 걸 확인하고 승차권을 샀다. 학교는 지각하건 말건 아무래도 상관없었다. 정신없이 다카코 누나를 따라가 같은 열차에 올라탔다.

열차 안에서 친구를 만난 누나는 다음 역에서 그 친구와 같이 내렸다. 나도 따라 내려 뒤를 밟았고, 다카코 누나는 역에서 5분쯤 떨어진 번화가에 있는 커다란 여지고

등학교 교문으로 들어갔다. 넓은 운동장에서 여학생들이
소프트볼 연습을 하고 있었다.

다카코 누나가 다니는 학교가 여고인 걸 알고 나서 마
음이 놓였다. 열차에서 누나를 발견하고 나서는 여름 축
제에 처음 갔던 날처럼 가슴이 계속 두근거렸다.

나는 고맙다는 말이나 하려고 누나를 만나고 싶었던 게
아니었다. 손수건을 돌려주고 싶어서는 더더욱 아니었다.

나는 다카코 누나를, 그녀를 사랑하고 있었다.

이튿날 아침.

평소대로 에노우라 역에서 7시 10분에 출발하는 급행
열차를 타자 옆 칸에 다카코 누나가 타고 있었다. 어제와
같은 자리에 서서 손잡이를 붙잡고 책을 읽고 있었다.

누나를 다시 만났단 사실에 흥분이 가라앉지 않아 어
젯밤은 한숨도 자지 못했다. 한밤중에 집으로 돌아온 아
빠에게 "잘 다녀오셨어요?" 하고 인사까지 할 정도였다.

두 번째 칸 끄트머리에서 손잡이를 잡고 다카코 누나
를 힐끗거렸다. 연결 통로를 사이에 두고 약 2미터 앞에
누나의 옆모습이 보였다. 어쩌다 다카코 누나가 얼굴을 돌
리기라도 하면 들킬까 싶어 거북이처럼 목을 움츠렸다.

다카코 누나에게 말을 거는 상상만 해도 긴장해서 목 덜미에 땀이 찼다. 나는 원래도 낯가림이 심하다. 죽었다 가 깨어나도 그녀에게 고백은 못 할 것 같았다.

고백은 나중에 하더라도 일단 그날 고마웠다는 말이라 도 할 수 있으면 좋겠다. 친구 사이로 시작해서 친해진 다 음에 좋아한다고 고백하는 방법도 있다. 그렇지만 그녀 에게 남자 친구가 없으리라는 보장이 없다. 아무리 여고 에 다녀도 그렇지, 저런 미인에게 남자 친구가 없다면 그 게 더 이상하지 않나. 그럼, 친구 사이로 시작하는 건 의미 가 없잖아. 아니, 애당초 그녀가 나 따위와 친구가 될 마 음이나 있을까. 설령 있다 치더라도, 내가 말을 걸었을 때 우연히 옆에 있던 우리 반 애들이 듣고 이상한 소문이라 도 퍼뜨리면 어떡하지? 그랬다가 또 괴롭힘을 당하게 되 면 최악도 그런 최악이 없다. 지금도 친구는 없지만, 딱히 반에서 나를 괴롭히는 사람도 없다. 매일 혼자 급식을 먹 는 건 좀 외롭지만, 게이고에게 괴롭힘당하던 시절을 생 각하면 이쯤은 일도 아니다. 그러니까 만약 말을 걸 거면 이 열차에서 할 게 아니라 고백하기 좋은 완벽한 상황을 만든 다음 주위에 아무도 없을 때 하는 게 좋을 것이다. 그런 생각을 하던 찰나, 열차가 흔들리면서 다카코 누나가 내 쪽으로 고개를 돌렸다. 깜짝 놀란 심장을 끌어안고 그 자리에 쪼그려 앉아버렸다.

부정적인 생각이 머릿속을 휘젓는 바람에 거기서 한 걸음도 움직일 수 없었다.

다음 날도.

그다음 날도.

골든위크가 끝난 뒤에도.

멀리서 빛이 스며들며 서서히 아침이 밝아왔다. 시간이 흐를수록 정장 차림을 한 채 개찰구 안으로 들어가는 사람이 늘어났다.

나는 에노우라 역 앞 카페 옆에 서서 다카코 누나를 기다렸다. 정확히 말하면, 숨어서 기다리고 있었다.

열차 안은 보는 눈이 많아서 말 붙이기가 힘들다. 반대로 이른 아침에 역 앞은 한산하다. 나는 역 근처에 숨어 있다가 우연을 가정하며 말을 걸기로 마음먹었다.

각자 다른 방향에서 걸어오다가 역 앞에서 딱 마주치는 작전이다. 자연스럽게 다시 만날 빌미를 제공할 뿐 아니라 누나와 얼굴을 마주치고 나면 뒤로 물러나지도 못한다. 스스로 도망칠 만한 퇴로를 끊겠다는 의미까지 포함해 이 방법을 선택했다.

다카코 누나가 어느 쪽에서 오는지는 지난주 아침에 이미 조사를 마쳤다. 참고로 텔레비전 아침 방송에서 오늘 내 별자리 운세가 1등이라고 알려줘서 오늘을 결전의 날로 삼았다. 이 별자리 운세는 적중률이 꽤 높다.

손목시계가 아침 7시 직전을 가리켰다. 7시 10분에 출발하는 열차를 타려면 이제 슬슬 저 상점가를 빠져나와야 하는데. 카페 옆에 서서 고개를 빼꼼히 내밀자 멀리서 다카코 누나가 길모퉁이를 도는 모습이 보였다. 국도 옆에 난 인도로 천천히 걸어오고 있었다.

아직 거리가 꽤 있는데도 불구하고 다카코 누나의 모습이 점점 커지며 눈앞으로 다가오자 허둥지둥 고개를 움츠렸다. 느닷없이 긴장감이 온몸을 휘감았다. 열차 안에서 보고 있을 때와는 비교도 안 되게 심장이 날뛰었다. 몸속의 혈액이 심장으로 쏠려 쿵, 쿵, 쿵 소리가 커지고 속도도 점점 빨라졌다.

앞으로 2분 후면 그녀가 역에 도착한다. 진정해, 진정하라고.

괜찮다.

나는 괜찮다.

목숨을 거는 게 아니다. 고작 말을 거는 것뿐이다.

그렇지만 고백했다 차이면 어떡하지. 나는 남은 인생을 살아갈 수 있을까.

아니다, 오늘은 일단 고맙다는 인사만 하자. 모든 건 거기서부터 시작이다.

할 수 있다.

할 수 있고말고.

할 수 있다!

온갖 내적 갈등을 억누르며 카페 옆에서 국도로 뛰어나왔다. 횡단보도를 건너 로터리로 향하는 다카코 누나가 보였고, 나는 누나가 향하는 쪽 90도로 난 방향에서 태연한 얼굴을 하고서 다가갔다.

그런데 다카코 누나와 거의 가까워진 순간, 나는 돌연 방향을 틀어버렸다. 개찰구가 아니라 누나가 걸어온 길 쪽으로 계속 걸어갔다. 마치 처음부터 그쪽에 볼일이 있었던 사람처럼.

내가 지금 무슨 짓을 하는 건가 싶으면서도 걸음을 멈출 수 없었다. 아니, 고백하지 않아도 된다는 안도감에 누나와 멀어질수록 마음은 오히려 편해졌다.

역에서 멀리 떨어진 상점가까지 가서야 정신이 번쩍

들었다. 조금 전에 느꼈던 긴장감은 온데간데없이 사라지고 심장 박동도 원래대로 돌아왔다.

시간이 지날수록 내 자신이 한심하고 싫어서 견딜 수 없었다. 골목 안에서 걸어 나온 주인 없는 개마저 내게 눈길도 주지 않고 지나갔다. 내가 가치 없는 인간임을 말해 주는 것 같아 죽고 싶어졌다.

그 일이 있고 나서 한 달쯤 지난 6월의 어느 날이었다.

나는 매일 아침 다카코 누나와 같은 열차를 타고 학교에 갔다.

이런저런 생각 끝에 작전을 바꾸기로 했다. 내가 먼저 알은체하기 힘들면, 다카코 누나가 먼저 말을 걸도록 만들면 된다. 나는 여느 때와 다름없이 역 앞에서 기다렸다가, 누나와 같은 칸에 올라탔다. 다카코 누나가 나를 알아보기 쉽도록 문을 사이에 두고 두 번째 손잡이를 잡고 섰다. 내 왼쪽에는 손잡이를 거머쥐고 주간지를 훑어보는 아저씨가 서 있다. 그 아저씨를 방패 삼아 누나의 모습을 살피는 동시에 누나가 나를 알아봐주기를 기다렸다.

내 손에는 문고본이 들려 있다. 지금 다카코 누나가 읽는 것과 같은 책이다. 주변에서 자기와 같은 책을 읽는 사람을 보면 분명 신경이 쓰일 것이다. 그러면 나를 알아볼 가능성도 커지겠지.

다카코 누나가 무슨 책을 읽는지는 이틀 전 옆 칸에서 눈에 힘을 주고 노려보면서 알아냈다. 누나는 항상 책에 커버를 씌우는데 그날은 북 커버가 없었다. 아무래도 도서실에서 빌린 책인 듯했다. 다카코 누나는 대략 나흘에 한 권씩 책을 바꿨다. 아르바이트하느라 시간이 부족해 통학하는 동안 열차 안에서 책을 읽는 것이라고 멋대로 짐작했다. 나는 지금 읽는 책의 저자가 쓴 다른 책을 여러 권 더 읽어두었다. 혹시 다카코 누나가 말을 걸어왔을 때 "나도 이 작가의 열혈 팬이에요!"라며 이야기꽃을 피우길 기대해서였다. 나는 학교 수업이 끝나면 곧장 집으로 돌아가는, 귀가부*라서 시간이 많다.

그러나 안타깝게도 다카코 누나가 나를 알아보는 일은 없었다. 책에 몰두한 나머지 한 번도 내가 있는 곳으로 시선을 주지 않았다. 내 존재를 드러내고 싶어서 헛기침을 시도해보기도 했다. 천식 환자인 양 두 손을 입에 대고 콜

---

* 정규 수업이 끝나고 어떤 동아리 활동도 참여하지 않고 곧바로 집으로 가는 학생들을 지칭하는 은어

록, 콜록, 콜록. 그래도 누나는 책에 정신이 팔려 꿈쩍도 하지 않았다.

애가 탔다.

오늘은 꼭 다카코 누나와 대화할 수 있으리라 굳게 믿고 아침부터 양치질을 두 번이나 하고 왔다. 누나와 이야기하다가 이런 질문을 받게 되면 이렇게 대답하겠다고 다짐하며 시뮬레이션도 여러 번 했다. 취미가 뭐냐고 물으면 누나에게 맞춰서 독서라고 대답하고, "쉬는 날에는 뭐 해?"라고 물으면 제법 폼을 잡으며 "책을 읽거나 포켓볼을 쳐요."라고 말할 생각이었다. 사실 진짜 취미는 텔레비전으로 보는 심야 애니메이션 감상이고, 휴일에는 집에서 뒹굴뒹굴하는 게 다였지만.

또 "너, 혹시 그때 그 애 아니니?" 하고 물어오면 몇 초쯤 기억이 나지 않는 척할 생각이었다. 금방 그렇다고 고개를 끄덕이면, 다시 만나길 손꼽아 기다려왔다는 인상을 강하게 줄 수 있으니까. 잠깐 틈을 두고 대답해야 가치가 오른다고 할까, 그래야만 앞으로 내가 유리한 전개를 펼쳐나갈 수 있을 것 같았다.

다카코 누나를 흘끔흘끔 보면서 머릿속으로 준비해둔 대사를 곱씹었다. 오늘도 그녀는 나를 알아보지 못했다.

"이번 역은 마에카와, 마에카와 역입니다."

안내 방송이 울려 퍼지면서 문이 힘차게 열렸다. 미나미카마쿠라 역까지 40분밖에 남지 않아 속을 끓이고 있으려니 옆에 있던 아저씨가 손잡이를 놨다. 아저씨가 내리는 걸 보며 큰맘 먹고 왼쪽 손잡이를 잡으며 자리를 옮겼다.

이제 나와 다카코 누나 사이에는 문 하나뿐이다. 지금까지 중에서 제일 가까운 거리였다. 그렇게 생각하자마자 심장이 또 벌렁거리기 시작했다.

침착해, 냉정을 되찾아. 괜찮아, 안 죽어.

한 번 더 헛기침을 시도해볼까. 이 정도 거리에서 콜록거리면 한 번쯤 내 쪽으로 눈길을 주지 않을까. 아니다, 부자연스럽게 보일지도 모른다. 똑같은 책까지 들고 있으니 모든 게 계산된 행동이라는 걸 들킬 가능성도 있다. 들키면 영락없는 스토커다. 꺼림칙하겠지. 그럴 바에야 가만히 있는 편이 위험 부담은 적다. 그렇지만 가만히 있기만 하면 누나가 알아차리지 못할 테니, 때를 봐서 슬쩍슬쩍 헛기침을 끼워 넣는 게 제일 나아 보이기도 하고….

긴장과 갈등 속에서 시간만 죽이는 사이 열차는 고이소 역에 도착했다. 문이 열리고, 허리가 구부정한 할머니가 발밑을 살피면서 조심조심 걸어 들어왔다. 할머니의 굼뜬 걸음걸이를 기다려줄 여유가 없었는지 열차 칸 양쪽에서 승객들이 쏟아져 들어왔다.

갑자기 다카코 누나가 읽던 책을 탁 접었다. 나는 부랴부랴 딴 데로 시선을 돌렸지만, 누나가 왜 갑자기 책을 덮었는지 신경 쓰여 몸이 달았다.

내가 누나를 보고 있다는 사실을 알아채지 못하도록 불과 몇 센티미터만 얼굴을 왼쪽으로 돌리고 눈동자만 굴려 누나를 살폈다. 그랬더니 다카코 누나가 진지한 눈빛으로 내 쪽을 보고 있는 게 아닌가.

아, 드디어 눈치챘구나.

간절히 바라던 일이 마침내 이루어졌는데 급속히 몸이 굳어버렸다. 책을 쥐고 있던 손이 조금씩 떨리기 시작했다. 책을 읽는 척하며 가슴을 졸이고 있으려니 다카코 누나가 움직이는 낌새가 느껴졌다. 드디어, 그녀가 온다.

그런데….

"할머니, 이쪽으로 오세요."

누나가 내 옆을 지나쳤다. 두리번두리번 빈자리를 찾는 할머니의 손을 잡고 열차 안쪽 교통약자 좌석으로 모시고 갔다. 할머니를 자리에 앉힌 다음 다카코 누나는 내 뒤에 있는 손잡이를 거머쥐었다. 그러고는 아무 일도 없었다는 듯이 책으로 눈을 돌렸다.

다카코 누나 옆으로 갈 에너지는 일찌감치 바닥나고 없었다. 마지막 몸부림을 치는 심정으로 다시 한번 기침을 해댔다. 그러나 누나는 돌아보지 않았다.

그 후로도 누나에게 다가가려고 온갖 방법을 동원하며 애를 썼다. 하지만 매번 소심한 성격이 슬금슬금 기어 나오는 바람에 전부 실패로 끝나버렸다.

정신을 차렸을 때는 어느덧 중학교 1학년 끝자락에 서 있었다.

차창 저편에는 해안선을 따라 새하얀 모래사장이 펼쳐져 있었다. 해수욕장 개장일까지 기다리기 힘들었는지 해변에서 비치발리볼을 하며 뛰어다니는 사람들도 보였다.

고이소 역에서 문이 열리자 역무원이 승강장과 열차 사이에 휠체어용 슬로프를 내려놓았다.

"매번 고마워요, 기타무라 씨."

"별말씀을요. 자, 밉니다. 천천히 밀겠습니다."

역무원이 땀을 뻘뻘 흘리며 휠체어를 밀어 넣었다. 아침부터 성실하게 일하는 모습을 보니 마음이 따뜻해졌다.

오늘 아침도 나는 같은 자리에 서서 옆 칸을 몰래 보고 있었다.

2학년이 되고 나서도 누나에게 고백하지 못한 채 시간만 흘려보냈다. 그녀와 나 사이에 놓인 문은 넘을 수 없는 장벽처럼 견고하다. 이 문을 열고 2미터만 가면 다카코 누나가 있지만 나는 문에 손가락 하나 대지 못한다.

"옆 칸에 관심 있는 사람이라도 있어?"

손잡이를 움켜쥐고 괴로움에 몸부림치고 있는데, 눈앞의 기다란 좌석에 앉아 있던 남자가 말을 붙여왔다.

"아까부터 저 문만 쳐다보길래."

대답을 재촉하듯 젊은 남자는 말을 이었다. 눈을 내리뜨며 남자를 봤더니 어디선가 본 적 있는 얼굴이었다. 기억났다. 중학교에 막 입학했을 무렵, 안내견을 데리고 탔던 여자와 같이 있던 남자였다.

"무례한 질문이라면 미안한데, 혹시 좋아하는 사람이라도 타고 있어?"

"아니거든요!"

그렇게 물을 걸 예상했다는 듯이 바로 받아쳤다. 이 사람, 참 예의가 없네. 그렇지만 얼굴이 빨갛게 달아오른 건 스스로도 알 수 있었다. 아휴, 티 다 났다.

그 자리에 계속 있기 껄끄러워서 옆으로 조금 떨어졌다. 남자가 나를 수상쩍게 여겼대도 뭐라 변명할 말이 없다. 이렇게 대놓고 옆 칸을 훔쳐보는 놈은 경찰에 신고를 당해도 싸다.

열차가 지가사키카이간 역에 멈췄다. 열린 문 앞에 서서 귀를 기울이자 멀리서 단조롭게 반복되는 파도 소리가 날아와 귓가에 머물렀다.

아침에 열차를 탈 때마다 빌고 또 빌었다. 언젠가 다카코 누나와 손을 맞잡고 저 해변을 거닐 수 있게 해달라고.

둘 다 맨발로.

바슬바슬한 모래 위를 시간 가는 줄 모르고 천천히 걷는다.

말은 하지 않아도 좋다.

그저 손을 잡고 푸른 바다를 바라보며 걷고 싶다.

하지만 그날은 좀처럼 오질 않는다.

헛발질만 하는 사이 여름은 빠른 속도로 휭 지나갔다.

미나미카마쿠라 역 앞은 젊은 남녀로 왁자지껄했다. 눈앞의 건물들은 빨간색, 흰색, 녹색, 이 세 가지 색으로 옷을 갈아입었다. 크리스마스이브 저녁에 거리를 혼자

걷기는 쓸쓸하다.

큰길에서 벗어난 곳에 벽돌로 지은 커다란 카페가 있다. 11월 말에 수업을 마치고 미나미카마쿠라 역 근처를 어슬렁거리다 우연히 다카코 누나가 그 카페에서 일하는 걸 목격했다. 그날 이후로 학교가 끝나면 여기로 쪼르르 달려와 카페 밖에서 서성이며 누나가 일하는 걸 지켜봤다.

그렇지만 오늘은 다른 목적이 있어서 왔다. 크리스마스이브 저녁에 다카코 누나가 카페에 얼굴을 비치는지 확인하고 싶었다.

만일 다카코 누나에게 남자 친구가 있다면 이런 특별한 날 아르바이트를 하고 있을 리가 없다. 한창 놀고 싶을 나이니 남자 친구와 데이트하지 않을까. 평소에 다카코 누나는 월요일부터 금요일까지 하루도 빠짐없이 일한다. 그 말인즉, 오늘 같은 날 가게를 비운다면 누나에게 남자 친구가 있을 가능성이 높다는 뜻이다.

큰길에서 곁길로 들어가자 낯익은 가게가 눈에 들어왔다. 갈색 벽돌 지붕 위에는 산타클로스와 루돌프 조명이 달려 있는데, 불빛이 반짝거렸다.

카페가 가까워질수록 발걸음이 무거워졌다. 오늘 누나가 거기 없으면, 혼자만의 싸움은 막을 내린다. 확인히고 싶은 마음과 그리고 싶지 않은 마음 사이에서 괴로워하며 가게 앞까지 왔다. 늘 그랬듯이 오늘도 카페 앞 전봇대 뒤로 몸을 숨겼다.

지난 1년 9개월을 돌아보면 두려움이 앞서 좀처럼 고개를 들 수 없었다. 하지만 남자 친구가 없다는 걸 확인하면 이 싸움을 계속할 수 있다. 길게 한숨을 내쉬고 조마조마한 마음으로 가게 밖 오픈 테라스로 시선을 던졌다.

평소처럼 깅엄 체크 유니폼을 차려입은 다카코 누나가 자리를 지키고 있었다. 누나는 빨간색과 하얀색이 어우러진 산타 모자를 쓰고 손님에게 샴페인을 따르고 있었다.

그 모습을 보고 나도 모르게 승리의 포즈를 취했다. 꽉 움켜쥔 주먹을 하늘을 향해 몇 번이나 치켜들었는지 모르겠다. 초등학교 4학년 때 아빠에게 인생게임*을 선물 받고 나서 이렇게 기뻤던 적은 없었다.

그런데 불현듯 아빠가 눈앞에 등장했다. 아빠는 내가 바라보고 있던 카페 바로 옆 가게의 쇼윈도를 들여다보고 있었다. 아빠 회사는 미나미카마쿠라에 있다. 이렇게 본 건 처음이지만, 아빠가 평소 이 부근에 자주 왔던 걸까.

---

* 일본에서 인기가 상당한 보드게임

그런 아빠 옆에 화려한 모피 코트를 걸친 젊은 여자가 함께 서 있었다. 아빠 애인일까.

지난달부터였나, 아빠가 집에 들어오는 시간이 부쩍 늦어졌다. 요즘은 아침마다 주방 식탁 위에 저녁을 사 먹으라고 1,000엔을 올려둔다. 그 옆에는 "번번이 미안하다, 가즈유키."라고 적힌 손 편지도 함께 놓여 있었다.

아빠도 나름대로 열심히 살고 있다. 좀 외롭긴 하지만, 아빠가 집에 늦게 오든 애인이 생겼든 딱히 관심은 없다.

카페 벽에 걸린 시계가 8시를 가리킬 즈음 다시 교복으로 갈아입은 다카코 누나가 가게 문을 열고 나왔다. 인적이 드문 뒷골목으로 들어가는 걸 확인하고 나도 떨어져 걸었다.

골목 중간에 있는 교회 앞에서 다카코 누나가 갑자기 걸음을 멈췄다. 깜짝 놀라서 자판기 뒤에 숨었더니 예배당 안에서 파이프오르간의 부드러운 음색이 흘러나왔다. 누나는 눈을 내리감고 파이프오르간에서 나오는 소리에 귀를 기울였다.

귀에 익은 멜로디를 듣자 아동센터 시절의 기억이 되살아났다. 아동센터에 있던 앤티크 시계에서 흘러나오던 오르골 연주와 같은 멜로디였다. 비가 많이 내렸던 그날, 다카코 누나는 오르골 소리를 듣고 "와, 멋진 곡이다."라며 감탄했었다. 그러고 나서 우리가 우산 하나를 같이 쓰고 걸었던 일이 선명하게 뇌리를 스쳤다.

고백하려면, 바로 지금이다….

무엇보다 오늘은 크리스마스이브가 아닌가. 잘만 풀리면 그녀와 사귈 수도 있다. 다카코 누나에게 남자 친구가 없다는 사실을 확인하고 나니 왠지 하늘이 내 편이 되어주어 일이 순조롭게 풀릴 것만 같았다. 지금이 기회다.

하지만 아니나 다를까, 이번에도 심장이 쫄깃해졌다. 가슴을 찌르는 듯한 이 기분 나쁜 심장 박동을 벌써 몇 번이나 겪었는지 모른다.

"어이, 아가씨!"

자판기 뒤에서 숨을 죽이고 있는데 반대쪽에서 갈색 머리의 젊은 남자 둘이 이쪽으로 걸어왔다. 그러더니 서슴없이 그녀의 어깨에 손을 올리고 "크리스마스이브인데 혼자 뭐 하시나?" 하며 다카코 누나에게 얼굴을 들이밀었다. 그냥 가려는 누나의 손목을 덩치 큰 남자가 낚아챘다. 그러고는 "우리랑 같이 놀자니까!"라며 치근덕거렸다.

최악이다. 딱 봐도 질이 안 좋은 양아치들이다. 둘 다

피어싱을 했고 덩치 큰 남자는 오른쪽 발목에 문신까지 새겼다.

물론 이런 양아치들에게서 다카코 누나를 구해내는 선택지도 있다. 난 그녀를 위해서라면 목숨을 바칠 각오도 돼 있으니까. 그런데 내가 여기서 나섰다가는 다카코 누나가 내가 누구인지 바로 알아볼 위험이 있다. 그러면 자연스레 "네가 왜 여기 있어?" 하며 궁금해할 테고. 뭐라고 설명하면 좋을까. 만에 하나 카페 밖에서 매일 훔쳐보던 걸 들키기라도 하면 이 녀석들보다 내가 더 이상한 사람처럼 보이지 않을까.

"앗, 경찰이다! 경찰이 온다!"

머리가 복잡해서 나도 모르게 고함부터 질렀다. 세 사람 눈에 안 띄는 옆길로 들어가 "경찰 아저씨, 여기예요! 빨리 저 여자를 도와주세요!" 하고 소리 높여 외쳤다.

남의 집 울타리 너머로 힐끔 봤더니 그놈들은 그새 도망쳤는지 보이지 않았다. 다행이라며 가슴을 쓸어내릴 때였다.

"가즈유키 아니냐. 이런 데서 뭐 하고 있는 거냐?"

고개를 돌리자 골목 안에서 아빠가 이쪽으로 오고 있었다. 아까 봤던 여자도 뒤따라왔다.

동시에 여러 가지 일이 터지는 바람에 나는 정신이 혼미해졌다. 어떻게 하면 좋을지 판단이 서지 않아 눈앞에 보이는 길로 냅다 뛰어들었다. 책가방으로 얼굴을 가리고 다카코 누나 앞을 스쳐 지나 그대로 내달렸다.

"가즈유키! 가즈유키!"

아빠가 부르는 소리를 무시하고 정신없이 달아났다. 숨을 헉헉거리면서 뛰다가 마침 눈에 들어온 파친코 가게와 편의점 사이로 미끄러지듯 들어갔다.

다카코 누나에게 들켰으려나. 그래도 책가방으로 얼굴은 완전히 가렸다. 어찌할 바를 모르던 와중에도 얼굴만은 절대로 보이면 안 된다고 냉철한 판단을 내렸다.

시간이 지나면서 흥분도 차츰 가라앉았다. 오늘 일어났던 일들을 순서대로 차근차근 돌아보고, 내게 유리한 대로 상황을 해석하면서 실수는 없었는지 하나하나 확인했다.

집에서 아빠가 "오늘 거기서 뭐 하고 있었냐?" 하고 추궁할 경우 대충 둘러대면 그만이다. 다른 건 차치하더라도 다카코 누나에게 남자 친구가 없다는 것을 확인했으니 큰 수확을 거둔 셈이다. 그 기쁨이 나머지 불안감을 말끔히 지워준 덕분에 마음은 안도감으로 서서히 물들었다.

그러다 정신이 번쩍 들었다.

지금 내 마음이 편안한 건 다카코 누나에게 남자 친구가 없다는 사실을 알아내서가 아니다. 그 양아치들에게 붙잡혔던 누나가 무사해서도 아니다. 누나가 내 얼굴을 못 봐서도 아니다.

내가 안도감을 느낀 건 그녀에게 고백하지 않아도 되어서다. 그 사실에 나는 제일 마음이 놓였다.

결국, 상황은 눈곱만큼도 나아지지 않았다. 오늘도 나는 그저 도망만 쳤다.

내가 너무 한심했다. 천하에 둘도 없는 겁쟁이라는 사실에 절망스럽기까지 했다.

이번 일이 트라우마가 되어 그날 이후 다카코 누나가 아르바이트하는 카페에 발길을 끊었다. 새해가 밝은 다음에도 시간은 변함없이 무심하게 흘러갔다. 그녀에게 고백 한 번 못 해보고 나는 중학교 3학년이 되었다.

마에카와 역에서 문이 열리고 배낭을 둘러멘 초등학생들이 열차에 올라탔다. 다른 승객에게 피해를 주지 않도록 조심하면서 인솔하는 선생님의 지시에 따라 안쪽 문옆으로 졸졸 걸어갔다.

가마쿠라에 소풍이라도 가는 걸까. 아이들을 보니 하나같이 아무런 근심도 걱정도 없이 해맑은 얼굴을 하고 있어서 부러웠다.

이 열차 안에서 다카코 누나를 보고 2년이라는 시간이 흘렀다. 옆 칸으로 가는 저 문을 나는 아직도 열지 못했다.

문을 열고 들어가서 "좋아합니다!"라는 한마디만 하면 된다. 마음만 먹으면 10초 만에 끝낼 수도 있는 일이다. 그런데도 나는 2년 동안 그 한마디를 못 하고 있다.

폭우가 쏟아졌던 날, 다카코 누나가 빌려준 노란 손수건은 줄곧 내 가방에 들어 있다. 지금 돌이켜보면, 열차에서 처음 누나를 발견한 날에 이 손수건이라도 돌려주었으면 좋았을 텐데 싶다. 그랬더라면 고백은 못 해도 친구가 돼서 즐거운 시간을 보냈을지도 모르니까. 물론 지금에 와서 후회해봤자 이미 늦었다. 아니, 늦었다기보다 2년이나 시간을 끌다가 뒤늦게 손수건만 돌려주는 건 좀 아닌 것 같다. 뭐, 어차피 손수건을 돌려줄 배짱도 없긴 마찬가지였지만.

별의별 생각으로 머리를 쥐어뜯다가 불쑥 옆 칸으로 시선을 옮겼다. 그러다 후다닥 눈을 피했다. 아니, 나는 목을 잔뜩 움츠렸다. 책을 손에 쥔 다카코 누나가 이쪽을 빤히 쳐다보고 있었기 때문이다. 지금껏 이런 일은 한 번도 없었다. 머리 위로 물음표가 무수히 떠다녔다.

나는 초등학생 무리 사이를 비집고 들어갔다. 먼발치에서 목을 길게 빼내 진상을 확인하려 했더니 다카코 누나는 다시 책에 코를 박고 있었다. 우연이었을까. 대체 방금 그건 뭐였을까….

"너희들 오늘 소풍 가니?"

생각을 정리하고 있는데 기다란 좌석 끄트머리에 앉아 있던 남자가 초등학생들에게 말을 붙였다. 예전에 나에게 "옆 칸에 관심 있는 사람이라도 있어?"라고 물었던 사람이다. 그날 이후로 열차 안에서 이 남자를 여러 번 봤다.

남자는 다카코 누나를 좋아하는 내 마음을 눈치챘을 것이다. 오늘은 웬지 이 칸에 있기 찜찜했다. 누나가 더는 이쪽을 쳐다보지 않는 것을 한 번 더 확인하고 나는 그 자리를 떴다.

그날은 5월이었다.

"어이, 반점. 오랜만인걸?"

학교 수업이 끝나 에노우라 역 앞을 왔다 갔다 하고 있는데 뒤에서 누가 내 어깨를 움켜잡았다. 돌아보자 초등학교 6학년 때 같은 반이었던 게이고가 서 있었다.

"너, 어째 아직도 땅꼬마냐. 키 하나도 안 컸냐?"

2년 만에 만난 게이고는 키가 훤칠했다. 나보다 20센티미터나 더 크니까 170은 돼 보였다. 예전보다 장난 아니게 위압적이어서 나는 뒷걸음질을 쳤다.

"미안한데, 돈 좀 빌려줄래?"

그는 전혀 미안한 기색 없이 입으로만 미안하다고 말하며 가느다란 눈썹을 찡그렸다. 표정을 보아하니 한 대 칠 수도 있겠다 싶었다. 겁이 나서 지갑에서 1,000엔짜리 한 장을 꺼내 줬더니, 그는 지갑을 빼앗아 그 안에 들어 있던 1,000엔짜리 지폐 세 장을 싹 다 빼 갔다.

"고맙다, 반점. 이건, 답례."

그는 음흉한 미소를 지으며 내 오른뺨에 붙어 있던 거즈를 확 잡아당겼다. 그러더니 "역겨운 것도 여전하네." 하고 기분 나쁘게 실실거리면서 상점가 쪽으로 걸어갔다.

내가 다니는 중학교에서 반점 때문에 웃음거리가 된 적은 한 번도 없었다. 이제 콤플렉스를 극복한 줄 알았는데, 오랜만에 조롱을 당하자 기분이 확 가라앉았다.

초등학생 시절 내내 나를 옭아맸던 비굴한 감정에 또 지배당했다. 냉정하게 따져보면 얼굴에 이런 반점이 있는 내가 다카코 누나에게 고백한들 잘 될 리가 없다. 징그럽다고 망신만 당하지 않을까.

그녀를 마음에 담았던 지난 2년이 아무 의미 없다는 생각마저 들었다.

이제 다카코 누나와 같은 열차를 타는 건 그만두자. 그러면 고백하지 않아도 된다.

이런 생각이 머리를 스치자 진심으로 마음이 홀가분해졌다. 온몸에 들러붙었던 스트레스 덩어리가 떨어지자 마음이 솜털처럼 가벼웠다.

마약처럼 안도감도 중독성이 강했다. 나는 이튿날부터 시간을 늦춰 평소 타던 열차를 보내고 그다음 열차를 타고 학교에 갔다.

내 삶에서 다카코 누나라는 존재가 사라졌다.

그렇다고 생각마저 사라진 건 아니다. 정신적으로는 편안해졌지만, 다카코 누나가 뭘 하고 있을지 궁금해서 누나를 생각하는 시간은 전보다 더 늘어났다.

밖에 나갔다 하면 다카코 누나의 그림자부터 찾는다.

승강장에 서 있을 때도.

학교에 있을 때도.

골목길을 걸을 때도.

편의점에 있을 때도.

편의점 화장실 안에 있을 때도.

편의점 밖에서 가게 유리를 쳐다보고 있을 때도.

누나가 내 안에 들어와 있는 느낌마저 들었다. 절대로 다카코 누나가 있을 리 없는 장소에서도 내 눈은 무의식적으로 누나를 찾고 있었다.

길을 걷다 누나와 닮은 여자가 어떤 남자와 손잡은 모습이라도 보면 심장이 멎는 듯했다. 머리 모양이 비슷해서, 같은 학교 교복을 입어서와 같은 아주 사소한 이유에도 의심하며 뒤를 밟아 기필코 다른 사람임을 확인했다.

"아, 살았다. 다카코 누나가 아니었어…."

그렇게 가슴을 쓸어내리면서 한편으로는 "남자 친구가 생기면 포기할 텐데."라고 아쉬워하기도 했다. 나도 내 마음을 어쩌면 좋을지 도무지 갈피가 잡히지 않았다.

오늘 아침도 누나가 없는 열차 안에서 이리저리 휘청거리며 서 있었다. 손잡이에 매달린 채 차창 밖으로 펼쳐진 사가미만을 멍하니 쳐다보았다.

기다란 좌석 가장자리에 전에 탄 열차에서 자주 봤던

그 남자가 앉아 있었다. 그는 발밑에 감색 배낭을 내려놓고 고개를 옆으로 돌려 넋을 잃고 바깥 경치를 바라보고 있었다.

사람이 그립던 탓도 있어, 불현듯 남자와 대화를 나누고 싶어졌다. 이 남자는 내 속마음을 꿰뚫어 보고 있다. 이 남자라면 다카코 누나에 관해 이것저것 털어놓을 수 있겠다 싶었다.

"오늘 밤에 가을 보름달을 볼 수 있다더라."

내가 가까이 다가가는 낌새를 느꼈는지 남자가 얼굴을 정면으로 돌렸다. 그러더니 눈앞에 서 있는 나를 보며 싱긋 웃었다.

어린아이 같은 그의 표정을 보니 마음이 평온해졌다. "그렇다면서요?"라고 잘 알지도 못하면서 맞장구를 쳤다.

"달은 참 아름답지."

"맞아요."

"지가사키 해안에서 보는 달은, 분명 최고일 거야."

"그… 근데요."

쑥스러워하면서 내가 얼굴을 가까이 가져가자, 남자는 뭐야? 하고 묻듯 입꼬리를 끌어올렸다.

"실례지만, 혹시 여자 친구… 있어요?"

뜬금없이 무슨 소리를 내뱉은 것인지 자책했지만, 남
자는 싫은 얼굴을 하지 않았다.

"있지."

"연애하면 좋아요?"

평소와 달리 말이 줄줄 나왔다. 남자의 부드러운 표정
을 보고 있노라면 무슨 질문을 하든 다 받아줄 것 같아서
였다.

"어려운 질문이네."

"죄송해요. 이상한 걸 물어서."

"괜찮아, 신경 안 써도 돼. 어려운 질문이지만, 내 대답
은 망설임 없이 '예스'야."

목소리에 힘을 실어 대답하는 남자의 표정이 사뭇 진
지해졌다.

"남남이었던 두 사람이 만나고, 손을 잡고, 입맞춤을 하
는 거야. 극적이라 할 만큼 거리를 좁혀가는 방식이 대단
히 멋지거든. 무엇보다 무수히 많은 사람 중에서 나를 선
택해줬다는 사실이 얼마나 기쁜지 몰라."

"그러면 혹시… 선택을 못 받으면 어떡해요?"

"무슨 말이지?"

"그러니까, 용기 내서 고백했는데, 거절당하면 어떡하

나 싶어서요."

쓴웃음을 지으며 말하자 남자는 "나도 예전에는 너처럼 생각할 때가 있었어."라며 멋쩍게 뺨을 긁적였다.

"나는 이 세상에 운명의 사람이 존재한다고 믿어."

"…운명의 사람?"

"그래. 나는 '돌고 돌아 만났다'라는 말을 좋아하는데, 긴 시간을 돌고 돌아 마침내 만나게 됐다는 건 결코 우연이 아니라고 생각해. 그러니까 만약 상대방이 운명의 사람이었다면, 그렇게 나쁜 결과를 맞이하지는 않을 거야."

에노우라 일대의 수목들이 붉게 물들기 시작했다. 서늘한 가을바람이 역 앞 대로에 떨어져 있던 낙엽을 쓸면서 지나갔다. 날이 저물 무렵이면 가을빛이 한결 짙어진다.

먼 곳을 보며 걷고 있자니 건널목 너머 맞은편에서 흰색 세일러복을 입은 여자가 이쪽으로 오는 게 보였다. 가슴에 달린 빨간색 스카프를 보고 다카코 누나가 다니는 학교 교복인 걸 알았다.

여자는 다카코 누나와 분위기가 비슷했다. 그래봤자 이번에도 그냥 닮은 사람이겠지. 대수롭지 않게 여기다가 내 시야에 들어온 여자의 모습이 가까워질수록 심장 박동이 급격히 빨라졌다. 진짜 다카코 누나였다.

반년 만에 만나는 누나는 어쩐지 처음 보는 사람 같았다. 멀찍이 떨어져서 봐도 예전보다 더 예뻐졌다는 인상을 풍겼다. 여자는 사랑에 빠지면 예뻐진다던데. 좋아하는 사람이 생긴 건 아닌지 마음이 불안했다.

다카코 누나는 스마트폰을 보며 걷느라 나라는 사람의 존재를 알아채지 못했다. 누나의 보폭에 맞춘 듯 건널목에서 나는 요란한 경적이 고막을 때렸다. 눈앞에서 차단기가 천천히 내려오고 있었다.

건널목 건너에는 샛길이 하나 더 있다. 그러니까 누나가 건널목을 건너오리라 장담할 수는 없다. 그 샛길을 따라 왼쪽이나 오른쪽으로 방향을 틀지도 모른다.

다카코 누나가 스마트폰을 교복 주머니에 넣었다. 건널목 앞에는 나만 혼자 서 있었다. 누나가 이쪽을 쳐다보면서 다가오고 있다.

그때 불현듯 전에 열차에서 남자에게 들었던 말이 생각났다.

"나는 이 세상에 운명의 사람이 존재한다고 믿어."

나와 누나를 갈라놓기라도 하듯 급행열차가 눈앞을 지나간다.

이 열차가 지나가고 나서 누나가 내 앞에 없으면 포기하자. 혹시라도 건널목을 건너오면 아주 가까이 스쳐 지나치게 된다. 다카코 누나가 나를 알아볼지도 모른다. 그렇다면, 그게 바로 운명의 사람이다. 그녀가 운명의 사람이라면, 반드시 이 건널목을 건너올 것이다.

그러면 그때 고백하자.

건널목을 통과하는 열차가 일으킨 바람이 온몸을 감쌌다. 시선을 바닥으로 떨궜다가 각오를 다지고 고개를 정면으로 쳐들었다.

바람에 헝클어진 앞머리가 시계추처럼 왔다 갔다 하고, 급행열차의 꼬리 칸이 눈앞을 스쳐 갔다.

가을이 가고 겨울이 찾아왔다.

그리고 다시 새해가 밝았다.

그리고…

"이번 역은 고이소, 고이소 역입니다."

안내 방송과 함께 열차 문이 열리고 승객들이 물밀 듯 밀려들어 왔다. 덜 붐비는 자리를 찾아 옮기니, 세 번째 칸으로 가는 연결 통로 옆의 4인용 좌석에 그 남자가 앉아 있었다. 그는 창틀에 오른팔을 올리고 바깥 경치를 감상하고 있었다.

눈이 마주치자 "오랜만이네." 하며 눈짓으로 비어 있는 앞자리를 가리켰다.

"오랜만이에요."

"오늘은 많이 늦었네?"

"늦잠 잤거든요. 심야 애니메이션 특집 방송 보다가 깜빡 잠이 들어서."

창피해서 머리를 긁었더니 남자가 후후 소리 내어 웃었다.

"지난번에 열차에서 만났을 때 연애 상담했었잖아."

"아, 그 얘긴 이제 끝났어요."

남자의 말을 딱 잘랐다. 내 단호한 말투에 놀랐는지 남자가 나를 훑어보다가 이내 딴 데로 시선을 옮겼다.

나는 다카코 누나를 향한 마음을 접었다.

그녀는 내 운명의 사람이 아니었다고 나 자신을 납득시켰다.

그날 다카코 누나는 건널목을 건너오지 않았다.

"…바다는 넓어서 좋구나."

창밖을 바라보던 남자가 혼잣말처럼 중얼거렸다.

"드넓은 바다를 보고 있으면 신기하게도 뭐든 할 수 있을 것 같은 기분이 들어. 바다는 항상 용기를 북돋아 준다니까."

남자의 표정이 인생을 꽤 살아본 사람처럼 담담했다. 그의 시선이 천천히 내게로 옮겨왔다.

"고등학교 때 좋아하던 여학생이 있었어."

남자는 차분한 말투로 운을 뗀 다음 다시 창밖으로 눈을 돌렸다. 이따금 내게 시선을 건네면서 남자가 느릿느릿 말을 이었다.

"그런데 난 내성적인 성격이어서 그 애가 전학 간다는 소식을 듣고도 고백을 못 했어. 고등학교를 졸업하고 나서도 나는 고향을 떠날 수 없었어. 어쩌면 그 애가 언젠가 여기로 돌아올지도 모른다고 생각했거든. 그래서 한동안 너무 힘들었어. 이 동네에 없는 걸 뻔히 알면서도 매일같이 그 애의 모습을 찾아다녔어."

남자의 이야기를 들으면서 나와 비슷하다고 생각했다.

"지금 생각하면 참 어처구니없는 짓도 했어. 동네에서 그 애를 닮은 여자가 남자랑 팔짱을 끼고 있는 걸 보면 살아도 사는 게 아니었어. 뒤따라가서 그 애인지 매번 확인했다니까."

"…어떤 기분인지 알겠어요."

나도 모르게 남자 쪽으로 몸이 쏠리고 말았다. 그다음 내용을 재촉하듯 "결국 그 사람과는 어떻게 됐어요?" 하고 빠르게 물었다.

"사귀게 됐어."

"아."

"10년이나 더 지나 동네에서 우연히 다시 만났거든. 그 애가, 지금 내 여자 친구야."

그 말을 들으니 내가 다 기뻤다. 마치 내가 보상받은 기분이 들었다.

"다시 만났을 때요, 아저씨가 먼저 고백했어요?"

내가 묻자 남자는 "아, 으응. 그걸 고백이라 불러도 될지 모르겠지만…." 하며 어색하게 웃었다.

"왜, 고백했어요?"

"왜라니, 그야 당연하잖아."

남자는 단호하게 말하며 나를 똑바로 쳐다보았다.

"후회하기 싫었으니까."

후회하기 싫었으니까.

후회하기 싫었으니까.

후회하기 싫었으니까.

남자의 말이 내 머릿속에서 몇 번이고 울려 퍼졌다.

"줄곧 후회했었거든. 고등학교 때 왜 고백하지 못했을까. 그 애가 전학 간다는 걸 알았을 때 행동으로 옮기지 못했던 나 자신을 용서할 수 없었어. 그래서 다음에 그 애를 다시 만나면 용기를 내야겠다고, 가마쿠라의 바다를 바라보면서 결심했었어."

"……."

듣고 있기 힘들었다.

남자가 했을 후회가 내 가슴을 푹 찔렀다.

"이번 역은 지가사키카이간, 지가사키카이간 역입니다."

차장의 안내 방송이 흘러나오며 차창 밖으로 드넓은 해변이 펼쳐졌다.

누나와 손잡고 저 해변을 거니는 것이 꿈이었다.

나는 아무것도 하지 않고 스스로 그 꿈을 내던졌다.

4인용 좌석에 교복을 입은 남녀가 어깨를 맞대고 앉아 있다. 좌석 아래로 꼭 잡은 두 손이 눈에 들어왔다. 여자가 애교를 부리듯 남자의 어깨에 머리를 기댔다. 그 장면을 보며 생각했다.

'아, 부럽다.'

그들은 아무도 다가갈 수 없는 둘만의 세계를 만들고

있었다.

　다카코 누나와의 추억을 떠올리며 연결 통로 쪽으로 눈을 돌렸다. 지금까지 나는 이 유리창을 수천 번이나 힐끔거렸다. 무의미하게 흘려보낸 시간을 후회하고 있자니 돌연 심장이 발딱대기 시작했다. 시야 끝에 잡힌 그 모습을 보며 내 눈을 의심했다. 다카코 누나가 거기 있었다.

　변함없이 손잡이를 붙잡고 문고본을 읽고 있었다.

　어째서 이 시간에 여기 있을까. 난 오늘 아침에 늦잠을 자버렸다. 벌써 11시가 지난 시간인데.

　이런 기적이 일어나다니.

　이건 신이 허락한 마지막 기회가 틀림없다.

　그렇다면, 돌진하는 수밖에 없다.

　결단하려는 찰나 차가운 이성이 고개를 쳐들었다. 다음 기회를 노리는 편이 낫다. 공들여 양치질하고 나서 시도하자. 어떤 일이든 준비가 중요한 법이다. 무슨 말을 할지 미리 준비해야 승산이 있다.

　나는 머리를 세차게 흔들었다. 너 또 그럴싸한 이유를 만들어서 도망치려는 것뿐이잖아. 뺨의 반점도 그렇고. 운명의 사람이 아니라고 결론 낸 것도 고백하지 않고 도망치기 위한 핑계에 불과해.

"나는 곧 여자 친구와 결혼해."

지금은 3월이다. 3학년인 다카코 누나가 학교에 갈 일은 거의 없다.

"그녀와는 오다와라에 있는 숲에서 친해졌어. 시로라는 개를 통해서."

고등학교 졸업식 날이 며칠 안 남았을 텐데. 나는 집 근처 고등학교에 가기로 되어 있다. 열차에서 다카코 누나를 만나는 건 오늘이 마지막일지도 모른다.

나는.

나는….

"그녀와 다시 만나고 나서 내 감정을 솔직히 말했어. 사귀다가 내가 먼저 프러포즈도 했고. 나는 그녀와 보낸 시간을…."

나는 그녀와 보낸 시간을 그저 좋은 추억으로 남기고 싶지 않다.

"그저 좋은 추억으로 남기고 싶지 않았거든."

앞에 있는 남자의 마음과 내 마음이 통했다. 나는 자리에서 일어섰다. 지금부터 넘을 수 없을 것만 같았던 누나와 나 사이의 저 높은 장벽을 부수러 가자.

운명은….

운명은 내 힘으로 개척한다.

나는 연결 통로로 가는 문을 당겼다. 세 번째 칸으로 가서 손잡이를 잡고 서 있는 다카코 누나에게 다가갔다.

"저, 저기."

내가 옆에 서자 다카코 누나가 책을 탁 덮었다. 그녀의 시선이 천천히 내 얼굴에 닿았다.

그녀와 눈을 맞추기 직전, 열차가 탈선했다.

먹물을 뒤엎은 듯 온통 다 암흑이다. 내가 바깥에서 그 암흑을 보고 있는 건지, 암흑 속에 있는 건지 분간이 되지 않았다. 몸뚱이를 잃어버린 것처럼 의식은 몽롱했고 끝없이 넓은 암흑세계가 존재한다는 사실만 간신히 파악할 수 있었다.

끊임없이 장면이 바뀌는 꿈처럼 때때로 어둠 속에서 무언가가 아른거리곤 했다.

옆으로 넘어지는 열차의 차량.

머리에 피를 흘리며 고꾸라지는 사람.

계곡에 우뚝 솟은 절벽.

그것들이 뒤섞여 등장하는 무한 루프에 빠졌구나 싶었는데, 느닷없이 누가 나를 안아 올렸다.

"가즈유키." 하고 내 이름을 부르는 것 같았다.

이어서 눈앞에 새하얀 벽이 세워졌다.

여러 차례 눈을 깜빡이고 나서야 지금 눈꺼풀을 열었다 달았다 하는 사람이 나라는 것을 서서히 깨달았다. 나는 지금 어딘가에 와 있으며 눈앞에 세워진 흰색 벽이 내가 있는 곳의 천장이라는 것을 어렴풋이 인식해냈다.

"선생님, 가즈유키가 눈을 떴어요!"

흰옷을 입은 여자가 방을 뛰어나갔다. 침대 옆에 놓인 심전도와 방에 가득 찬 소독약 냄새 때문에 이곳이 병원이란 걸 알았다.

"여기는 미나미카마쿠라 종합병원 병실이란다. 넌 열차 탈선 사고를 당했어."

꽤 나이 들어 보이는 의사가 내 가슴에 청진기를 대고 장황하게 설명했다. 나는 생명에 지장은 없지만 그 사고로 갈비뼈 세 대가 부러졌다고 했다. 오늘은 사고 난 지 3주가 지난 3월 26일이며 그동안 나는 의식을 잃은 채 줄곧 이 병원에 누워 있었다고도.

이야기를 듣는데 내용이 머리에 하나도 들어오지 않았다. 사고를 당한 기억이 없을뿐더러 사고 이전의 기억도 흐릿하고 불분명했다.

그날 저녁에 아빠가 병실로 찾아왔다. 아빠는 확실히 기억났다. 걱정에 찬 얼굴로 내게 말을 걸어주었지만, 일이 바쁜지 스마트폰을 쥐고 병실을 들락날락했다.

아빠와 교대하듯 젊은 여자가 병실에 들어왔다. 짙게 화장한 여자는 몸에서 향수 냄새를 풀풀 풍겼다. "네 아빠와 사귀는 지아키라고 해." 여자는 그렇게 자기소개를 하고 침대 옆에 앉아 사과를 깎아주었다.

전에 카페 근처에서 이 여자가 아빠와 같이 있는 걸 본 적이 있다. 왠지 아빠가 머지않아 이 여자와 결혼하겠다는 예감이 들었다.

이튿날부터 경찰이 병실을 드나들었다. 탈선 사고에 관해 이것저것 물었지만, 아직 기억이 돌아오지 않아서 대답하기 곤란했다.

의식이 돌아온 지 닷새째 되는 날이었다.

병실 한쪽에 내 책가방이 세워져 있는 게 보였다. 신음이 절로 새어 나올 만큼 아픈 갈비뼈를 부여잡고 침대에서 내려가 가방을 집어 들었다.

가방을 열자 노란색 손수건이 내 시선을 붙잡았다. 소중한 물건인가, 지퍼가 달린 봉지 안에 들어 있었다.

봉지를 손에 쥐고는 들여다보고 있는데 가슴이 두방망이질을 쳤다. 머릿속에 산사태가 일어난 것처럼 뚜렷한 윤곽의 기억들이 우르르 몰려왔다. 목덜미가 땀에 젖어 축축해졌다. 마개를 뽑은 욕조의 물이 순식간에 빠져나가는 것처럼 떠오른 기억의 파편들이 잽싸게 하나로 이어졌다.

"다카코 누나…."

내 입에서 그녀의 이름이 새어 나왔다.

그날 나는 다카코 누나와 같은 열차를 타고 있었다. 그녀에게 고백하려고 했다. 다카코 누나 옆에 가서 선 순간, 열차가 심하게 흔들렸다.

그녀는 무사한 걸까. 지금 어떻게 지내고 있을까.

초조해 미칠 것 같아서 병실 옷걸이에 걸려 있던 점퍼로 손을 뻗었다. 청바지로 갈아입고 병실을 뛰쳐나갔다.

"얘, 너 어디 가니!"

막아서는 간호사를 뿌리치고 병원을 빠져나갔다. 누나가 지금 어디 있는지 나는 알지 못한다. 어쩌면 이 병원에 입원 중일 수도 있다. 그렇지만, 일단 지금 갈 곳은 한 군데뿐이다. 거길 찾아가면 다카코 누나가 무사한지 확인할 수 있다.

사고로 가마쿠라선 열차 운행이 중지되어 다른 열차를 타고 도쿄 방면으로 우회해서 에노우라에 도착했다. 땅거미가 내려앉은 길을 지나 아동센터까지 힘껏 달렸다.

"유타!"

유타가 아동센터 뒤편의 공원 벤치를 혼자 쓸쓸히 지키고 있었다. 내 목소리를 듣고 자리에서 일어선 유타는 3년 전보다 키가 조금 자라 있었다.

"유타, 나 기억나? 예전에 여기 같이 다녔는데."

내가 묻자 유타가 고개를 끄덕였다. 나는 목청을 돋우어 "지난번에 사고 난 열차에 너네 누나도 타고 있었지? 누나는 괜찮아? 잘 지내?" 하며 잇달아 질문을 퍼부었다.

"…죽었어."

"뭐어?"

"다카코 누나는 사고 나서 죽었어."

"…."

오직 유타의 얼굴만이 내 눈동자에 박힌 채 나머지는 모조리 사라졌다.

"거짓말…."

믿기지 않아서 두 손으로 유타의 어깨를 붙잡고 흔들었지만, 유타의 눈에서 뚝뚝 흘러내리는 눈물방울의 양

228

을 보고 거짓이 아님을 깨달았다.

유타는 코를 훌쩍이면서 사고 경위를 상세히 알려주었다. 다카코 누나가 타고 있던 열차가 탈선하면서 차량째 산간 절벽 아래로 떨어지는 바람에 누나는 세상을 떠났다고 했다.

"누나는 봄부터 간호학교에 다닐 예정이었어."

다카코 누나가 초등학생일 때 병으로 누나의 아버지가 돌아가셨다고 한다. 사람의 생명을 구하는 일을 하고 싶어서 다카코 누나는 간호사를 지망했다. 고등학교 3년 내내 악착같이 아르바이트한 이유도 학비를 모으기 위해서였다.

유타의 이야기를 들으며 나는 우두커니 서 있었다. 뭐라 대꾸할 말도 없어서 멍하니 그 자리에 선 채 꿈쩍도 하지 못했다.

갈비뼈 골절이 완치되어 4월 말에 퇴원했다. 학교에 가자 탈선 사고에서 살아남은 나를 반 아이들이 호기심 어린 눈으로 흘끔거렸다. 고등학교 입학이 남들보다 늦어진 탓에 나는 학급 분위기에 쉽게 녹아들지 못했다.

"여어, 반점. 너 진짜 악운이 센 놈이구나."

교실 뒤쪽에서 다가온 한 녀석이 내 오른뺨의 거즈를 잡아뗐다. "이따위 반점 숨기지 말고, 당당하게 살아."라는 말도 덧붙이면서.

게이고였다. 게이고도 같은 학교에 입학했고 지지리 운이 없게도 같은 반까지 됐다.

게이고는 머리를 갈색으로 염색했다.

"앞으로도 용돈 잘 부탁한다."

놀리듯 툭 내뱉더니 내 머리를 탁, 쳤다. 그렇게 그날 이후로 나는 다시 반에서 왕따가 되었다.

나는 살아갈 의미를 잃어버렸다.

험난한 골짜기가 입을 크게 벌리고 있다. 아스라한 낭떠러지 아래로는 좁은 강이 흘렀다. 장난감을 포장하듯 물줄기를 가로지른 열차의 차량을 파란색 시트가 감싸고 있다.

나는 지푸라기라도 잡는 심정으로 다카코 누나가 눈을 감은 낭떠러지를 찾아갔다. 미나미카마쿠라 역에서 이 낭떠러지까지 걸어서 30분 남짓 걸렸다.

낭떠러지 앞에는 꽃다발이 여럿 놓여 있었다. 유족들이 헌화하러 왔겠구나.

사고의 충격을 말해주듯 낭떠러지 주위에 쳐놓은 울타리가 심하게 망가져 있었다. 완전히 떨어져 나간 데가 열차가 들이박은 부위겠지.

낭떠러지 앞에서 손바닥을 맞대고 있는데, 젊은 여자가 커다란 꽃다발을 들고 오르막을 올라왔다. 내 옆에 쪼그려 앉아 손을 모으고 나서 내게 물었다.

"…넌, 누가 돌아가셨니?"

천천히 일어선 여자가 "나는 히구치 도모코라고 해."라며 이름을 밝혔다.

"난 이번 사고로 사랑하는 약혼자를 잃었어."

히구치 씨가 사고에 관한 이야기를 꺼냈다. 그리고 지금 배 속에 아기가 들어 있다고 했다.

"…저는, 사랑하는 사람을 잃었어요."

여자의 솔직한 태도에 나도 모르게 입술이 움직였다. 머뭇거리느라 좋아하던 여자에게 고백하지 못하다가 겨우 용기를 내 고백하려던 순간 열차가 탈선했다고 숨김없이 털어놓았다.

한심하기 짝이 없는 내 얘기를 듣고도 여자는 비웃지 않았다. 엄마가 아이를 바라볼 때처럼 온화한 미소를 머금고는 그래, 그래, 하듯 연신 고개를 끄덕이며 내 이야기에 귀를 기울였다.

"만약, 그 사람을 한 번 더 만날 수 있다면, 너라면 어떻게 할래?"

솔직하게 마음을 다 털어놓고 나자 히구치 씨가 기묘한 이야기를 시작했다. 밤중에 니시유이가하마 역에 가면 유키호라는 여자 유령을 만날 수 있다는 것. 거기다가 심야의 가마쿠라선 선로를 달리는 유령 열차가 있으며, 마음만 먹으면 사고가 일어난 열차를 탈 수 있다고도 했다.

표정을 보니 농담을 하는 것 같지는 않았다. 진심이 담긴 위로에 이 사람은 믿어도 된다는 확신이 섰다.

무엇보다 누가 뭐래도 나는 다카코 누나를 만나고 싶었다. 내 마음을 꼭 전하고 싶었다.

"넌 그 여자애를 꼭 만나야 할 것 같아."

간절한 눈빛으로 망설임 없이 말하는 히구치 씨를 보자 다카코 누나를 향한 내 마음이 더욱 뜨거워졌다. 나는 오늘 밤 유키호라는 유령을 만나러 가기로 결심했다.

한밤중의 승강장은 깊은 바닷속처럼 고요했다. 승강장 벽시계가 내는 미세한 초침 소리마저 고스란히 들렸다.

그때 승강장 안쪽에서 저벅저벅 걸어오는 발소리가 정

적을 갈랐다. 세일러복을 입은 키 큰 여자가 걸어와 내 앞에 멈춰 섰다.

"…당신이 유키호 씨예요?"

"그래. 유령이지만, 잘 부탁해."

퉁명스레 내뱉는 유키호의 입가에 은근한 미소가 머물렀다. 유령이라고 해서 좀 더 소름 끼치게 생겼을 줄 알았더니 외모는 보통 사람과 똑같았다. 몸이 투명하지도 않았다.

나는 다카코 누나와 있었던 일을 간략히 설명했다.

"사고 차량에 타고 있던 사람이 찾아오다니, 대단히 드문 케이스네."

"진짜 유령 열차가 달리고 있는 거 맞아요?"

내가 서둘러 본론을 꺼내자 유키호는 "성격이 급하네, 하하." 하며 웃었다. 그때 드러난 유키호의 하얀 치아가 반짝였다. 진짜라며 유키호가 턱짓으로 가리킨 방향에서 반투명한 열차가 천천히 승강장으로 들어왔다.

깜짝 놀라 심장이 고동쳤다. 바로 코앞에 멈춰 선 열차 안에는 승객이 많이 타고 있었다. 평소 승강장에 서 있을 때처럼 열차 안에서 승객들의 말소리도 흘러나왔다.

"이게 그날 사고 난 그 열차야."

유키호는 팔짱을 끼고 익숙한 솜씨로 설명해줬다. 이 유령 열차는 탈선 사고로 가슴에 맺힌 게 있는 사람의 눈에만 보인다고 했다. 또 이 열차에 타면 죽은 피해자를 한 번 더 만날 수 있다는 말도 했다. 어제 히구치 씨에게 들은 그대로였다.

설명을 들으면서 머릿속에 떠오른 궁금증을 물어보려던 참이었다. 유키호는 내가 질문할 걸 미리 예상했다는 듯이 "다만," 하고 입을 떼더니 유령 열차에 타기 위한 네 가지 규칙을 알려주었다.

하나, 죽은 피해자가 승차했던 역에서만 열차를 탈 수 있다.

둘, 피해자에게 곧 죽는다는 사실을 알려서는 안 된다.

셋, 열차가 니시유이가하마 역을 통과하기 전에 어딘가 다른 역에서 내려야 한다. 그렇지 않으면, 당신도 사고를 당해 죽는다.

넷, 죽은 사람을 만나더라도 현실은 무엇 하나 달라지지 않는다. 아무리 애를 써도 죽은 사람은 다시 살아 돌아오지 않는다. 만일 열차가 탈선하기 전에 피해자를 하차시키려고 한다면 원래 현실로 돌아올 것이다.

유키호가 말한 규칙들을 머릿속에서 정리하고 있는 사이 미나미카마쿠라 역 방면에서 들려온 엄청난 충격음이 귓전을 때렸다. 유키호가 선로 너머를 쳐다보면서 "니시유이가하마 역을 통과하면 너도 저렇게 돼."라고 경고했다.

"유령 열차의 차체가 점점 투명해지고 있어. 머지않아 열차가 하늘로 올라갈 테니 만나고 싶은 사람이 있으면 서두르는 게 좋아. 한밤중에 피해자가 탑승했던 역으로 가면 방금 본 열차가 나타날 거야. 그럼."

그녀는 작게 손을 들어 보이며 획 사라졌다. 캄캄한 승강장은 또다시 정적에 휩싸였다.

점자 블록 바깥쪽에 서서 열차가 사라져 간 방향을 멀거니 지켜보았다. 방금 지나간 열차에 다카코 누나가 타고 있다. 그런 생각에 빠져 먼 곳을 하염없이 바라보았다.

나는 주저하지 않았다.

까만 어둠이 승강장 일대를 둘러쌌다. 갈라진 구름 틈새로 달이 얼굴을 내비치며 차가운 빛을 뿜어냈다.

손목시계로 시간을 확인하려는데 돌연 어둠이 녹고 햇빛이 주위를 휘감았다. 사고가 발생했던 날, 에노우라 역의 그 아침 풍경이었다.

유가와라 방면에서 반투명한 열차가 접근해 왔다. 열차가 에노우라 역 승강장에 서는 순간 머리카락을 뒤에서 하나로 묶은 다카코 누나가 잰걸음을 걸으며 개찰구로 들어섰다. 그대로 열차의 세 번째 칸에 뛰어들더니 늦지 않아서 다행이라는 듯 후유, 하고 숨을 길게 내쉬었다.

나는 항상 그랬듯이 열차의 두 번째 칸으로 몸을 집어넣었다. 니시유이가하마 역에 도착하기까지 50분도 채 남지 않았다. 일분일초가 아까울 때였지만, 내게는 다카코 누나를 만나기 전에 해야 할 일이 있었다.

잠시 후 열차가 오다와라조마에 역에 멈춰 섰다. 문이 열리고 감색 배낭을 멘 남자가 들어왔다. 조금 떨어진 위치에서 남자가 4인석 창가 자리에 앉는 것까지 확인했다.

나는 온몸으로 탄식했다. 불가능한 걸 알면서도 제발 타지 말라고 속으로 빌었는데. 그 남자가 오고야 말았다.

어젯밤 니시유이가하마 역에 나타났던 유령 열차 안에 남자가 앉아 있는 모습을 봤다. 남자는 그날 나와 얘기를 나눈 다음 사고로 사망했다. 지금 그가 이 자리에 있다는 것이 그 사실을 말해주었다.

"…안녕하세요."

내가 좌석 옆에 서서 인사를 건네자 남자가 으응, 하며 손을 들었다. 나는 고개를 까딱한 다음, 곧바로 표정을 가다듬으며 허리를 깊숙이 숙였다.

"제 얘기를 들어주셔서 고맙습니다."

사고가 일어난 날 나눴던 대화를 시작하기도 전에 이런 인사부터 하는 건 영 이상할 테지. 남자가 수상쩍게 생각할지도 모르지만, 나는 꼭 그에게 고맙다고 인사하고 싶었다. 그가 없었다면, 나는 그녀에게 고백해야겠다고 마음을 굳히지 못했을 것이다. 그가 내 등을 떠밀어준 셈이다.

"…지금, 좋아하는 사람에게 고백하러 가요."

고개를 들고 쑥스럽게 말하자 남자가 자리에서 일어나더니 아무 말 없이 오른손을 쓱 내밀었다.

나는 그 손을 꽉 잡았다. 물론 그는 자기가 사고로 곧 죽는다는 걸 알지 못한다. 그런데 마주 잡은 그의 손은 마치 나에게 뭔가를 맡기는 것처럼 힘이 들어가 있었다.

"그저 좋은 추억으로 남기고 싶진 않거든요."

단호하게 말하자 그가 하얀 이를 드러내며 미소 지었다. 비로소 그는 아쉬워하며 내 손을 놓고 다시 자리에 앉아 바다로 시선을 돌렸다.

나는 곧장 연결 통로 문에 손을 올렸다. 나는 지금 중학교 교복을 입고 있다. 중학교 3년 내내 이 교복을 입고 다카코 누나를 지켜보았다. 고백하려면 이 옷이 제일 어울릴 것 같았다.

세 번째 칸으로 자리를 옮기자 바로 코앞에 다카코 누나의 옆얼굴이 보였다. 그녀는 그날처럼 손잡이를 잡고 문고본을 읽고 있었다.

다카코 누나를 실제로 보니 잠깐 망설여졌다. 하지만 가슴 밑바닥에서 그런 망설임을 단숨에 떨쳐낼 뜨거운 감정이 솟구쳤다. 나는 한 걸음 더 다가가 누나 옆에 섰다.

"저, 저기."

용기를 쥐어짜냈건만 목소리가 떨렸다. 책을 덮은 다카코 누나가 천천히 이쪽으로 얼굴을 돌렸다.

50센티미터도 안 되는 거리에서 누나와 눈이 마주쳤다. 정면에서 다카코 누나를 똑바로 본 건 우산을 같이 쓰고 집으로 갔을 때가 유일하다. 막상 고백하려는 상대가 앞에 있자 목구멍이 조여들어 목소리가 나오지 않았다.

그렇지만 그녀의 눈빛은 부드러웠다. 내가 긴장한 걸 알아차렸는지 나를 안심시키려는 듯이 눈가에 미소를 담았다.

같이 가자.

우산 속으로 들어와.

지금 다카코 누나의 얼굴에 띈 미소는 그날 내게 말을 걸어주었을 때와 똑같았다. 부드럽게 감싸는 듯한 그 미소를 보자 입을 뗄 용기가 생겼다.

"저, 저기, 나, 나는."

"생각나."

내가 미처 말을 맺기도 전에 다카코 누나의 목소리가 끼어들었다. "비 오던 날 같이 집에 갔던 애 맞지?"

"…기억하고 있었어요?"

둥글게 휘어진 눈으로 다카코 누나가 고개를 끄덕였다. 그날과 다르지 않은 커다란 눈동자.

그런데 나를 빤히 바라보던 누나의 눈에 눈물이 그렁그렁 차올랐다.

"왜, 왜 그래요?"

"아니… 아무것도… 아니야."

다카코 누나가 얼굴 앞에서 손사래를 치며 눈가에 고인 눈물을 닦았다. 화제를 돌리려고 "이제 학교 가?" 하고 물어왔다.

"네. 오늘 늦잠을 자버려서 그만."

창피한 듯 말하자 다카코 누나는 손으로 입을 가리고 하하, 소리 내 웃었다.

"실은, 나도 깜빡 늦잠 잤어. 오늘 졸업식 예행 연습하는 날인데, 어젯밤에 텔레비전에서 내가 좋아하는 애니메이션 특집 방송을 틀어줘서 새벽까지 보다가 잠들었거든."

"나도요!"

웃으며 대답하자 다카코 누나가 "너도 그랬구나!" 하며 눈을 반짝거렸다. 둘 다 손잡이에 매달려 좋아하는 애니메이션 이야기에 열을 올리느라 시간 가는 줄 몰랐다.

"나는, 애니메이션 말고 책도 좋아해."

"나도요!"

이런 전개가 펼쳐지길 꿈꾸며 열차 옆 칸에서 다카코 누나가 읽던 책을 나도 따라 읽었다. 지금까지 들였던 노력이 보상을 받은 것 같아 뛸 듯이 기뻤다.

즐거웠다.

정말 행복했다.

이제껏 살아오면서 이 순간보다 더 행복한 시간은 없었다고 자신 있게 말할 수 있다.

다카코 누나와 같이 있으려니 자칫 실수라도 해서 미

움을 사면 어쩌나 싶은, 다른 의미의 긴장감이 생겨났다. 내 이야기에 문제가 없는지, 아니면 문제가 없었는지, 말을 꺼내기 전에 일일이 확인하면서 대화를 이어갔다. 그래도 기분은 좋았다. 그녀와 같이 있으면 나를 얽어매는 감정마저 행복으로 바뀌었다.

그러나 니시유이가하마 역이 가까워지면서 차창 너머의 경치가 달라지는 것을 보니 마음에 어두운 그림자가 스며들었다. 행복한 한때가 곧 끝나려 한다. 앞으로 30분 후면 다카코 누나는 사고를 당한다. 이건 달라지지 않는 현실이다.

내 앞에 있는 사람을 향한 감정이 커질수록 이별이 더 아프게 다가왔다. 이러한 현실을 깨달은 순간 내 입에서 더는 말이 나오질 않았다. 그녀의 눈을 바라볼 수 없었다.

창밖으로 지가사키 해안이 모습을 드러내기 시작했다.

"진짜 아름다운 바다야."

다카코 누나가 왠지 쓸쓸한 표정을 지으며 창밖으로 눈을 돌렸다.

눈동자에 스며들 것 같은 새파란 바다에 우리의 시선이 닿았다. 바다는 새하얀 모래사장과 대조를 이루어 아름다웠다.

지난 3년 동안 각자 서 있던 자리는 달라도 우리는 매일 아침 같은 풍경을 바라보고 있었다. 나는 언젠가 이 해변을, 지금 내 옆에 서 있는 여자와 손을 맞잡고 거니는 날이 오기를 간절히 바랐다.

일정하게 밀려왔다 돌아가는 파도를 바라보고 있노라니 기억이 담긴 서랍이 하나씩 열렸다 닫히기를 반복했다.

역 앞에 서서 다카코 누나가 지나가기를 기다렸던 일.

누나와 같은 열차 칸에 올라 근처에 놓인 손잡이를 잡았던 일.

카페 밖에서 누나를 훔쳐봤던 일.

크리스마스이브에 얼굴을 가리고 들킬까 봐 누나 앞으로 내달렸던 일.

길에서 다카코 누나와 닮은 여자를 보고 따라갔던 일.

건널목 건너편에서 누나를 봤던 일.

그리고, 폭우 속에서 누나와 우산 하나를 같이 쓰고 나란히 걸었던 일….

기나긴 싸움의 끝이 다가올수록 고백하지 않고 이대로 끝을 맺어도 괜찮겠다 싶은 마음이 발동했다.

그런데 시선을 빼앗은 푸른 바다가 내 입을 열게 했다.

"당신은… 내 생명의 은인이에요."

"…."

나는 손잡이를 놓고 다카코 누나의 눈을 똑바로 바라보았다.

"당신이 우산을 씌워줬던 날, 나는 죽을 생각이었어요. 난 친구가 한 명도 없어요. 부모님은 이혼했고, 같이 사는 아빠는 바빠서 나를 제대로 챙겨주지 않았어요. 지금 거즈로 가렸지만, 내 오른뺨에는 커다란 반점이 있어요. 키도 작아서 늘 괴롭힘의 대상이 되어왔고요. 그런데 비가 많이 오던 그날, 당신이 그런 내게 우산을 씌워줬어요. 그때 당신이 준 도넛의 맛을 나는 한순간도 잊은 적이 없어요. 그날의 나에게 계속 살아도 된다고 말해주는 것 같아서…. 그 도넛 상자는 아직도 버리지 못하고 갖고 있어요. 당신이 나를 살렸어요."

나는 누나에게 시선을 고정한 채 뒷말을 이었다.

"나는 지난 3년 동안 줄곧 당신을 지켜보고 있었어요. 아침마다 열차 옆 칸에서 당신을 흘끔흘끔 쳐다봤어요. 용기가 없어서 말은 못 걸었지만요. 길에서 당신을 보고도 못 본 체하며 지나칠 수밖에 없었지만, 나는요… 나는…."

잠시 머뭇거리며 시선을 아래로 떨궜다가 곧바로 얼굴

을 들고 말을 쏟아냈다.

"나는, 당신을 좋아합니다."

"…"

"나는 이 세상 그 누구보다 당신을 사랑합니다. 지금도. 그리고 앞으로도 영원히."

"…"

"나는 정말 감사하고 있어요. 당신과…"

거기까지 말하고 나서 마지막 남은 힘을 눈빛에 담아 전했다.

"돌고 돌아 만난 것을."

"…"

말을 끝내고 나서도 한동안 그녀에게서 눈을 떼지 못했다. 주위에 있던 승객들이 무슨 일인가 하며 이쪽을 보고 있었다.

진지한 얼굴로 가만히 듣고 있던 다카코 누나가 마침내 작게 숨을 토해냈다.

"…고마워. 고마워."

넋이 나간 사람처럼 고맙다는 말을 되뇌던 누나의 두 눈에서 눈물이 주르르 흘러내렸다.

"어머, 왜 눈물이 나지. 남자에게 처음으로 고백받아서 그런가."

울음을 감추려는 듯이 그녀의 말이 연달아 이어졌다. "아니면…" 하고 다시 입을 떼더니 손가락으로 눈가를 닦으며 말했다.

"네가 너무 멋진 사람이라서?"

"…."

얼굴이 화끈거렸다. 부끄러워서 눈만 연신 깜빡거렸다.

다카코 누나의 눈가가 아직 젖은 것을 보고, 비스듬히 메고 있던 가방에서 노란색 손수건을 꺼냈다.

"이거, 그날 당신이 내게 빌려준 손수건이에요."

손수건을 건네자 다카코 누나가 "그건 네가 계속 간직했으면 좋겠어."라며 도로 밀어냈다. 그러고는 "이건 거짓 없는 내 마음이라고 생각하고 들어줘."라며 전제를 깔고 말했다.

"나는 방금 네가 좋아졌어. 다시 말할게. 나는, 가즈유키를 좋아합니다."

"…."

지우개로 싹 지운 것처럼 머릿속이 텅 비었다. 너무 갑작스레 일어난 일이라 머리가 혼란스러워 이 상황에서 달아나고자 고개를 숙였다.

그러자 가슴속에서 뜨거운 무언가가 슬슬 올라왔다. 천천히 고개를 들자 다카코 누나는 내게 미소를 건넨 다음 창밖으로 눈길을 돌렸다.

길게 이어진 해변을 내다보며 나는 옆으로 팔을 뻗어 누나의 왼손을 잡았다. 그녀는 부끄러운지 뺨을 붉게 물들이면서도 내 손을 꼬옥 마주 쥐었다.

지가사키 해안을 바라보는 내내 우리는 손을 놓지 않았다. 햇살이 쏟아지는 푸른 바다 위에서 빛 알갱이가 춤을 추고 있었다.

유령 열차에 올랐던 다음 날, 나는 다카코 누나가 눈을 감은 낭떠러지를 찾아갔다.

길가에 장미꽃 다발을 내려놓았다. 어젯밤에 있었던 일을 떠올리며 허리를 굽히고 손을 모았다.

나는 그녀의 뒤를 따라갈 생각이다. 내 방 서랍에 오늘 아침에 쓴 유서를 넣어두고 왔다.

이왕이면 다카코 누나와 같은 장소에서 죽고 싶었다. 낭떠러지를 둘러싼 울타리 아래로 뛰어내리려 몸을 일으킨 순간이었다.

"실례지만, 혹시 탈선 사고로 누군가를 잃었니?"

길가에 서서 낭떠러지 아래를 보고 있던 중년 남자가 이쪽으로 다가왔다. 방해꾼이 나타났다고 생각하면서도 그렇다고 대답했다.

"그랬구나. 무례한 질문을 해서 미안하다."

남자는 사과하며 정중히 허리를 숙였다.

"실은, 나도 탈선한 열차에 타고 있었어."

"…그러셨군요."

"끔찍한 사고였는데, 다행히 나는 가벼운 상처만 입고 살았지. …그런데 말이다, 사실 그 열차에는 아주 용감한 여학생이 타고 있었어."

남자는 의미심장하게 한마디 하더니 심각한 표정으로 말을 이었다.

"나는 탈선한 열차의 세 번째 칸에 타고 있었단다. 선로를 벗어난 차량이 낭떠러지로 떨어지기 일보 직전에 운 좋게 차량 밖으로 나올 수 있었지. 밖에서 세 번째 칸에 혼자 남은 여학생에게 손을 뻗었더니 그 여학생이 나한테 부탁하는 거야. '이 애를 먼저 구해주세요!'라고."

"…."

"입고 있는 교복을 보아하니 여고생 같았는데, 흔들리는 열차 안에서 덩치가 작은 남자애를 안아 올리더니 그 애를 나한테 맡겼어. 내가 남자애를 받아 들자마자 차량은 낭떠러지 아래로 굴러떨어졌고."

남자의 이야기를 듣고 있자니 전율 비슷한 것이 온몸을 휘감았다. 나는 "그 남자애는 어떤 애였나요? 가르쳐주세요, 여자가 구한 애는 어떤 애였나요?" 하며 다그쳐 물었다.

"나도 다친 데다 경황이 없어서 얼굴은 잘 기억이 안 난다만."

남자는 미리 양해를 구하고 나서 이렇게 말했다.

"오른쪽 뺨에 커다란 반점이 있었어."

가슴이 철렁했다. 숨이 멎은 채 고장 난 메트로놈처럼 맥박이 빠르게 요동쳤다.

돌연 누가 내 머리를 뒤흔드는 느낌이 들었다. 머릿속에서 단편적인 기억이 맥락 없이 뒤죽박죽 흘러나왔다.

전에 의식을 잃고 병원에 누워 있을 때도 플래시백처럼 전개되는 이 감각을 경험한 적 있다. 옆으로 넘어지는 열차의 차량. 머리에 피를 흘리며 고꾸라지는 사람. 계곡에 우뚝 솟은 절벽. 그것들이 뒤섞이더니 이어서 누가 나를 안아 올렸다.

그 사람이 누구였는지 뇌리에 뚜렷이 떠올랐다. 내가

이 세상에서 제일 사랑하던 여자, 그 여자가 외쳤다.

"이 아이를! 가즈유키를 먼저 구해주세요!"

소스라치게 놀라는 동시에, 뇌리를 스친 단어에 묘한 이질감이 느껴졌다. 이질감과 함께 어젯밤 유령 열차에서 그녀에게 들었던 말이 내 귓가에 맴돌았다.

"나는 방금 네가 좋아졌어. 다시 말할게. 나는, 가즈유키를 좋아합니다."

나는 다카코 누나 앞에서 단 한 번도 내 이름을 밝히지 않았다. 같이 우산을 쓰고 걸었을 때도 이름을 묻지 않아서 말할 기회가 없었다. 그날 우리가 나눴던 대화는 달달 외울 정도로 기억하기에 확실히 말할 수 있다. 어젯밤 유령 열차에서도 누나는 내 이름을 묻지 않았다. 다카코 누나가 내 이름을 알 리가 없었다.

기억을 되짚어보니 한 가지 짐작 가는 일이 떠올랐다.

재작년 크리스마스이브에 가방으로 얼굴을 가리고 다카코 누나 앞에서 도망쳤을 때 아빠가 거기 있었다. 아빠가 뒤에서 "가즈유키! 가즈유키!" 하고 내 이름을 불렀다.

그러므로 예상할 수 있는 건 하나뿐이다.

그 일을 계기로 다카코 누나가 나를 알아본 것이다.

가방으로 얼굴을 가리고 달려가던 애가 비가 내리던

날 같이 걸었던 그 초등학생이라고.

이전에 딱 한 번 열차에서 누나가 내가 타고 있던 칸을 쳐다본 적 있었다.

크리스마스이브가 지나고 나서 다카코 누나는 내가 열차에서 자기를 쳐다보는 걸 알고 있었던 게 아닐까.

탈선 사고가 일어났을 때 내가 누구인지 알고 구했던 게 아닐까.

이번에도 그녀가 내 생명을 구해줬구나.

잇따라 떠오른 추측이 확신으로 바뀌었다.

온몸을 두들겨 맞은 사람처럼 말을 잃었다.

나는 풀썩 무릎이 꺾였고, 귓가에는 차가운 바람이 스쳤다.

어슴푸레 어둠이 깔리고 추적추적 비가 내렸다. 걸음을 옮길 때마다 빗방울이 우산을 사정없이 휘갈겨서 우산이 점점 더 무겁게 느껴졌다.

아동센터 처마 밑에서 유타가 책가방을 메고 비를 피하고 있었다. "안녕?" 하며 가까이 다가가 유타의 키 높이에 맞춰 허리를 굽혔다.

"유타, 누가 데리러 안 왔어?"

부드럽게 묻자 유타는 기운 없이 고개를 끄덕였다.

"엄마는?"

"엄마는 누나가 죽고 나서 일이 바빠졌어."

"…그랬구나. 우산 속으로 들어와. 같이 가자."

말이 없는 유타를 보며 나는 표정을 누그러뜨렸다.

"내가 세상을 떠난 네 누나를 대신하는 건 절대 불가능해. 그렇지만 너를 데리러 오는 것쯤은 할 수 있으니까. 오늘부터 내가 매일 데리러 올게."

유타의 얼굴에 옅은 미소가 떠올랐다. 수줍게 웃다가 "고마워, 형." 하며 내 우산 속으로 들어왔다.

비에 젖은 유타의 머리카락이 반짝거렸다. 걸음을 멈추고 가방에서 손수건을 꺼내 물기를 닦아주었다.

이 노란색 손수건은 다카코 누나가 준 것이다. 유령 열차에서 그녀가 나더러 계속 간직해 달라고 했다.

"야, 반점!"

부지 밖으로 나가려는데 게이고가 갑자기 우리 앞을 막아섰다.

"평소랑 다른 길로 가길래 궁금해서 따라와 봤더니, 뭐하냐, 이런 데서?"

"가자, 유타."

무시하고 지나치자 게이고가 내 팔을 거칠게 잡았다. "너, 내 말이 우습냐?" 하며 우산을 쓴 게이고가 눈을 부라렸다.

"뭐, 됐고. 돈이나 좀 빌려줘라."

"…싫은데."

"뭐?"

붙잡힌 팔을 뿌리치자 게이고의 안색이 달라졌다. "이 자식, 아까부터 까불고 있네. 야. 야, 인마!" 하며 내 가슴을 툭툭 쳤다.

"그만해!"

유타가 게이고의 소맷자락을 잡아당겼다. 그러자 게이고가 "꼬맹이는 저리 꺼져!"라며 유타를 밀쳤다.

"이게 무슨 짓이야! 유타, 괜찮아?"

뒤로 벌렁 나가떨어진 유타가 걱정돼서 얼굴을 가까이 대고 물었다.

"사람 말이 말 같지 않냐, 이 반점 새끼야. 더러운 손수건이나 들고 다니는 주제에."

"…너 방금 뭐랬어?"

가슴 밑바닥에서 분노가 솟구쳤다. 우산을 집어 던지고 게이고를 노려보았다.

"뭐냐, 그 표정은?"

"취소해."

"어쭈."

"방금 한 말 취소하라고!"

"인마, 말 같지도 않은 소리 작작 해!"

게이고가 손수건을 쥔 내 오른손을 쳤다. 손수건이 땅에 떨어졌다.

"야!"

분을 이기지 못해 게이고에게 달려들었다. 그러나 허공을 때리던 내 주먹은 게이고에게 붙잡혔고, 그에게 다리까지 걸려 나동그라졌다.

"너, 아까부터 뭘 믿고 까부는 거야. 어? 이 새끼가!"

바닥에 나자빠지자 게이고는 내 옆구리에 발길질을 퍼부었다. 나는 끙끙대면서 옆구리를 향해 날아오는 게이고의 오른쪽 다리를 두 팔로 감아 넘어뜨렸다.

"사과해! 다카코 누나한테 사과해!"

다시 일어선 게이고가 내 옆구리를 걷어차더니 내 바지 주머니에서 지갑을 빼냈다. 나는 돌아서는 게이고의 등 뒤에서 허리를 붙잡고 늘어졌다.

"진짜, 짜증 나게!"

"난, 너한테 절대 안 져. 너한테 지면 다카코 누나를 볼 자신이 없거든."

"닥쳐, 이 자식아!"

"너, 사람을 진심으로 좋아해 본 적 있어?"

"뭔 소리래."

"누군가를 사랑해 본 적 있냐고."

"없어, 됐냐."

"그럴 줄 알았어. 그래서 네가 나약한 거야. 난 너한테 절대로 질 수 없어!"

나는 뒤에서 게이고를 들어 올려 땅바닥에 메어꽂았다. 빗속에서 한데 엉켜 뒹구는 나와 게이고 사이에 유타가 끼어들었다. "우리 형 괴롭히지 마!"라며 유타가 주먹을 쥐고 게이고의 배를 콩콩 때렸지만, 몸을 일으킨 게이고가 우리 둘을 향해 발길질을 날렸다.

"너희들, 왜들 그렇게 소동이야!"

요란한 소리를 들은 아동센터 직원이 우산을 들고 우리 쪽으로 달려오고 있었다. 게이고는 혀를 차면서 달아나려 했지만, 나는 이번에도 게이고의 허리에 찰싹 들러붙었다.

"야, 이거 놔, 놓으라니까!"

"사과해! 다카코 누나한테 사과해! 사과해! 사과하라고! 사과하라니까아아아!"

나는 등 뒤에서 게이고의 오른손을 덥석 물었다. "야아아아!" 하고 게이고가 비명을 내지르자 더 세게 깨물었다. 나한테 질 수 없다는 듯이 유타도 게이고의 왼손을 힘껏 깨물었다.

"야야야야, 아 이것들이 진짜, 야아아아!"

"사과 안 하면 계속 문다! 사과해애애애애!"

"아 씨이, 미, 미안해!"

"지갑도 내놔. 내놔아아아!"

"아, 아야아. 아, 알았다고. 미안, 미안, 아, 아야!"

내가 턱에서 힘을 빼자 유타도 만족스러운 얼굴로 입을 뗐다. 게이고는 직원을 피하며 쏜살같이 달아났다.

"무슨 일이니?"

아동센터에서 나온 여자 직원이 묻자, 숨을 가다듬고는 "친구랑 약간 다퉜어요." 하고 변명했다. 미심쩍은 눈초리를 거두지 않는 직원에게 유타가 야무진 얼굴로 말했다.

"저 오늘부터 이 형이랑 같이 집에 가요. 이 형은, 우리 친형이나 마찬가지거든요."

유타는 초등학생답지 않게 의젓했다. 한 걸음도 물러서려 하지 않는 유타를 보고 포기했는지 여자 직원은 "알았어. 그럼 조심해서 가." 하며 다시 왔던 길로 돌아갔다.

"형, 괜찮아?"

"난 괜찮아. 넌 안 다쳤어?"

손수건을 집어 들면서 물었더니 유타는 눈에 힘을 주며 고개를 끄덕였다. 늠름한 그 표정에서 다카코 누나의 얼굴을 살짝 엿볼 수 있었다.

우산을 펴자 유타가 옆에 와서 섰다. "쫄딱 젖어서 우산 써도 소용없겠는데." 하고 유타가 하얗게 이를 드러내 보이며 귀엽게 웃었다.

빗소리와 겹치듯 아동센터 안에서 귀에 익은 멜로디가 흘러나왔다.

"아, 다카코 누나가 좋아하던 곡이다."

유타가 교실 쪽으로 눈길을 보냈다. 저녁 7시를 알리는 벽시계에서 오르골이 아름다운 음색을 연주했다.

"전에 네 누나가 그랬어. 이 세상에서 제일 좋아하는 곡이라고."

"…이 곡, 제목이 뭐야?"

"이건 '사랑의 인사'라는 곡이야."

금속을 두드려서 만들어낸 맑은 음악 소리가 귓가에 날아들었다. 느릿한 선율이 내게 무슨 말을 전하려는 듯이 온몸을 휘감았다.

눈꺼풀 안쪽이 천천히 젖어 들었다. 당장이라도 쏟아질 것 같은 눈물을 간신히 참았다.

약해지면 안 돼….

그렇게 마음먹었지만 소용없었다. 눈물 줄기가 두 볼을 타고 줄줄 흘렀다.

이미 젖어버린 노란 손수건으로 눈가를 닦았다. 마음을 굳게 먹고, 숨을 길게 내쉬고, 시선은 정면을 향해 두었다.

"자, 가자, 유타."

나는 힘차게 말하며 오른뺨에 붙은 거즈를 벗겼다.

제4화

남편에게

"아빠, 잘 다녀와요."

남편이 쓰고 건네준 구둣주걱을 받으며 복도에 서서 인사했다.

"그래, 다녀올게."

키가 큰 남편이 몸은 앞을 향한 채 어깨 너머로 고개만 돌려 외까풀 눈으로 이쪽을 본다. 오늘 아침에도 고개는 살짝만 돌렸다.

수줍음이 많은 남편은 말수가 많은 편이 아니다. 부부 사이에 아직도 내외를 하는지 아침마다 내 눈을 쳐다보며 다녀오겠다고 말하지 못한다.

남편이 현관문을 닫으면서 문틈으로 아주 잠깐 나를 본다. 눈이 마주치면 눈가에 희미한 미소를 내비치며 문을 닫고 간다. 별것 아니어도 마음이 통한 것 같은 이 순간이 매일 아침 나만이 느끼는 즐거움이다.

거실 흔들의자에 앉아 졸던 고양이 하나가 커다란 눈을 번쩍 떴다. "냐옹." 하고 울면서 열린 창문을 통해 밖으로 나갔다.

현관문을 빼꼼 열고 내다보자 하나가 회색 털을 휘날리며 남편의 발밑에 웅크리고 앉았다. 마치 늦게 배웅 나와서 미안하다고 사과하는 것 같았다.

남편이 허리를 굽혀 하나를 들어 올렸다. 부드러운 손길로 머리를 쓰다듬으며 "다녀올게, 하나." 하며 미소 짓는다.

문득 나는 '지금 행복한 나날을 보내고 있구나.' 하는 생각이 들었다. 지금 이 순간과 공간을 붙잡아둘 방법이 없을까, 반쯤 진심으로 고민했다.

내일도 오늘처럼 평범한 일상이 반복되겠지.

그런데 남편의 얼굴을 보는 건 오늘 아침이 마지막이 되어버렸다.

출근하는 남편을 배웅하고 여섯 시간쯤 지났을 때였다.

나는 주방에서 점심을 챙겨 먹고 하나에게 간식을 주

려고 거실로 갔다. 하나는 흔들의자 위에서 몸을 동글게 말고 있었다. 하나에게 육포를 내밀며 텔레비전을 켰더니 화면이 어수선했다.

화면 속 열차는 선로 위에 누워 있었다. 역 앞에서 마이크를 거머쥔 리포터가 "사망자 수는 이미 스무 명을 넘었습니다."라며 야단스레 떠들었다.

도힌철도. 가마쿠라선. 10시 26분 니시유가와라 출발. 급행열차.

텔레비전에서 흘러나오는 정보를 단편적으로 주워 담다가 얼굴에 핏기가 가셨다. 화면 속 쓰러져 있던 열차는 남편이 평소 운행하던 차량이었다.

남편은 오늘 저녁까지 근무다. 기관사는 남편 말고도 더 있을 테지만, 오늘 아침 집에서 나선 시각을 생각하면 남편이 이 상행선 열차를 운전했을 가능성이 아주 컸다.

부리나케 남편 회사로 전화를 걸었으나 연결되지 않았다. 몇 번을 걸어도 계속 먹통이었다.

"선로를 벗어난 열차는 6량 편성 차량으로, 그중 세 번째 차량이 낭떠러지 아래로 굴러떨어졌습니다."

텔레비전에서 새로운 정보가 나올 때마다 온몸이 덜덜 떨렸다. 남편 회사에 한 번 더 전화를 걸어보려고 스마트폰을 들었지만, 손끝이 떨려 도저히 번호를 누를 수가 없었다.

나는 남편을 믿는다. 그는 도힌철도에서 40년 가까이 근속하면서 무지각 무결근을 기록하고 있었다. 나와 결혼하기 전부터 기관사로 일해 왔지만 여태 이렇다 할 실수를 저지른 적도 없다. 이제 3년 후면 환갑을 맞이할 나이지만, 핸들을 잘못 만질 만큼 노쇠하지도 않았다. 그건 아내인 내가 보증할 수 있다.

지푸라기라도 붙잡는 심정으로 옆에 온 하나를 껴안았다. '하나, 아빠를 지켜줘.' 마음속으로 그렇게 빌면서 하나를 끌어안고 있는 사이, 화면에 나온 젊은 아나운서가 목청을 높였다.

"방금 새로운 정보가 들어왔습니다. 기관사는 이미 사망했습니다. 다시 말씀드립니다. 기관사는 이미 사망했…"

아나운서의 말이 채 끝나기 전에 텔레비전 전원을 꺼 버렸다. 품에 안겨 있던 하나가 어느새 마루에 동그마니 앉아 있었다.

그때 집 전화 램프가 깜빡거렸다. 반사적으로 몸이 움찔했다.

이런 시간에 집 전화가 울리는 건 드물었다. 기분 나쁜 예감이 온몸에 끈끈하게 들러붙었다. 겁이 나서 수화기를 들 수 없었다. 멍하니 서서 전화벨이 끊기기를 기다렸지만, 아무리 기다려도 벨 소리는 사라지지 않았다.

"…여보세요."

"바쁘신데 연락드려서 죄송합니다. 저는 도힌철도…."

도힌철도….

그 단어가 귀에 날아든 순간 시야가 일그러졌다. 다음 말을 듣지 않아도 상대방이 지금부터 무슨 말을 하려는지 예측할 수 있었다.

수화기 너머의 말소리가 아득히 먼 데서 들리는 것 같았다. 전화 상대가 남편 회사 사람이라는 사실만 뇌리에 박힌 채, 수화기에서 들려오는 나머지 말들은 한 박자 늦게 전달되었다.

수화기를 내려놓고 그 자리에 무너지듯 주저앉았다.

그건 남편의 죽음을 알리는 전화였다.

남편 시신은 동네 작은 화장터에서 조용히 화장했다.

남편은 탈선 사고를 낸 기관사다. 가해자 가족 신분으로 공공연히 장례식을 치를 수는 없었다. 우리 부부에게는 자식이 없다. 양가 부모님은 모두 세상을 떠났다. 그래서 몇몇 친척만 불러 숨어서 남편을 떠나보냈다.

탈선 사고를 경계로 내 인생은 일변했다.

청명했던 하늘이 순식간에 먹구름에 뒤덮이듯이.

"…네, 여보세요."

"여보세요. 살인자 집이죠?"

상대가 말을 끝내자마자 도망치듯 수화기를 내려놓았다. 거실에 있던 좌식 의자에 앉아 이마에 손을 얹고 무거운 숨을 내쉬었다. 두방망이질 치는 가슴은 도무지 진정될 줄을 몰랐다.

사고가 일어나고 일주일쯤 지났을 때부터 집에 장난 전화가 빗발쳤다.

죽어라.

당신도 똑같은 살인자다.

아줌마, 언제까지 뻔뻔하게 살아 있을 작정이야?

매일같이 악담을 퍼부어대는 통에 숨통이 터질 것 같았다. 거기다 막연한 불안감이 가슴을 억눌러 요 일주일은 밥도 제대로 넘어가지 않았다.

가해자의 아내는 외출도 마음대로 할 수 없었다. 도힌 철도의 담당 변호사는 사고가 잠잠해질 때까지 바깥출입을 삼가라고 신신당부했다.

물론 그건 지당한 조치라 생각한다. 사고를 낸 가해자 가족으로서 내게도 책임이 있다. 사고를 미연에 방지하기 위해 아내로서 할 수 있는 일이 있었을지도 모른다.

회사 측은 남편의 과속 운전이 사고 원인이라고 발표했다. 그러나 나는 도저히 납득이 되지 않았다. 남편은 누구보다 안전에 각별히 신경을 쓰는 사람이었다.

돌아가신 시아버지도 도힌철도 기관사였다. 근면 성실한 시아버지를 존경했던 남편은 승객의 안전을 지키는 일이 최우선이라고 입버릇처럼 말했다. 도힌철도는 다른 철도회사와의 승객 유치 경쟁이 치열해져 열차의 속도를 높이는 걸 전제로 빡빡한 운행 스케줄을 짜려고 시도했었다. 하지만 남편은 거부했다. 고지식한 성격 탓에 승진은 물 건너가고, 한때는 기관사 자리를 박탈당하기도 했었다. 그래도 남편은 신념을 굽히지 않았고 계속 안전제일을 부르짖었다.

'아내가 사랑하는 남편을 안 믿어주면 어떡하겠는가.' 그렇게 생각하다가도 피해자와 유족을 떠올리면 미안한 마음에 가슴이 찢어질 것 같았다.

갑자기 인터폰이 울렸다.

집에 있는 걸 들키고 싶지 않아 집 안의 불이라는 불은 다 꺼놓고 지냈다. 그렇지만 안절부절못하고 있는 걸 눈치챘는지 사정없이 벨을 눌러댔다.

"기타무라 씨, 안에 있는 거 다 압니다."

매스컴 관계자였다. 내가 인터폰을 받지 않자 대문에 대고 소리를 질렀다.

"기타무라 씨, 남편분에 대해 한 말씀 해주시죠."

"저희, 아침부터 계속 기다렸습니다, 기타무라 씨. 5분이면 되니까 인터뷰 좀 해주시죠."

카펫 위에서 몸을 말고 있던 하나가 놀랐는지 내 무릎 위로 올라왔다.

"기타무라 씨!"

"기타무라 씨, 안에 계시죠? 기타무라 씨!"

바깥에서 부르는 소리에 응답하듯 다시 집 전화가 울렸다. 열 번, 스무 번, 서른 번. 상대는 마흔 번이 넘도록 집요하게 전화를 해댔다.

세상 사람 모두가 적이 된 것만 같아 나는 하나를 세게 끌어안았다.

다음 날도 괴롭힘은 계속되었다.

매스컴 관계자가 연일 집 앞에 진을 치고 인터폰을 눌렀다. 쉴 새 없이 집 전화가 울렸으며 장난 전화는 한밤중까지 계속 이어졌다.

가장 충격이었던 건 이웃들이었다.

방송국 사람들이 돌아간 틈을 타 쓰레기를 버리러 나갔을 때였다. 도움이 필요하면 언제든지 이야기하라며 사고 당시 집 밖에서 얼굴을 마주칠 때마다 친절하게 대해줬던 사람들이 어딘가 쌀쌀맞았다. 쓰레기장 옆에서 보란 듯이 자기들끼리 귓속말을 주고받았다.

"여러분, 민폐를 끼쳐서 대단히 죄송합니다."

멀찍이 서서 허리를 숙였지만, 그들은 대꾸도 없이 서둘러 자리를 피했다. 다들 부부끼리 어울려 밥도 같이 먹던 사이였다. 이 집으로 이사 오면서부터 20년 넘게 알고 지낸 사람도 있었다. 믿는 도끼에 발등을 찍힌 기분이 들어 서 있을 힘조차 없었다.

사고가 일어나고 열흘 정도 지났을 즈음이었다.

새벽에 1층 창문이 깨지는 소리가 났다. 직감적으로 누가 돌을 던졌다는 걸 알았다.

2층에서 내려오자 1층 거실 창이 산산조각 나 있었다. 조마조마해하면서 밖으로 나갔더니 온몸에 소름이 쫙 끼쳤다.

살인자의 집.

현관 외벽에 분홍색 스프레이로 그렇게 휘갈겨져 있었다.

누가 그랬을까.

매스컴일까.

쾌감을 느끼고 싶어서 이런 짓을 하는 범죄자일까.

그게 아니면, 이웃 주민일까.

하나가 발끝에 매달리는데 안아줄 마음의 여유가 없었다. 암담한 미래를 상상하자 돌처럼 몸이 굳어 움직일 수 없었다.

설명회가 열리는 층을 찾아 한 걸음씩 계단을 올라갔다. 계단 옆에 엘리베이터가 보였지만 걸어서 올라가기로 했다. 나는 엘리베이터를 탈 자격도 없는 사람이다.

지금 이 호텔 7층에서 탈선 사고 피해자 설명회가 열리고 있다.

며칠 전에 도한철도 변호사에게 피해자 유족들을 만나 직접 사과할 기회를 달라고 사정했다. 하지만 일언지하에 거절당했다. 일이 더 복잡해지니까 절대로 오면 안 된다고 못을 박았다. 그는 내게 집에서 대기하고 있으라는 말만 남겼다.

얼마 전에 탈선 사고 피해자에게 초점을 맞춘 다큐멘터리를 보았다.

사고로 사망한 사람 중 한 여고생은 올 4월부터 간호학교에 들어갈 예정이었다. 어려서 아버지를 병으로 여의고, 아픈 사람을 돕겠다는 마음 하나로 고등학교 3년 내내 아르바이트를 하며 학비를 모았다고 한다.

사고 사흘 후에 열린 졸업식에서 그녀의 이름이 불렸다. 학교 측의 배려로 그녀를 대신해 친구가 졸업장을 받는 장면을 보니 가슴이 먹먹했다. 더는 방송을 볼 수 없었다.

이번 사고가 그녀의 미래를 앗아갔다.

뜻을 품고 살아가던 젊은이의 미래를.

그리고 그 가족의 미래까지도.

그런 짓을 감히 용서받을 수는 없을 것이다.

7층에 도착하자 눈앞에 '단풍실'이라 적힌 커다란 홀이 나타났다. 붉은색 벽 너머에서 "허튼소리 집어치워!"라고 절규하는 한 여자의 목소리가 울려 퍼졌다.

"사람이 목숨을 잃었습니다. 그런 사고에 불행 중 다행 같은 건 없습니다. 당신들은 자신들이 무슨 짓을 저질렀는지 제대로 알고 계십니까?"

홀 안의 험악한 분위기를 그대로 전해주는 듯한 목소리에 마른침을 삼켰다.

"저는 이번 사고로 사랑하는 약혼자를 잃었습니다. 당신들은 그 사람의 목숨만 앗아간 게 아닙니다. 그 사람의 미래까지 빼앗아갔습니다. 그리고 미래를 빼앗긴 건 그 사람 혼자가 아닙니다. 제 미래에도 이제 더는 그가 없으니까요. 당신들은 피해자 유족의 미래까지 빼앗은 겁니다. 그 사실을 알기나 합니까? 어디, 입이 있으면 뭐라고 말 좀 해보세요!"

마치 여자가 나를 향해 소리치는 것 같았다.

나는 홀 입구를 향해 빠르게 걸음을 옮겼다. 안내하는 사람이 "뭡니까? 당신!" 하며 막았지만, 나는 그 사람을 뿌리치고 두 손으로 여닫이문을 거칠게 밀었다.

피해자 가족들이 접이식 의자에 앉아 있었다. 그들과 마주 보는 자리에 도힌철도 경영진이 일렬로 앉아 있었다. 경영진 측 맨 왼쪽 자리에 매번 전화로 지시를 내리던 젊은 변호사가 있었다.

"대답해요! 대답해! 대답하라고!"

아까부터 울부짖던 여자의 목소리가 내 가슴에 콱 꽂

했다. 경영진에게로 다가가는 그녀와 발을 맞추듯 나는 피해자 가족 앞에 가서 섰다.

"여러분… 저는 기타무라 미사코라고 합니다. 이번 사고가 난 열차를 운전하던 기관사의 아내입니다."

수런대는 눈앞의 사람들을 향해 몸을 90도로 구부리며 머리를 깊이 조아렸다.

"사망한 제 남편은 여러분께 사죄를 드리지 못합니다. 이 자리에 없는 남편을 대신해 아내인 제가 여러분께 사죄하고 싶습니다. 정말 죄송합니다. 죄송합니다. 너무 죄송합니다."

회장 한쪽에서 누군가가 "누구 맘대로!"라고 내지른 소리가 내 귓가에 와 닿았다. "누가 저 사람 좀 밖으로 끌어내!"라며 욕설이 날아드는 와중에도 나는 말을 계속했다.

"이번 사고가 명백히 밝혀지고 남편에게 죄가 있다는 사실이 판명되면, 그때는 제가 그의 아내로서 제 목숨을 바쳐서 속죄하겠습니다. 여러분, 죄송합니다. 죄송합니다. 정말 죄송합니다."

어느새 나는 무릎을 꿇고 있었다.

바닥에 손을 짚고 연신 고개를 숙이는데, 뒤에서 누가 억지로 나를 일으켜 세웠다. 매서운 눈빛의 변호사가 분

노를 표출하듯 내 손목을 꽉 붙잡고 다짜고짜 밖으로 끌고 나가려 했다.

그때 좀 전에 목청을 높였던 여자와 눈이 마주쳤다. 그녀는 밖으로 끌려 나가려는 나를 가만히 지켜보고 있었다. 그녀의 눈에 담긴 눈빛은 다른 피해자 가족들이 내게 보내던 적의와 달랐다. 화를 내지도, 그렇다고 용서하지도 않는, 그저 슬픔으로 가득한 눈이었다.

그녀는 사고가 나고 얼마나 많이 울었는지 말해주듯 눈동자가 젖어 있었다. 나는 지금껏 이렇게 비애에 젖은 눈을 본 적이 없었다.

나는 변호사에게 붙잡힌 손을 홱 빼내며 그녀를 향해 허리를 굽혔다. 천천히 고개를 들자, 그녀 옆에 있던 나이 든 남자가 이쪽을 향해 나처럼 허리를 깊이 숙이고 있었다.

기품이 느껴지는 남자의 태도를 보니 괜히 나에게까지 마음을 쓰게 한 것 같아 면목 없어 몸 둘 바를 몰랐다.

마당에 심은 벚나무가 꽃망울을 터뜨리기 시작했다. 며칠만 더 있으면 새하얀 꽃이 만발하겠지.

4월 초가 되면, 흐드러지게 핀 꽃잎들이 하나둘 지기

시작한다. 출근하는 남편을 배웅하고 나면 집 앞에 나가서 떨어지는 꽃잎을 쓸어 모으는 일을 해마다 해왔다.

이때는 근처에 사는 아이들이 초등학교에 입학하는 시기와도 겹친다. 통학로인 우리 집 앞으로 책가방을 처음 메어보는 아이들이 긴장한 얼굴로 지나가곤 했다. 아이들이 커가는 모습은 어찌나 신기한지 입학하고 일주일만 지나면 긴장했던 얼굴에 웃음이 넘쳤다. "아줌마, 안녕하세요." 학교에서 인사를 배웠는지 비질하는 내게 인사를 건네는 아이도 있었다.

1년이 지나 같은 시기가 찾아오면 지난해보다 키가 훌쩍 자란 아이들을 여럿 볼 수 있다. 전년 이맘때보다 조금 낡은 책가방을 멘 모습이 왠지 믿음직스럽다. 자식이 없는 내게는 자라나는 아이들의 모습을 지켜보는 게 소소한 낙이기도 했다.

하지만 올해는 그러지 못하겠지.

탈선 사고가 나고 이십 여일이 지나도 장난 전화는 끊이질 않았다. 집 앞을 지키고 있던 매스컴은 사라졌지만 이웃에서 보는 눈이 곱지 않아 집 밖으로 걸음을 떼지 못했다.

오밤중에 나가 낙서를 휘갈겨놓은 벽에 파란색 시트를

두르는 게 고작이었다.

4월에 접어들 즈음, 사고를 둘러싼 형세가 뒤집히기 시작했다. 도힌철도는 사고 경위를 수차례 번복했다. 처음에는 기관사에게 책임을 전가하더니 선로에 돌이 놓여 있었다, 거래처가 만든 부품에 결함이 있었다며 말을 바꾸는 등 그들의 주장에는 일관성이 없었다.

경찰을 포함해 외부 전문가가 조사한 결과, 내용 수명*을 초과한 차량을 사용했던 사실이 발각되었다. 편의성만 추구하며 부품 교환을 소홀히 한 탓에 주행 중 브레이크가 말을 듣지 않아 사고로 이어졌다는 결론이 났다. 남편이 속도를 위반해서 사고가 일어난 게 아니었다.

이번 사고에 관한 공식 발표는 사고가 나고 정확히 오십 일이 지난 4월 24일에 이루어졌다. 기이하게도 그날은 남편의 생일이었다.

오랜만에 활짝 연 창문으로 묵직한 바람이 불어 들어왔다. 노란색 커튼이 펄럭이며 거실 한가득 붉은빛이 밀

---

* 기구나 시설이 충분한 기능을 발휘하여 안전하게 사용되는 기간

려들었다.

창가에는 나무로 된 흔들의자가 놓여 있다. 남편은 언제나 앤티크 풍의 그 의자에 앉아 있었다. 항상 그 자리에 있던 사람이 이제는 없다. 당연하게 받아들였던 그 풍경이 지금은 값진 보물처럼 여겨졌다.

나는 스물여덟에 남편을 만났다.

가마쿠라선 승강장에서 발을 삐었을 때 응급처치를 해준 사람이 남편이었다.

나보다 세 살 많았던 그는 이제 막 서른 줄에 들어선 사람치고는 믿기지 않을 정도로 듬직했다. 자기만의 흔들림 없는 소신을 지키며 사는 사람이었기에 그가 무슨 말을 하면 다 맞는 말처럼 들렸다. 과묵하고 결코 눈에 띄는 사람은 아니었으나 나는 그의 올곧은 심성에 끌렸다.

결혼하고 나서부터 나는 남편을 의지한다는 의미를 담아 그에게 '아빠'라고 불렀다. 부끄럼을 많이 타는 남편은 계속 그만두라며 난처한 표정을 지었지만, 하루하루 지나는 사이 더는 뭐라 하지 않게 되었다.

남편은 철도회사에서 오래 일했는데도 경례를 붙이는 자세가 어색했다.

신혼 시절, 나는 남편의 경례가 이상하다며 놀렸다. 남편이 더 잘할 수 있도록 밥 먹기 전에 경례하기, 목욕하기 전에 경례하기 등등 온갖 핑계를 대며 경례를 시켰다. 창피해하며 경례를 하던 모습이 어찌나 귀엽던지 지금도 그때를 생각하면 행복에 젖어 든다.

나는 아이를 가질 수 없는 몸이었다.

남편이 유난히 아이를 좋아하는 사람인 걸 모르지 않았다. 승강장에서 아기만 보면 먼저 말을 붙이러 가는 사람이었다. 평소 제복 가슴 부근에 달린 앞주머니에 사탕을 넣어뒀다 우는 아이에게 주는 모습도 여러 번 목격했다.

불임 치료를 받았지만 전혀 효과가 없었다. 나는 남편에게 헤어지자고 했다. 하지만 남편은 거부했다. 아이가 생기지 않더라도 당신만 있으면 괜찮다면서. 그는 내게 불임 치료를 관두라고 했다. 내가 힘들어하는 모습을 더는 보고 싶지 않았을 터였다.

결혼하고 세 번째 맞이한 초가을이었다.

집 근처 찻집 앞을 지나다 남편이 친척 부부와 차를 마시는 광경이 눈에 들어왔다. 무슨 일인가 싶어 들어갔는데, 세 사람은 테이블에 둘러앉아 진지한 이야기를 나누고 있었다.

"그나저나 애가 안 들어서서 큰일이네."

귓전을 때리는 그 말에 테이블로 향하던 걸음을 멈췄다. 친척 부부가 "헤어지는 게 낫지 않겠어?" 하고 입을 모아 말했다.

"…애가 없으면, 힘들 수도 있겠지."

잠자코 듣기만 하던 남편이 입을 열었다. 그러더니 의연하게 받아쳤다.

"그래도 다른 사람을 만나야겠다는 생각은 한 번도 안 해봤어. 애가 있든 없든 아내는 아내니까. 나는 지금도 내 아내를 사랑하고 있고, 이 마음은 앞으로도 변함없을 거야. 남한테 설교할 시간 있으면, 본인들은 잘 살고 있나 한번 생각해보지 그래? 먼저 갈게."

남편은 테이블 위에 1,000엔짜리 한 장을 올려놓고 자리에서 일어섰다.

온화한 남편이 언성을 높이는 모습을 처음 보았다. 내가 있는 것도 모른 채 밖으로 나가는 남편의 등이 한없이 넓어 보였다.

사고가 나고 나서는 마음에 여유가 없어서 그의 죽음을 애도할 겨를이 없었다. 일이 일단락되고 나자 남편을 잃은 슬픔이 나를 덮쳤다.

나는 그가 숨을 거두는 순간을 보지 못했다.

제대로 된 장례식조차 치러주지 못하고 떠나보냈다.

사람들 눈을 피해 서둘러 화장해버렸다.

마당에서 놀던 하나가 커튼 틈새로 몸을 밀며 들어왔다.

하나는 올해로 열 살이다. 비가 내리던 날 길바닥에 버려져 있던 하나를 남편이 집에 데려왔다.

남편이 흔들의자에 몸을 기대면 하나가 팔걸이에 폴짝 올라가 응석을 부렸다. 그 모습을 볼 때마다 저절로 미소가 지어졌었는데, 이제 남편이 그 의자에 몸을 맡기고 앉을 일은 없다.

더는 남편이 앉아 있지 못하는 흔들의자에 하나가 뛰어올랐다. 그의 온기를 그리워하듯 팔걸이 위에서 몸을 동그랗게 말고 있다.

그 모습이 너무도 쓸쓸해서 가슴이 미어졌다.

분홍색 벽으로 둘러싸인 병원 로비에 진찰받을 순서를 기다리는 사람들이 어깨를 나란히 하고 앉아 있었다. 환자의 마음을 편안하게 해주려는 의도인지 잔잔한 오르골 연주가 병원 안을 메웠다.

나는 오다와라성 근처에 있는 멘탈 클리닉을 찾았다.

골든위크가 끝났을 무렵부터 몸에 급격한 변화가 느껴

졌다. 식사할 때면 젓가락을 거머쥔 오른손이 부들부들 떨렸다. 욕조에 몸을 담그고 있다 보면 시간 개념이 사라져 문득 정신을 차렸을 때는 한 시간이 훌쩍 지나 있기도 했다.

외출해서도 눈에 보이는 것들이 어쩐지 허상처럼 느껴졌다. 일시적인 증세가 아닌 것 같아서 스마트폰으로 병원을 검색하다 이곳을 찾아왔다. 정신과와 심료내과*뿐 아니라 치매 외래 진료까지 해주는 멘탈 전문 클리닉이다.

"기타무라 님, 서류 작성하시고 기다려주세요."

로비 소파에 앉아 있던 내게 젊은 간호사가 문진표를 내밀었다. 바인더에 끼워진 흰색 종이에 밤에 잠은 잘 자는지, 식사는 하루 세끼를 챙겨 먹는지 등등 서른 개나 되는 질문이 적혀 있었다.

떨리는 손으로 종이에 기입하고 있노라니 새삼 내 몸의 이상을 확인하는 기분이 들었다. 사고가 나고 나서 밤에 깨지 않고 깊이 잠든 날이 하루도 없다. 몸무게도 10킬로그램 가까이 빠졌다. 오늘 아침에 거울에 비친 내 얼굴을 보고 깜짝 놀랐다. 흰머리가 늘고 창백하게 야윈 얼굴

＊ 심리적 측면에서 내과 질환을 치료하는 진료 과목

은 윤기를 찾아볼 수 없었다. 이게 내 얼굴이라고 깨닫기까지 시간이 걸릴 정도였다.

"괜찮아. 내가 항상 옆에 있잖아."

안쪽 방에서 진료를 마친 노부부가 로비로 돌아왔다.

"걱정할 것 없대도, 참."

"여보, 고마워요."

남편이 표정이 어두운 아내의 팔을 꽉 잡고 부축했다.

내가 아플 때마다 어깨를 빌려주던 그 사람은 이제 없다.

불임 치료를 받을 당시, 약이 몸에 안 맞아서 구역질을 하면 남편은 화장실까지 쫓아와 내 등을 쓸어주었다. 싫은 내색 하나 없이 지저분한 입가를 손으로 닦아주었다. 항상 내 곁을 지켜주던 그 사람이 이제 이 세상에 없다.

작성한 문진표를 제출하려고 일어서는데 눈앞이 빙그르르 돌았다. 심장을 꽉 쥐어짜는 느낌이 들면서 소파로 쓰러지듯 앉았다.

"괜찮으십니까?"

옆자리 노인이 급히 내 쪽으로 다가왔다.

"죄송합니다. 괜찮아요."

잠시 그러고 있는 사이 가슴 통증이 서서히 줄어들었다. 서둘러 달려온 간호사에게도 괜찮다고 이야기했다.

"정말 괜찮으십니까?"

옆자리 노인이 걱정스러운 눈길을 보내왔다.

"괜찮아요. 일어서다 갑자기 현기증이 나서 그만."

나를 살펴보던 노인이 자리에서 일어났다. 화장실 옆에 놓인 정수기로 가더니 종이컵에 물을 담아 가져왔다.

"물 좀 드세요."

"고맙습니다. 잘 마실게요."

고맙다고 인사하자 그는 내 마음을 편하게 해주려는 듯 미소를 지어 보였다. 간호사가 "우지키 님, 안쪽 진료실로 들어오세요." 하고 부르자, 노인은 "저는 이만." 하며 한 번 더 웃더니 치매 외래 진료실로 들어갔다.

차가운 물을 한 모금 마시자 온몸의 갈증이 순식간에 사라지듯 세포 하나하나가 물기를 머금었다. 하지만 가슴에 떠다니는 우울한 감정만은 사라지지 않고 그대로 남았다.

거실 옷장 서랍에 남편과 같이 찍은 사진을 넣어둔 앨범이 들어 있다.

수줍음이 많던 남편은 사진 찍히는 걸 즐기지 않았다. 그렇지만 나는 매 순간을 카메라에 담았다. 나이가 들어 살아온 시간을 돌아봤을 때 기억을 뒷받침하는 사진이 있으면 좋겠다 싶었다. 지난날을 담아낸 네모난 추억을 보면 살아갈 용기가 생기지 않을까 했다.

병원에서 약을 받아온 덕분에 밤에는 눈을 좀 붙일 수 있게 되었다. 서랍에서 두꺼운 앨범을 꺼내 비닐 포켓에 쌓인 사진을 한 장 한 장 손으로 넘겼다.

홋카이도에 신혼여행 가서 찍은 사진, 하나를 입양하던 날 찍은 사진, 마당에서 바비큐를 하며 찍은 사진….

그러다가 신혼 때 찍은 사진 한 장에 뺨이 살짝 풀어졌다. 제복을 입은 남편이 수줍게 경례를 붙이고 있었다. 남편이 도시락을 놓고 가 갖다주려고 니시유가와라 역에 갔을 때 찍은 사진이다. 승강장에 사람들이 있는데도 경례 연습을 시켰다. 그는 안 된다며, 여기서 이러면 어떡하냐며 고개를 절레절레 저었지만 내가 끈질기게 부추기자 마지못해 따라주었다.

앨범 한가운데에 제일 큰 사진을 끼워둔 페이지가 있다. 그 페이지에는 결혼기념일에 미나미카마쿠라에 있는 레스토랑에서 찍은 사진이 들어 있다.

그 레스토랑은 식사를 다할 무렵 서비스로 기념사진을 촬영해준다. 결혼한 이듬해부터 매년 그 레스토랑을 방문하고 거기서 찍은 사진을 앨범에 모으는 것이 습관이 되었다. 작년 결혼기념일 다음 날에 올해 예약도 미리 해 두었다. 올해도 어김없이 일주일 뒤인 5월 19일에 스물네 번째 사진을 찍을 예정이었다.

해마다 그 레스토랑에서 코스 요리를 먹으면서 남편에게 했던 말이 있다.

"나중에 우리 중 한 사람이 먼저 세상을 떠나더라도, 그 다음 해에는 남은 사람이 혼자 여기 오기로 해요. 먼저 간 사람을 그리면서 마시는 와인도 나쁘지 않을 것 같아요."

내 말을 들은 남편은 "불길한 소리 그만해."라며 얼굴을 찌푸렸다. 그런데 그게 현실이 되어버렸다.

지난주부터 예약을 취소해야 할지 말아야 할지 고민하고 있다. 개인적으로는 혼자서라도 가고 싶다. 내가 좋아하는 레드와인을 마시면 속이 조금은 후련해지지 않을까. 그렇지만, 사고 차량 기관사의 아내가 결혼기념일을 특별한 장소에서 보내는 게 용납될까.

좌식 의자에 앉아 생각에 잠겨 있는데 인터폰이 울렸다. 커튼 사이로 얼굴을 내밀고 바깥을 살피자 휠체어에 탄 낯선 여자가 대문 앞에 있었다. 풍기는 분위기를 보니 매스컴에서 온 사람 같지는 않았다.

"…네."

수상쩍었지만 통화 버튼을 눌렀다.

"기타무라 씨 사모님 맞으시죠?"

"…네, 그런데요."

"바쁘실 텐데 찾아와서 죄송합니다. 저는 오다와라에서 밥집을 하고 있는 이시다라고 합니다. 돌아가신 기타무라 씨께 생전에 신세를 많이 져서, 사모님을 찾아뵙고 인사드리고 싶었습니다."

인터폰 너머에서 들려오는 음성에 상대방을 배려하는 마음이 묻어났다. 입에 올리는 말마다 깊은 조의가 느껴졌다.

나는 천천히 현관문을 열었다. 대문 앞에서 휠체어에 앉은 여자의 얼굴을 보자 의구심이 싹 가셨다. 목소리에 묻어나던 성품이 얼굴에도 그대로 드러났기 때문이다.

"다시 소개할게요, 저는 이시다라고 합니다. 사고 때문에 상심이 크실 줄 알면서도 이렇게 찾아왔습니다. 죄송합니다."

내가 다가가 대문을 열자 머리가 허옇게 센 여자가 휠체어에서 몸을 일으켜 허리를 깊숙이 숙였다. 그녀는 "결례를 무릅쓰고 물어물어 집을 찾아왔습니다." 하고 말을 덧붙였다.

"여기까지 와주셔서 고맙습니다. 안으로 들어오세요."

들어오라고 손짓했지만 이시다 씨는 "아니요, 괜찮습니다."라며 얼굴 앞에서 손을 내저었다. 그러고는 "보시다시피 저는 다리가 불편해서요."라고 운을 떼우며 남편과의 추억을 이야기하기 시작했다.

"저는 오다와라조마에 역을 이용하는데, 열차를 탈 때마다 역에 미리 연락해서 도움을 부탁하거든요. 그때마다 기타무라 씨가 도와주셨어요. 직접 운전하실 때는 제가 열차에 오를 때까지 기다렸다가 출발하셨고요. 문제가 생겨서 열차가 지연됐을 때도 재촉하지 않으셨어요. 승객들이 불평해도 끝까지 친절하게 대해주셨습니다."

"…."

"역 앞에서 제가 오기를 기다렸다가 열차 안까지 휠체어를 밀어주신 적도 있어요. 제가 역에 연락하면, 다음 운행 전까지 낮잠을 자다가도 기어이 일어나 역 계단 아래에서 기다리고 계셨답니다."

이야기를 들으며 참으로 남편답다 싶었다. 남편이 휠체어를 밀어주는 모습이 눈에 선했다.

"기타무라 씨는 사모님 칭찬을 곧잘 하셨어요."

"…어머나."

"꼭두새벽에 출근하는 날도 번번이 같이 일어나서 배웅하셨다면서요? 안 그래도 된다고 수십 번 말해도 꼭 일어나신다고. 사모님께 잘 다녀오라는 인사를 들으면 오늘도 힘내야겠다는 마음이 든다고 하셨어요."

"…."

"제가 남편을 먼저 보낸 탓도 있어서, 자주 부부 이야기를 했었습니다. 언제였나, 기타무라 씨가 그러시더라고요. 다음 생에 다시 태어나도 사모님과 결혼하고 싶다고. 기타무라 씨는 사모님을 깊이 사랑하셨던 겁니다."

가슴이 뜨겁게 달아올랐다. 수줍음이 많고 말수가 적은 그에게서 얼굴을 마주 보며 좋아한다거나 사랑한다는 말을 들어보지 못했다.

이시다 씨가 가면서 돈가스 덮밥이 든 플라스틱 용기를 건네주었다. 이시다 씨가 운영하는 식당의 명물이라고 했다.

거실로 들어와서도 이시다 씨에게 들은 이야기들이 귀에서 떠나지 않았다. 테이블 위에는 작년 결혼기념일에 그 레스토랑에서 찍은 사진이 펼쳐져 있었다. 이시다 씨의 말을 듣고 나니 이 사진이 지금과는 다른 의미로 다가

오는 것 같았다.

그렇지만, 잊어선 안 된다.

남편에게 잘못이 없다고 하더라도 결과적으로 많은 승객이 목숨을 잃은 것은 변함없는 사실이다.

사고로 피해자 유가족이 느꼈을 고통은 내가 느낀 것에 비할 바가 아닐 것이다. 그들을 두고 혼자서 느긋하게 와인을 음미할 수는 없다. 만일 남편이 나와 같은 입장이었더라도 마찬가지였을 터였다.

나는 살며시 앨범을 닫았다. 그러고 나서 스마트폰을 들고 레스토랑에 예약 취소 전화를 걸었다.

어슴푸레한 새벽빛을 등지고 세면실에서 세수를 했다. 세면실 전등은 물론 집 안의 모든 조명은 불이 꺼져 있다.

날이 갈수록 밝은 장소가 무서워졌다.

집에 있다는 걸 매스컴에 들킬까 봐 불을 끈 건 아니다. 그저 불 켜진 공간이 두려울 따름이다.

아침 일찍 눈을 떠 세면실로 갔을 때가 그랬다. 거울 앞이 환하면, 급격히 늙어버린 내 얼굴을 마주하게 된다. 최근 두 달 새 화장으로 가릴 수 없을 만큼 얼굴에 주름이 늘었다.

아침 공기를 마시고 싶어 집 밖으로 나갔더니 대문 옆 우편함에서 부스럭거리는 소리가 들렸다. 나보다 한발 먼저 눈을 뜬 하나가 벚나무 위에서 우편물을 물어뜯고 있었다.

나뭇가지에서 폴짝 뛰어내린 하나의 입에 우편물 두 통이 물려 있었다. 한 통은 남편의 산재보험과 관련된 것으로 도힌철도에서 보낸 봉투였다. 내용물을 확인하려고 하나의 입에서 우편물을 살짝 잡아당기자 나머지 한 통이 땅에 툭 떨어졌다. 집어 들어보니 봉투 뒷면에 '네모토 신지'라는, 모르는 이름이 적혀 있었다.

그 자리에서 충동적으로 봉투를 열었다. 세로로 글씨를 쓴 편지지가 접혀 있었다.

'기타무라 미사코 씨께.'

편지지 맨 오른쪽에 내 이름이 적혀 있었다. 손으로 정성스레 쓴 편지를 위에서 아래로 읽어 내려갔다.

탈선 사고 피해자 유가족이 나에게 보낸 편지였다.

기타무라 미사코 씨께.

갑작스레 이렇게 편지를 보내서 죄송합니다. 저는 네모토 신지라고 합니다.

올해 3월 5일에 발생한 가마쿠라선 사고로 저는 외아들 신이치로를 잃었습니다. 사랑하는 아들을 떠나보내고 저와 제 아내와 며느리가 될 예정이었던 아들의 약혼녀는 앞이 막막했습니다.

3월 19일에 열렸던 피해자 설명회를 기억하시리라 생각합니다. 그날 그 자리에서 당신이 피해자 가족들 앞에서 고개를 숙이던 모습을 봤습니다. 그런 상황에서 쉬이 할 수 있는 행동이 아니지요. 참으로 성실하신 분이라 생각했습니다.

그날 이후 당신이 제 머릿속에서 떠나질 않더군요. 저도 오다와라에 살고 있습니다. 4월 24일에 사고 공식 발표가 나오고 나서 알음알음으로 기타무라 씨 댁 주소를 알아냈습니다. 피해자 유가족의 한 사람으로서 당신께 꼭 드리고 싶은 말이 있어서 노파심인 걸 알면서도 이렇게 펜을 들었습니다. 저의 무례를 용서해주시기 바랍니다.

먼저 각종 미디어를 통해 당신이 사리 분별 못 하는 사람들 때문에 여러모로 피해를 보고 계신다는 말을 듣고 마음이 아팠습니다. 직접 만나 용서를 빌지 못하는 겁쟁이들을 대신해 제가 사죄를 드립니다. 진심으로 죄송합니다.

그리고 이번 사고와 관련해서 한 말씀 드리자면, 열차를 운전했던 남편분께는 아무런 잘못이 없습니다. 물론 사모님이 책임지실 일도 없습니다.

향후 사고 관련 재판에서 가해자인 도힌철도 측이 당신께 조금이라도 불이익을 가하려 한다면 제가 증언대에 서겠습니다. 한 번 더 말씀드립니다만, 당신은 책임이 없습니다.

피해자 설명회 날, 제가 본 당신은 제 옆에 주저앉아 있던 며느리와 다름없는 제 아이의 약혼녀와 같은 눈을 하고 있었습니다. 당신도 이번 사고로 사랑하는 남편을 잃은 사람입니다. 제가 본 당신 눈동자에는 울다 지친 사람의 눈에만 보이는 애수가 서려 있었습니다.

기타무라 씨.

저는, 사람에게는 자기 생명을 스스로 마감할 권리가 있다고 생각합니다. 개인의 그 권리에 관해 생판 남인 제가 끼어들어 가타부타 말하는 건 원래 옳지 않습니다. 하지만 칠순을 눈앞에 둔 노인의 경험으로 당신께 한마디만 할 수 있게 해주세요.

기타무라 씨.

죽으면 안 됩니다.

죽으면 안 돼요.

인생을 살다 보면 굴곡이 많지만, 그래도 인생은 끝까지 살아낼 가치가 있다고 저는 믿습니다.

이달 들어 건강이 나빠진 며느리가 병원에 갔다가 임신했다는 소식을 들었습니다. 물론 아이 아버지는 죽은 제 아들, 신이치로입니다.

우리 가족은 살아가는 길을 택했습니다.

굴러떨어지던 돌도 때가 되면 멈추듯이, 이 세상은 언제나 우리에게 빛나는 미래를 선사합니다.

인생이란, 참으로 얄궂지요.

언젠가 당신의 미래에 눈부신 빛이 비치기를 기원하고.

믿고.

확신하며.

네모토 신지

　　　다에코

　　　도모코 드림

내게 말을 거는 듯한 편지를 읽어 내려가는 동안 눈물이 와르르 터져 나와 볼을 타고 흘러내렸다.

　편지지 맨 끝에 적힌 세 사람의 이름은 각각 필체가 달랐다. 이 편지에 서명을 한 것 같았다.

　이 편지는 네모토 신지라는 한 사람이 보낸 편지가 아니다. 분명 그의 아내와 며느리도 읽었을 것이다. 이건 네모토 씨 가족이 내게 보낸 편지나 다름없었다.

　책가방을 멘 초등학생들이 벗나무 앞을 지나갔다. 무리 중에서 빨간색 책가방을 멘 여자아이가 대문 앞에 서 있는 내게 방긋 웃어주었다.

　"아줌마, 안녕하세요."

　여자아이의 인사가 신호라도 된 듯 뒤에서 걸어오던 아이들이 "안녕하세요.", "안녕하세요." 하며 내게 미소를 건넸다.

　작년 초봄에 이 앞을 지나갔던 아이들이다. 다들 작년보다 키도 더 자라고 표정도 듬직해졌다.

　"…안녕, 얘들아."

　애써 눈물을 참으려 꾹 다물었던 아랫입술이 부르르 떨렸다.

　"안녕, 얘들아. 안녕. 좋은 아침이야!"

나는 목소리를 쥐어짰다.

앞날이 창창한 아이들 앞에서 침울한 얼굴을 보일 수야 없지. 발밑에 다가온 하나를 들어 올리며 손바닥으로 눈물을 훔쳤다.

선로를 따라 걷노라니 텅 빈 승강장이 눈에 들어왔다. 운행이 중단된 선로는 섬뜩할 만치 정적에 휩싸여 있었다. 해가 기울기 시작해서인지 음울한 분위기가 니시유이가하마 역 일대를 감쌌다.

투명한 셀로판지로 싼 꽃다발을 들고 목적지로 향했다. 사고가 나고 나서 바깥출입을 거의 하지 않았다. 오랜만에 외출한 탓에 긴장했는지 얼굴이 다소 경직됐다.

선로를 따라 승강장에서 제법 멀리 떨어진 장소까지 왔다. 그곳에는 국화꽃을 중심으로 사람들이 헌화한 꽃다발이 잔뜩 쌓여 있었다.

3월 5일 오전 11시 29분. 이 자리에서 도힌철도 급행열차가 탈선했다.

운전을 하던 남편은 즉사했다. 그는 바로 이 자리에서 숨을 거두었다.

"아빠. 나, 왔어요."

꽃다발을 감싸고 있던 셀로판지를 벗기고 국화꽃을 내려놓았다.

"아빠. 늦게 찾아와서… 미안해요."

감회가 북받쳐 목이 메었다.

워낙 갑작스레 떠나보내는 바람에 제대로 된 애도와 작별 인사를 하지 못했다. 시간이 꽤 지나 이곳에 왔더니 뒤늦게 찾아온 절절한 슬픔이 가슴을 파고들었다.

조금 떨어진 곳에서 한 노인이 나처럼 손을 모으고 있었다. 발밑에 꽃다발을 놓고, 가만히 눈을 감고 있었다.

천천히 눈을 뜬 노인과 시선이 마주쳤다. 묵례를 하고 나니 기억의 문이 열리며 그가 누구인지 생각났다.

이전에 멘탈 클리닉에서 나에게 물컵을 건네준 사람이었다. 치매 외래 진료를 보러 병원에 온 사람이었는데, 이름은 우지키라고 했던 것 같다.

"이제 몸은 좀 어떠세요?"

우지키 씨도 나를 알아봤는지 옆으로 다가와 표정을 누그러뜨렸다.

"덕분에 마음이 많이 진정됐습니다."

"그것 참 다행이군요. …그건 그렇고."

옆에 쌓인 꽃을 흘낏 쳐다보더니 그는 조심스레 말문

을 열었다.

"외람된 말씀이오나 가마쿠라선 사고로 혹시 누가 돌아가셨습니까?"

잠시 틈을 뒀다가 나는 고개를 살짝 끄덕여 보였다.

"무례한 질문을 해서 죄송합니다."

"아니에요, 마음에 담지 마세요."

고개를 내젓는 나를 보며 우지키 씨는 미안하다는 듯 머리를 숙였다.

다시 머리를 든 우지키 씨는 선로 쪽으로 눈을 돌렸다.

홀쭉한 그의 옆얼굴에 나와 비슷한 그늘이 드리워져 있었다. 좀 전에 나눈 대화에서도 어쩐지 억지로 마음을 다잡고 있는 듯한 느낌이 들었다.

"…죄송하지만, 혹시 우지키 씨도 사고로 누군가를 잃으셨나요?"

실례를 무릅쓰고 던진 질문에 우지키 씨는 입을 다물고 고개만 주억였다. 그러고 나서 슬픔을 토해내듯 숨을 내쉬고 머리를 살짝 숙인 채 대답했다.

"실은… 금년 2월에 손녀딸이 여기서 급행열차를 향해 몸을 던졌습니다."

나는 할 말을 잃었다.

"열차에 치여 저쪽 가마쿠라 이키타마 신사 도리이 옆에서 돌아올 수 없는 몸으로 발견되어…."

우지키 씨는 여기까지 털어놓더니 미처 다음 말을 잇지 못했다.

사정은 서로 다르지만 우리는 둘 다 사랑하는 사람을 잃었다. 우지키 씨가 느꼈을 고통이 내 것처럼 느껴져 가슴이 아팠다.

우지키 씨는 손녀에게 일어난 일을 줄곧 가슴에 묻고 지내지 않았을까. 내용이 내용인지라 남에게 쉽게 말할 수 없었을 것이다. 그의 가슴에 맺힌 응어리가 얼마나 클지는 진땀으로 범벅이 된 관자놀이를 보면 알 수 있었다.

"…혹시 괜찮으시면, 제가 이야기를 들어드릴까요?"

나는 우지키 씨의 두 손을 살며시 잡았다.

다른 사람에게 괴로운 속내를 털어놓고 나면 마음이 한결 가벼워진다. 나 역시 아무에게도 사고에 관해 말할 수 없어서 괴로워 죽을 것 같았다.

"고맙습니다."

우지키 씨는 내게 감사를 표하듯 굳은 표정을 풀었다. 그리고 하늘을 한 번 우러러보고 나서 둑이 터진 양 말을 쏟아냈다.

"실은, 손녀딸이 학교에서 괴롭힘을 심하게 당했더군요. 그런데 녀석에게는 상의할 사람이 아무도 없었지요. 아이 엄마가 애를 혼자서 키웠거든요. 하는 일이 바빠서 옛날부터 엄마 노릇을 제대로 못 했어요. 손녀딸 입장에서는 그런 엄마한테 의논해봤자 소용없다 싶었을 겁니다.

나한테는 하나뿐인 귀한 손녀였습니다. 괴롭힘을 당하던 걸 왜 이 할아비한테 말하지 않았을까, 아니, 그보다 나는 왜 그런 것도 눈치채지 못했을까, 정말 후회막심입니다. 손녀딸은 기는 세지만 아주 착한 애였어요. 어쩌면 내가 데이케어센터에 다니기 시작해서 제 딴에는 마음을 쓰느라 말하지 못했을 수도 있겠다 싶습니다.

아이의 방 서랍에서 발견된 유서에는 딱 한마디만 적혀 있었어요. '사람은 아무도 믿을 수 없다.'라고만, 짧게."

우지키 씨는 비통한 표정을 지으며 내게서 눈길을 거뒀다. 그러더니 금방 목소리에 힘을 주고 말했다.

"그 애가 사람을 좀 더 믿을 수 있었다면 좋았겠지요. 또 만났더라면 좋았을 거예요. 악의와 반대되는, 그 모든 걸 덮을 수 있는 사람의 양심을 말이죠."

핏빛처럼 붉은 석양이 온 동네를 휘덮기 시작했다. 뉘엿뉘엿 깔리던 땅거미를 잡아먹듯이.

"나는 치매를 앓고 있습니다. 조만간 기억을 모두 잃게 되겠지요. 하지만 손녀딸만은 절대로 잊어버리고 싶지 않아요. 아니, 절대 잊지 않을 겁니다."

자신에게 들려주듯 말하고는 어깨에 메고 있던 가죽 가방에서 여러 권의 노트를 끄집어냈다.

"그 애 이름만은 절대로 잊고 싶지 않아요. 그래서 손녀딸 이름을 노트에 매일 쓰고 있습니다. 가슴에 아로새기려고. 수천 번. 수만 번."

펼쳐진 노트의 한 장 한 장마다 똑같은 이름 하나가 빼곡히 적혀 있었다.

'유키호'였다.

"아무리 그래도."

새빨간 석양을 등지고 우지키 씨는 동의를 구하듯 내게 물었다.

"내게 좋은 추억을 잔뜩 만들어준 사람을 잊기는 어렵겠지요?"

우지키 씨의 물음이 내 가슴을 쿡 찔렀다.

여전히 무엇 하나 잊지 않고 기억하는 남편과의 추억을 떠올리며 아랫입술을 꽉 물었다.

거실에 놓인 흔들의자에 하나가 자그마한 몸을 말고 앉아 있었다.

하나는 남편이 언젠가 이 자리로 다시 돌아오리라 믿는 것 같다. 밖에서 무슨 소리만 나면 남편이 온 줄 알고 현관으로 날아간다. 그 후 쓸쓸하게 터벅터벅 돌아오는 모습을 보면 북받쳐 오르는 감정을 주체할 수가 없다.

아예 흔들의자를 갖다버려야 하나 싶기도 했다. 그러면 남편을 떠올리는 횟수도 줄어들고, 하나에게 쓸데없는 기대를 안겨주지 않아도 될 테니까.

하지만 그러지 못했다.

남편이 지금도 이 의자에 몸을 기대고 있는 것만 같아서.

언젠가 홀연히 다시 돌아와 여기 앉을 것만 같아서.

볼 때마다 마음은 괴롭지만, 나는 이 의자를 버리지 못할 것 같다.

대문 밖에 자동차가 멈춰 서는 기척이 났다. 짐칸에서 물건을 내리는 덜거덕덜거덕 금속음이 들려왔다.

"실례합니다! 유가와라 공무점에서 왔습니다!"

남편이 돌아온 줄 아는지 하나가 흔들의자에서 뛰어내렸다. 현관으로 가는 하나를 안고 거실을 나섰다.

"안녕하세요. 이쪽으로 들어오세요."

현관에서 손짓하자 작업복 차림의 남자 둘이 들어섰다.

집 외벽에 휘갈겨놓은 낙서를 지우려고 인터넷에서 검색해 옆 동네 업체를 불렀다. 남편이 가마쿠라선 탈선 사고로 사망한 기관사라는 점은 미리 알려줬다.

"상심이 크시겠습니다."

인사를 나누고 남자들은 나란히 머리를 숙였다. 애도하는 마음이 고마웠다.

"이런 말씀을 드려도 될지 계속 망설였는데요."

두 사람 중 오른쪽에 선 청년이 내게 의미심장한 눈길을 보냈다.

"실은, 제 아버지도 같은 사고로 돌아가셨어요."

머릿속에서 파도가 일렁였다.

"유이치. 나 먼저 작업 시작할게."

심각한 대화가 오갈 걸 예상했는지 옆에 있던 백발의 남자가 밖으로 나갔다. 유이치라고 불린 청년은 "죄송합니다, 다케나카 씨." 하며 미안한 듯 남자 쪽을 쳐다보았다.

"…그러셨군요. 그런 줄은 꿈에도 모르고 헤아리지 못한 채 부탁해서 미안합니다."

하나를 바닥에 내려놓고 허리를 깊이 숙였다.

"아뇨, 사과하실 일은 아니니까요."

청년은 힘주어 말하고, "고개 드세요."라며 내 팔에 살짝 손을 올렸다.

"당연한 얘기지만, 저는 기타무라 씨 남편을 조금도 원망하지 않습니다. 안 좋은 감정은 털끝만큼도 없으니까 괜히 마음 안 쓰셔도 됩니다. 작업은 잘 끝내겠습니다."

나를 안심시키려는 듯이 미소를 띠고는 "그래그래, 착하지." 하며 하나의 머리를 쓰다듬었다.

"그보다 기타무라 씨께 꼭 하고 싶은 말이 있는데요."

부드러운 청년의 표정이 갑자기 진지해졌다.

"…만약에 돌아가신 남편분을 한 번 더 만날 수 있다면, 어떻게 하시겠어요?"

무슨 말을 하려는지 도무지 알아들을 수 없었다.

"지금부터 제가 하는 말은 농담이 아닙니다. 심야에 니시유이가하마 역에 가면 승강장에서 유령을 만날 수 있어요. 한밤중에 가마쿠라선 선로를 유령 열차가 달리고 있는데, 그게 사고가 일어났던 차량이고 그 열차에 타는 것도 가능해요. 실은 저도 돌아가신 아버지를 만나고 왔습니다."

그의 입에서 터무니없는 소리가 술술 나왔다.

"혹시라도 당신이 사고가 나고 나서 앞으로 나아가지

303

못하고 제자리에 멈춰 있다면, 마지막으로 사랑하는 사람을 한 번 더 만나야 한다고 생각합니다. 지금 제가 차고 있는 이 손목시계는 사고 당시 아버지가 하고 계시던 겁니다. 저는 유령 열차를 타고 아버지와 대화를 나눴어요. 사고로 고장 났던 이 시계가 아버지가 남긴 유품이라 여겨져 수리해서 손목에 차고 다니면서부터….”

청년은 잠시 숨을 돌리고 나를 똑바로 쳐다보면서 마지막 말을 내뱉었다.

“멈춰 있던 제 시간이 다시 움직이기 시작했습니다.”

푸르스름한 밤의 색이 승강장 위를 뒤덮었다. 전광판 불빛도 꺼져 깜깜한 어둠이 승강장을 지배했다.

승강장 맨 안쪽에는 어슴푸레한 달빛이 스며드는 공간이 있었다. 그 자리만 조명이 켜진 것 같았으며 점자 블록 바깥쪽에는 누가 서 있었다.

뚫어져라 쳐다보자 세일러복을 입은 한 젊은 여자가 보였다.

여자는 자그마한 연분홍색 고둥을 손에 쥐고 있었다. 그 고둥에 얽힌 추억이라도 있는 걸까, 진지한 얼굴로 빤히 쳐다보고 있었다.

"당신이, 마지막 손님이려나."

내가 다가가는 걸 눈치챈 여자가 내 쪽으로 고개를 돌렸다.

"…혹시, 당신이 유령인가요?"

"맞아. 놀랐어?"

놀랐다.

어제 만난 청년이 유령의 성별까지 가르쳐주지는 않았다. 내 마음대로 훨씬 무서운 남자 유령일 거라고 상상했었다.

"이 시간에 여길 찾아온 걸 보니, 유령 열차 이야기는 듣고 왔겠지?"

유령의 질문에 가만히 고개를 끄덕였다. "그럼, 긴 설명은 필요 없겠네."라며 여자가 유령 열차에 타기 위한 네가지 규칙을 줄줄 읊었다.

하나, 죽은 피해자가 승차했던 역에서만 열차를 탈 수있다.

둘, 피해자에게 곧 죽는다는 사실을 알려서는 안 된다.

셋, 열차가 니시유이가하마 역을 통과하기 전에 어딘가 다른 역에서 내려야 한다. 그렇지 않으면, 당신도 사고를 당해 죽는다.

넷, 죽은 사람을 만나더라도 현실은 무엇 하나 달라지지 않는다. 아무리 애를 써도 죽은 사람은 다시 살아 돌아오지 않는다. 만일 열차가 탈선하기 전에 피해자를 하차시키려고 한다면 원래 현실로 돌아올 것이다.

"이 네 가지 규칙을 지킬 수 있으면, 유령 열차를 타도 돼. 앗, 호랑이도 제 말 하면 온다더니."

서둘러 설명을 마친 유령이 싱긋 웃어 보였다. 유령이 눈짓을 보낸 쪽을 바라보니 안이 비치는 검은색 차체가 승강장으로 들어오고 있었다.

승강장에 멈춰 선 열차를 보고 심장이 쿵 내려앉았다. 죽은 남편이 기관실에서 운전하고 있었기 때문이다.

"여보…."

놀라서 손으로 입을 틀어막고 있는 사이, 열차는 출발하고자 서서히 움직이고 있었다. 그러고 나서 몇 분 지나지 않아 멀리서 고막을 찢을 듯한 굉음이 울려 퍼졌다.

"지금 통과한 열차는 그날 탈선 사고가 났던 열차야. 방금 이야기했던 세 번째 규칙은 농담이 아니란 말씀이지. 도중에 내리지 않으면 당신도 저렇게 돼."

혼란에 빠진 내 옆에서 유령이 계속 말을 이었다.

"이 유령 열차는 탈선 사고로 인해 가슴에 맺힌 게 있는 사람 눈에만 보여. 근데 이제 얼마 안 있으면 아무도 못 보게 될 거야. 모레 5월 28일에 가마쿠라선 안전 점검이 끝나고 그날 첫차부터 가마쿠라선은 운행을 재개하거든. 내 말 무슨 뜻인지 알아들었어?"

"…."

"그러니까 그 말인즉, 내일 밤에 나타나는 게 마지막 유령 열차라고. 내일이 유령 열차를 탈 마지막 기회야."

유령의 말에 따르면, 내일 밤에 니시유이가하마 역을 통과한 마지막 열차는 그 후 하늘로 올라간다고 한다.

곤두선 신경을 가라앉히려고 숨을 깊이 내쉬었다. 그리고 귀로 들은 정보를 정리하면서 천천히 심호흡을 되풀이했다.

그렇지만 망설임은 없었다.

죽은 사람을 만나더라도 현실은 무엇 하나 달라지지 않는다….

그렇다 해도 내 마음은 흔들리지 않는다.

나는 남편을 한 번 더 만나기 위해 내일 밤 마지막 열차에 오르기로 마음을 굳혔다.

5월 말이라 여겨지지 않을 만큼 쌀쌀한 밤이었다.

황금을 뿌린 것처럼 무수한 별이 승강장 위의 밤하늘을 수놓았다. 공기가 맑아서일까, 밤하늘이 손에 닿을 듯 가깝게 느껴졌다.

별빛을 의지하며 승강장 벽에 붙은 거울을 보고 옷매무새를 매만졌다. 나는 라벤더색 카디건을 걸쳤다. 작년 결혼기념일 직전에 샀던 옷이다.

남편과의 마지막 시간에 단정치 못한 꼴로 갈 수는 없다. 볼품없이 살은 쏙 빠졌지만 나름대로 최대한 멋을 부렸다. 사고가 일어나고 나서 처음으로 공들여 화장도 했다.

별안간 거울에 비치던 뒤쪽 경치에 빛이 쏟아져 들어왔다. 놀라서 몸을 돌려세우자 어느새 전광판의 '쾌속 미나미카마쿠라 10시 26분'이라는 글자에 불이 들어와 있었다.

선로 저편에서 안이 비치는 열차가 승강장을 향해 달려왔다. 검은색 차체는 어젯밤에 봤을 때보다 훨씬 더 투명했다. 마치 이번이 막차라고 말하는 것 같았다.

멈춰 선 열차의 기관실에 제복 차림의 남편이 있었다. 승강장에 내리지는 않고 자못 심각한 표정으로 꼼꼼하게 기자재를 점검하고 있었다.

남편에게 들키지 않게끔 조심하면서 첫 번째 차량의 맨 뒷문으로 열차에 올라탔다.

"니시유가와라 역에서 미나미카마쿠라 역으로 가는 열차가 곧 출발합니다."

남편의 안내 방송 멘트를 들으며 기관실 쪽으로 발을 옮겼다.

열차의 모든 문이 일제히 닫혔다. 나는 기관실 앞까지 걸어가 뒤쪽에 탄 승객들을 향해 정중히 고개를 숙였다.

여기 타고 있는 사람들은 앞으로 한 시간 후면 사고를 당해 죽게 된다. 이 열차를 운전하던 기관사의 아내로서 잘못을 빌어야만 했다.

나는 천천히 고개를 들었다. 손잡이를 거머쥐고 바로 옆에 있는 기관실을 가만히 들여다보았다.

남편은 내 존재를 전혀 알아차리지 못했다. 유리창 너머에 앉아 원형 속도계를 노려보면서 진지하게 핸들을 쥐고 있었다.

애당초 남편에게 말을 걸 마음은 없었다.

마지막이라 할지라도 일하고 있는 남편을 방해해서는 안 된다. 그저 남편 옆에 있는 것으로 족하다. 곁에서 바라보기만 해도 나는 충분히 행복했다.

에노우라 역에 도착하자 열린 문으로 승객이 쏟아져 들어왔다. 회사원으로 보이는, 정장을 입은 남자의 손에 '하코다테'라는 글자가 적힌 종이봉투가 들려 있었다. 회사 동료들에게 홋카이도에서 사 온 기념품을 나눠주려는 걸까.

우리의 신혼여행지도 홋카이도였다.

결혼식을 올리고 일곱 달이 지나고 나서 겨울에 홋카이도를 찾았다. 그런데 그때 나는 감기에 걸렸다. 비행기 안에서 남편에게 감기를 옮기는 바람에 하코다테에 도착해 호텔에 체크인하자마자 우리는 콜록콜록 기침을 해대며 감기에 시달렸다.

원래대로였다면, 첫날 저녁은 예약해둔 초밥집에서 먹어야 했다. 하지만 바깥바람을 쐬면 감기가 더 악화할 수도 있다. 남편이 그렇게 판단해 그날 저녁은 호텔 방에서 밥을 먹었다.

창가에 마련된 의자에 마주 앉아 룸서비스로 주문한 냉동 게살 볶음밥을 먹었다. 창밖으로 멋진 야경이라도 볼 수 있으면 좋았겠지만, 폭설 때문에 경치도 보이지 않았다.

"우리, 여기까지 와서 뭐 하는 거죠."

내가 그렇게 말하자 남편이 낄낄 웃음을 터뜨렸다. 남편의 웃음에 나도 덩달아 큰 소리로 웃었다.

다행히 다음 날 아침에는 둘 다 몸이 회복되었다. 그날 밤에 전날 가지 못했던 초밥집에 갔다. 하코다테의 야경도 실컷 즐겼다. 그다음 날 아침에는 노보리베쓰로 이동해 온천물에 몸도 담갔다.

그런데도 신혼여행을 생각하면, 둘이서 호텔 방에 앉아 냉동 게살 볶음밥을 먹었던 일이 맨 먼저 떠오른다.

"이거, 생각보다 맛있네."

남편이 그렇게 말하며 미소 짓던 순간, 나는 '부부란 바로 이런 게 아닐까.' 하고 막연히 생각했다. 동시에 이 사람이라면 평생을 함께할 수 있을 거라는 확신이 들었다.

오다와라조마에 역을 통과한 열차가 마에카와 역에 다다랐다.

창밖으로 낡은 나무 벤치가 눈에 들어왔다. 예나 지금이나 역 전체에 흐르는 분위기가 멋스럽다. 지금으로부터 26년 전에 남편과 나는 마에카와 역에서 처음 만났다.

그 무렵 나는 마에카와 역 부근에 살고 있었다. 그날 마침 하이힐을 신고 집을 나섰는데 역 개찰구로 들어서다 오른발을 심하게 접질리고 말았다. 승강장 벤치에 앉아 옴짝달싹 못 하는 내게 "괜찮으세요?"라며 말을 걸어온 사람이 남편이었다.

남편이 오른쪽 발목에 부목을 대고 응급 처치를 해주었다. 발에 붕대를 둘둘 감고 있는데 강풍에 그의 제모가 날아갔다. 모자챙 부분이 뜯어지고 꽤 낡은 제모였다.

"어머, 모자!"

내가 외쳤지만, 그는 미동도 하지 않았다. "움직이면 안 돼요."라며 내게 주의를 주고 정성스레 붕대를 계속 감았다. 그때 들어온 급행열차가 선로에 떨어진 제모를 짓밟아버렸다.

그로부터 일주일이 지났을까. 마에카와 역 승강장에서 다시 만났을 때 그는 새 제모를 쓰고 있었다. "지난번에는 고마웠습니다."라고 내가 인사를 건네자 그는 별거 아니라는 듯이 미소를 내비쳤다.

그와 결혼하고 난 어느 날이었다.

남편의 책상 서랍에서 너덜너덜한 제모를 발견했다. 뭔가에 밟혔는지 여기저기 뜯겨 있었다.

그건 남편이 내 발을 치료하고 있을 때 열차에 깔렸던 바로 그 제모였다. 그날 그러고 나서 남편은 선로에 내려가 제모를 다시 주웠던 것이다.

원래 그 제모의 주인은 시아버지였다. 기관사가 된 남편은 돌아가신 아버지의 뜻을 잇는 마음으로 아버지가 쓰던 제모를 쓰기 시작했다. 아버지 유품이나 다름없는 모자가 바람에 날아가는 데도 아랑곳하지 않고 그는 나를 치료해준 것이었다.

눈동자 안쪽에 새겨진 추억들은 하나같이 내 가슴을 뜨겁게 했다. 나는 손잡이를 쥔 채 기억 속 지난날에서 허우적댔다.

열차는 어느새 고이소 역을 지나고 있었다.

기관실로 눈을 돌렸다가 유리 칸막이 너머의 남편과 내 눈이 마주쳤다. 어째서 당신이 여기에. 남편은 그렇게 말하듯 곤혹스러운 표정을 지었다가 지가사키카이간 역이 가까워지자 운행 속도를 줄이기 위해 시선을 앞쪽으로 돌렸다. 나를 한 번 더 돌아보지 않고 담담히 운전을 계속했다.

고지식한 사람인지라 그가 다시 내 쪽으로 고개를 돌리는 일은 없을 것이다. 찰나의 순간이었지만 마지막으로 그와 눈을 맞출 수 있어 기뻤다.

지가사키카이간 역을 통과한 열차가 에노시마 앞을 지났다.

시간이 얼마 남지 않았다.

인정사정 봐주지 않고 속도를 올리는 열차에 몸을 맡기고 있노라니 창밖에 사가미만 정면으로 난 해변이 보였다. 유이가하마 해변이다.

한참 전에 남편과 같이 유이가하마를 찾은 적이 있다.

그때는 섣달이어서 무척 추웠다. 내가 불임 치료를 그만두고 기운 없이 지내자 남편이 바다라도 보러 가자며 여기까지 차를 몰고 왔었다.

해가 기울기 시작하는 해변의 모래밭 위에 남편과 둘이 엉덩이를 깔고 앉았다. 조금 떨어진 위치에서 밀려왔다 밀려가는 옅은 파도를 바라보았다.

옆에 앉아 침묵을 지키던 남편의 입에서 대뜸 이 한마디가 튀어나왔다.

"미안해. 아무것도 못 해줘서."

나는 말문이 막혔다.

아이가 안 생기는 건 남편 잘못이 아니다. 다만, 서로 의지하며 사는 것이 부부의 도리이기에 남편이 책임감을 느낀 모양이었다.

"아빠!"

어린아이가 해변으로 난 계단을 뛰어 내려왔다. 앞서

걸어가는 아빠를 따라잡으려고 우리 옆을 빠르게 지나쳤다. 뒤쪽에서 갓난아기를 품에 안은 엄마가 걸어왔다. 네 가족이 바닷가에 모여 정답게 이야기를 나누며 웃었다.

아이와 함께 있는 그 가족은 반짝반짝 빛이 났다. 바다에서 눈길을 거두며 그대로 고개를 떨궜다. 남편이 고개를 들지 못하는 내 어깨 위에 팔을 둘렀다. 아무 말 없이 나를 꽉 끌어안았다.

평소 그렇게 대담하게 행동할 줄 아는 사람이 아니었다. 그런데도 그는 스스럼없이 나를 껴안았다. 어깨에서 느껴지는 그의 무게가 나를 향한 애정의 무게인 것 같아 하염없이 눈물이 흘렀다.

"아빠….."

나는 남편 품에 안겨 엉엉 울었다. 그는 입을 다문 채 내게서 몸을 떼지 않았다.

지금에야 생각나는 일이 있다.

나는 의지한다는 의미를 담아 남편을 '아빠'라고 불렀다. 남편이 처음에는 싫어했지만, 어느 때부터 뭐라 하지 않았다. 혹시 남편이 아빠라는 호칭을 받아들인 건, 내게 아이가 생기지 않아서가 아니었을까.

부부 사이에 자식이 태어나면, 남편을 '아빠'라고 부르는 아내가 많다. 남편은 아이를 낳지 못하는 나를 위해 적어도 호칭이라도 그렇게 부르게 해줘야겠다고 마음먹은 게 아니었을까. 인제 와서 확인할 길은 없지만, 그의 자상한 성격을 생각하면 틀림없이 그럴 것 같았다.

열차가 급격히 속도를 낮추기 시작했다. 곧 니시유이가하마 역에 당도한다.

나는 니시유이가하마 역을 통과할 생각이다.

남편을 홀로 보낼 수는 없다. 나는 같이 죽을 마음으로 유령 열차에 올랐다.

유서는 거실 탁자 위에 남겨두었다. 하나는 이시다 씨에게 맡겼다. 이시다 씨 식당에 전화를 걸어 기분 전환 삼아 여행을 간다고 했더니 흔쾌히 맡아주었다. 이시다 씨라면 틀림없이 하나를 행복하게 해줄 터였다.

열차의 흔들림이 조금씩 잦아들었다. 회전하던 바퀴가 '니시유이가하마 역'이라 쓰인 표지판 앞에 딱 맞게 멈춰 섰다.

나는 그 자리에 가만히 서 있었다. 손잡이를 잡았던 손을 떼고 길게 숨을 들이쉬었다. 후유, 하고 숨을 내쉬며 가슴을 쓸어내리던 찰나, 찰카닥 소리와 함께 기관실 문이 열렸다. 안에서 남편이 나왔다.

당황한 나를 보며 남편이 부드럽게 말했다.

"내려."

무슨 뜻인지 어리둥절했다.

"내려. 부탁할게."

"…."

"미안해. 미사코. 정말 미안하지만… 살아 있어줘."

남편의 목소리가 떨렸다. 그러더니 내릴 기미가 보이지 않는 나를 매섭게 노려보았다. 남편의 날카로운 시선에 나는 엉겁결에 열차에서 내리고 말았다.

"어째서…."

기관실로 돌아가려는 남편을 바라보며 내 몸은 그 자리에 얼어붙었다.

"수고했어."

목소리가 들린 쪽으로 고개를 돌리자 어젯밤에 만났던 유령이 서 있었다. 다시 어둠이 내려앉은 승강장에 서서 "어떻게 된 일이에요?" 하고 유령에게 따지듯이 물었다.

그러자 유령이 대답했다.

"나는 분명히 피해자에게 죽음이 임박했다는 걸 알리면 안 된다고 말했어. 그렇지만, **상대방이 자기가 곧 죽는다는**

사실을 모른다고 말한 적은 없거든. 다들 알고 있어. 머지않아 자신들이 사고로 죽는다는걸."

넋을 잃은 나를 보며 유령은 말을 이었다.

"이 열차에 탄 이들은 혼이 성불하지 못해서 이 세상에 남은 거야. 이들은 자신이 탈선 사고로 죽은 걸 기억하고 있어. 사고가 일어났을 때의 기억을 간직한 채 여기 타고 있으니까. 그래도 유령은 유령이라서. 뭘 해도 사고는 일어나고 현실은 하나도 달라지지 않지."

나는 혼란스러웠다. 설마 남편이 이제 곧 사고가 일어나리라는 것을 알고 있을 줄이야.

"어째서 승객들이 곧 죽는다는 사실을 알고 있다고 말해주지 않은 거죠?"

내 질문에 여자는 "글쎄. 나도 잘은 모르지만⋯." 하고 뜸을 들이며 대답했다.

"모르는 편이 더 멋진 시간을 보낼 수 있을 것 같다고 생각할지도."

"⋯."

"난 살아봤자 별수 없다고 생각했는데. 아무래도 내 생각이 틀렸던 것 같아. 탈선 사고가 나고 나서 유령 열차의 소문을 듣고 많은 사람이 찾아와서 이 열차에 올라탔어.

그런데 단 한 명도 니시유이가하마 역을 지나치지 않았어. 정확히 말하면, 지나칠 수 없었어. 그중에는 당신처럼 자신이 죽더라도 사랑하는 사람과 함께 있고 싶어서 이 역을 통과하려던 사람도 있었어. 하지만 그럴 때마다 다들 그 사람을 열차에서 내리게 했어. 마구 패서 억지로 하차시킨 사람도 있고. 외로우니까 사랑하는 이를 저승으로 같이 데려가겠다는 사람이 한 명쯤 있을 만도 하잖아? 그런데 그런 사람은 하나도 없었어. 다들 사랑하는 사람이 계속 살아주기를 바랐거든. 난 그게 참 아름답더라."

유령은 나직이 한숨을 쉬면서 연분홍색 고둥을 꽉 쥐었다.

"인간이 이렇게 아름다운 존재인 걸 알았더라면 나도 안 죽었을 텐데. 그만 갈게."

수줍은 미소를 남기며 유령은 정차하고 있던 유령 열차에 몸을 실었다. 마지막 승객이 타기를 기다렸다는 듯 열려 있던 문이 스르르 닫혔다.

밤바람이 앞머리를 나부꼈다. 한 번 더 불어닥친 바람에 바다 내음이 날아와 내 코끝을 스치며 지나갔다.

남편과 헤어질 시간이다.

기관실에 앉은 남편을 봐서는 안 될 것 같았다. 철도회사의 과실이었다 할지언정 사고를 낸 기관사의 아내인 내게도 책임은 있다. 지금 내 눈앞의 열차에는 사고로 세상을 떠난 이들이 모두 모여 있다. 그들이 지켜보는 가운데 남편에게 정식으로 작별을 고해서는 안 된다. 남편도 같은 마음이리라. 내 생각을 뒷받침하듯 기관실에 앉은 남편은 내 쪽으로 눈길을 주지 않았다.

나는 유령 열차 안에 있는 승객을 향해 허리를 깊이 숙였다. 고개를 들며, 그래서는 안 된다 하면서도 순간 기관실을 곁눈질했다.

달싹이는 남편의 어깨가 시야에 들어왔다.

열차가 천천히 출발하기 시작했다. 바로 그때, 남편의 시선이 내게 닿았다. 빙그레 웃으며 나를 향해 경례를 붙였다. 오래전에 둘이 같이 연습했던 서투른 경례. 그날 보였던 어린애 같은 웃음을 띠고서.

뺨에 한줄기 눈물이 흘러내렸다. 손으로 입을 막고 울음을 삼키려 했으나 끝내 참지 못하고 오열하고 말았다.

선로를 벗어난 유령 열차가 하늘로 날아올랐다. 열차가 하늘에 흩어진 별들 사이를 이으며 천천히 달려간다.

여보….

아빠….

나는 만감이 교차하는 기분으로 밤하늘을 올려다보며 입술을 움직였다.

"잘 다녀와요."

지은이 무라세 다케시(村瀬 健)

현실과 판타지를 자유자재로 넘나들며 몰입도 높은 이야기로 웃음과 감동, 슬픔과 재미를 선사하는 이야기 장인. 1978년 일본 효고현에서 태어나 간사이대학교 법학부를 졸업했다. 그 후 〈폭소 레드카펫〉, 〈킹 오브 콘트〉, 〈좋은 아침입니다〉 등 다양한 프로그램에서 방송 작가로도 활동했다. 특유의 입담과 재미난 이야기를 만들어내는 재능을 살려 소설가로 전향하고 나서는 데뷔작 《만담가 이야기~ 아사쿠사는 오늘도 시끌벅적합니다~(噺家ものがたり~ 浅草は今日もにぎやかです~)》로 제24회 전격소설대상 심사위원 장려상을 수상했으며, 《세상의 마지막 기차역(西由比ヶ浜駅の神様)》으로 처음 한국 독자와 만나게 되었다.

'만일 불의의 사고로 사랑하는 사람을 잃은 사람들이 시간을 되돌려 그들을 만날 수 있다면?'이란 판타지 설정에서 시작된 《세상의 마지막 기차역》은 틱톡(TikTok)에 소개된 이후 "연결되는 에피소드가 감동을 배가시킨다", "책을 덮을 때까지 눈물이 멈추질 않는다", "마지막 한마디에 담긴 반전 때문에 더욱 뭉클하고 가슴 아프다" 등 입소문이 나면서 크게 인기를 얻었다.

옮긴이 **김지연**

경북대학교 일어일문학과를 졸업하고 도쿄 인터컬트 일본어 학교에서 어학연수를 마쳤다. 졸업 후 일본 기업에서 수년간 통역과 번역 업무를 담당하다가 KBS 방송아카데미 영상번역 과정과 바른번역 아카데미 출판번역 과정을 공부하며 번역가의 꿈을 키웠다. 번역가로 활동하면서 국립국어원 교정교열 과정 및 도쿄 인터스쿨 한일 통번역 과정을 수료했다. 옮긴 책으로는 《이기적이라 살아남았습니다》, 《삶이 버거운 당신에게 달리기를 권합니다》, 《정시 퇴근하겠습니다》, 《소설 쓰는 소설》, 《파브르 선생님의 곤충 교실》, 《소원 자판기》, 《소원이 이루어지는 신기한 일기》, 《나는 앞으로도 살아간다》 등 다수가 있다.

세상의 마지막 기차역

초판　1쇄 발행　2022년 5월 11일
초판 186쇄 발행　2024년 12월 30일

지은이　무라세 다케시
옮긴이　김지연

책임편집　양수인
디자인　MALLYBOOK 최윤선, 오미인, 조여름
책임마케팅　최혜령, 박지수, 도우리
마케팅　콘텐츠 IP 사업본부
경영지원　백선희, 권영환, 이기경
제작　제이오

펴낸이　서현동
펴낸곳　㈜오팬하우스
출판등록　2024년 5월 16일 제2024-000141호
주소　서울특별시 강남구 테헤란로 419, 11층 (삼성동, 강남파이낸스플라자)
이메일　info@ofh.co.kr

ⓒ 무라세 다케시

ISBN 979-11-91043-75-4(03830)

모모는 ㈜오팬하우스의 출판브랜드입니다.